ullstein

ANDREA VALENTIN

Die DONAU-PERLE

Fahrt ins Glück

Roman

Ullstein

Besuchen Sie uns im Internet:
www.ullstein.de

Wir verpflichten uns zu Nachhaltigkeit
- Klimaneutrales Produkt
- Papiere aus nachhaltiger Waldwirtschaft
- ullstein.de/nachhaltigkeit

MIX
Papier
FSC FSC® C083411

Originalausgabe im Ullstein Taschenbuch
1. Auflage Juni 2021

Umschlaggestaltung: zero-media.net, München
Titelabbildung: © Prisma by Dukas Presseagentur GmbH/
Alamy Stock Photo (Donauschiff);
FinePic®, München (Holz, Tau, Rettungsring, Mütze);
Westend61/ gettyimages (Frau)

Gesetzt aus der Quadraat Pro powered by pepyrus.com
Druck und Bindearbeiten: CPI books GmbH, Leck

ISBN 978-3-548-06408-6

1

Der helle Kies knirschte unter den Reifen, und etliche der weißen Kiesel wurden zur Seite geschleudert, als Susanne viel zu schnell in die Einfahrt zum Haus des Großvaters einbog. Wie immer schaute sie hinüber zum Freisitz, der etwas erhöht auf der Kuppe eines Steingartens stand. Hier hatte ihr Großvater sich eine Holzbank und einen kleinen Tisch mit zwei Stühlen aufgestellt. Es war an schönen Tagen sein Lieblingsplatz, konnte er doch von hier aus hinunter zur Donau schauen, die sich in dunklem Blau durch die malerische Landschaft der Wachau schlängelte. An diesem Nachmittag allerdings war der Platz leer, doch auf den Stühlen lagen dunkelblaue Kissen, und auf dem Tisch stand ein Flaschenkühler aus dunklem Ton. Ihr Großvater war also daheim!

Kaum war Susanne ausgestiegen, kam der alte Mann auch schon aus dem Haus. Ein Lächeln lag auf seinem wettergegerbten Gesicht, als er auf den kleinen roten Wagen zuging.

»Ich hab's geschafft, Opa! Endlich!« Susanne schwenkte ein Blatt Papier durch die Luft.

»Mein Mädchen!« Oskar Mattner breitete die Arme aus

und zog Susanne an sich. »Gratuliere, Frau Kapitän! Ich bin so stolz auf dich!«

»Und ich bin unendlich glücklich.« Susanne gab ihm einen liebevollen Kuss auf die Wange, ehe sie sich von ihm löste. »Hier, schau.« Sie drückte ihm das Schriftstück in die Hand.

Oskar überflog die erste Seite, dann die nächste. »Toll gemacht, Liebes. Du hast auch das Streckenzeugnis für die gesamte Donau gleich mitgemacht.«

»Klar doch. Ich will ja nicht nur die halbe Strecke fahren.«

Susanne zog ihn mit sich zum Aussichtsplatz. Statt sich zu setzen, schaute sie hinunter auf den Fluss. »Ich kann es kaum erwarten, meinen ersten Dienst als Kapitänin anzutreten.«

»Weißt du schon, was dein erstes Schiff wird?«

»Ja.« Susanne löste sich vom hölzernen Geländer und hakte sich bei Oskar ein. »Es ist die *Donauperle*.«

»Alle Achtung! Die ist noch gar nicht lange in Betrieb. Man traut dir wirklich viel zu.«

»Ich bin auch etwas nervös. Hoffentlich ist die Besatzung loyal.« Sie biss sich auf die Lippen. »Obwohl alle von Gleichberechtigung reden ... als Frau bin ich doch noch eine Ausnahme in dem Job.« Sie zögerte. »Einer meiner Mitbewerber hat laut geäußert, dass ich wohl durch den Namen Mattner Vorteile erhalten und nur deshalb gleich eine Anstellung bei der Reederei bekommen habe.«

Oskar legte ihr liebevoll den Arm um die Schultern. »So ein Unsinn! Die Behörde ist absolut neutral und unbestechlich, und die Reederei ebenso. Dass du dein Patent bekommen hast, ist allein deinem Können zu verdanken.« Sein Griff um ihre Schultern wurde fester. »Du schaffst das, mein Mädchen, lass dich nur ja nicht beirren. Von niemandem.« Er lächelte sanft. »Bist doch schon als kleines Ding mit mir gefahren und kennst dich hervorragend auf der Donau aus.«

»Stimmt. Das war immer wunderschön.« Susanne sah zu ihm auf. Er überragte sie immer noch fast um Kopfeslänge. Das weiße Haar war akkurat geschnitten, tiefblaue Augen strahlten aus dem schmalen, immer gebräunten Gesicht. Wie so oft trug Oskar Mattner auch an diesem Frühlingstag zum hellen Hemd eine gestrickte grüne Trachtenjacke.

»So, und jetzt sollten wir unbedingt auf die bestandene Prüfung anstoßen.«

»Einverstanden. Aber wir bleiben hier draußen, ja?«

»Nur zu gern. Magst du einen Sekt? Oder lieber Wein?«

»Einen Grünen Veltliner natürlich.« Susanne wusste, dass ihr Großvater nicht gern Sekt trank. »Onkel Markus hat dir doch sicher die besten seiner Weine in den Keller gelegt.«

»Stimmt.« Oskar zwinkerte ihr zu. »Schließlich bin ich immer noch mit einigen Prozent am Gut beteiligt.«

»Wie könnte ich das vergessen!« Susanne lachte.

»Ich hole uns eine Flasche. Bleib du hier oben sitzen.« Mit langen Schritten ging ihr Großvater hinüber zum Haus.

Susanne sah ihm ein paar Augenblicke lang nach und dachte daran, wie viel er ihr bedeutete. Sie beide waren eng miteinander verbunden, vor allem durch ihre Liebe zur

Schifffahrt. Mit gerade einmal zwölf Jahren hatte Susanne ihre Eltern verloren. Erst starb ihr Vater nach kurzem Leiden an Krebs, ihre herzkranke Mutter folgte ihm wenig später. Sie erlitt einen schweren Infarkt, und alle, die sie kannten, sagten, im Grunde sei sie an gebrochenem Herzen gestorben.

Für Susanne und ihre Schwester Katrin war damals eine Welt zusammengebrochen. Nach dem Tod der Mutter waren die beiden Mädchen tagelang wie erstarrt, und erst am Grab hatten sie weinen können. Das Zuhause, die kleine heile Welt, in der sie aufgewachsen waren, war ihnen unwiederbringlich genommen worden. Zum Glück waren Beate und Markus Mattner für ihre Nichten da gewesen. Sie waren sofort aus Dürnstein hinauf nach Passau gekommen und hatten sich um alles gekümmert, was in einem solch traurigen Fall geschehen musste.

»Ihr könnt nicht mehr hier wohnen bleiben«, sagte die Tante gleich nach der Beisetzung und zog die Mädchen in die Arme. »Was haltet ihr davon, zu uns zu kommen?« Sie küsste erst Susanne, dann Katrin aufs Haar. »Ihr wisst, wie lieb ich euch habe, nicht wahr?« Und als die beiden nur nickten, fuhr sie leise fort: »Ich würde mich sehr freuen. Und eure Mutter hat es sich auch so gewünscht.«

Ja, das wussten Susanne und Katrin. Ihre Mutter hatte oft gesagt, dass Tante Beate sich um sie kümmern würde, wenn sie selbst es einmal nicht mehr könnte.

Hatte sie da bereits geahnt, dass sie ihrem Mann bald nachfolgen würde? Immer häufiger hatte sie den Mädchen von dem großen Weingut in der Wachau erzählt, ein paarmal war sie sogar mit ihnen dorthin gefahren, und sie hatten dann beim Großvater und bei Onkel und Tante ein paar Tage Urlaub gemacht.

Das Weingut der Mattners wurde für Susanne und ihre jüngere Schwester Katrin zu einer neuen Heimat. Markus Mattner, der Bruder ihres Vaters, und seine Frau Beate liebten die Mädchen wie ihre eigenen Kinder, und nach und nach konnten die beiden diese Liebe aus vollem Herzen erwidern.

Beate und Markus hatten keine eigenen Kinder und lange gehofft, dass Susanne einmal das Gut übernehmen würde. Sie hatte häufig und gern im Weinberg mitgearbeitet, doch noch lieber war sie mit dem Großvater auf der Donau unterwegs gewesen. Die Donau hatte ihre Wunden geheilt und ihr die Lebenslust zurückgegeben, als sie selbst schon nicht mehr daran geglaubt hatte. Katrin hingegen zeigte weder Interesse am Gutsbetrieb, noch wollte sie mit aufs Wasser, sooft der Großvater sie auch einlud.

Dafür konnte Katrin sich stundenlang in ein Buch vertiefen und dabei die Welt um sich herum vergessen. Nach der Schule studierte sie Germanistik, und schon während dieser Zeit veröffentlichte sie ihr erstes Kinderbuch. Inzwischen hatte sie sich einen Namen gemacht, ihre letzten beiden Bücher waren ein großer Erfolg gewesen. Sie lebte seit einigen Monaten wieder im Elternhaus in Passau, das zuvor jahrelang vermietet gewesen war. In die Wachau kam sie nur noch selten – im Gegensatz zu Susanne, die auf dem Gut ein dauerhaftes Zuhause gefunden hatte.

»Auf dich, mein Mädchen«, riss Oskar sie aus ihren Gedanken. Er war zurückgekehrt und hatte bereits den Wein eingeschenkt. »Ich wünsche dir allzeit gute Fahrt.« Dann hielt er inne, und ein Schatten legte sich über sein Gesicht. »Es ist zu traurig, dass deine Eltern dich jetzt nicht sehen können. Sie wären mindestens genauso stolz auf dich wie ich.«

»Ob Mami wirklich gewollt hätte, dass ich in deine Fußstapfen trete?« Susanne zuckte leicht mit den Schultern. »Ich glaub es eigentlich nicht. Aber auf Katrin wäre sie stolz gewesen.«

»Vielleicht. Aber dein Vater wäre geplatzt vor Stolz. Das weiß ich genau. Er hatte auch das Fernweh im Blut, so wie wir.« Er lachte leise. »So, jetzt keine sentimentalen Gedanken mehr. Ich trinke noch einmal auf dich – und deinen Erfolg!«

»Lieb von dir, danke.« Sie stießen an, und in diesem Moment wurde Susanne von einer tiefen Zufriedenheit erfüllt.

»Wissen es Beate und Markus schon?«

Susanne schüttelte betreten den Kopf. »Nein, aber ich will heute noch zu ihnen fahren.«

»Sie werden sich mit dir freuen – und genauso stolz auf dich sein wie ich.«

Hoffentlich, dachte Susanne, sprach es aber nicht aus. Onkel Markus hatte sich nach außen hin schon damit abgefunden, dass sie seine Nachfolge nicht antreten würde, aber hin und wieder konnte er sich eine Bemerkung, die seine Enttäuschung verriet, doch nicht verkneifen. Und auch Beate, die Susanne eine liebevolle zweite Mutter geworden war, hatte eine geraume Weile mit ihrer Enttäuschung nicht hinter dem Berg halten können.

»Wenn wir eigene Kinder hätten, wäre alles anders«, hatte sie gesagt, als Susanne ihr zum ersten Mal von ihrem Vorhaben, Kapitänin zu werden, erzählte. »Dann könnte ich dich aus vollem Herzen unterstützen. So aber ...« Sie war zum Fenster gegangen und hatte hinüber zu den Rebhügeln geschaut. »So bist du doch unsere einzige Hoffnung, all das hier ...«, sie hatte eine alles umfassende Handbewegung gemacht, »... weiterzuführen. Katrin hat sich ja nie für den Weinbau interessiert. Du aber schon.«

»Ja, ich genieße es, im Weinberg zu sein. Aber auf die Donau zieht es mich noch viel mehr. Tut mir leid.« Susanne hatte sie von hinten umarmt und sich an den Rücken ihrer Tante geschmiegt. »Ich weiß, dass ich eine Enttäuschung für euch bin, aber ...«

»Nein! Sag so etwas nie wieder!« Beate hatte sich umgedreht und Susanne fest in die Arme genommen. »Du hast uns nie enttäuscht – und das wirst du auch in Zukunft nicht. Egal, für welchen Beruf du dich entscheidest: Wir werden dich immer lieben.«

Tränen hatten bei den Worten in ihren dunklen Augen gestanden. Sie war fast einen halben Kopf kleiner als Susanne, und ihr dunkles, naturgelocktes Haar umrahmte in einer modischen Kurzhaarfrisur ihr Gesicht.

»Ich verspreche, dass ich so oft wie möglich herkommen werde.«

»Darauf freue ich mich jetzt schon.« Mit einer liebevollen Geste schob Beate ihrer Nichte eine der langen blonden

Haarsträhnen hinters Ohr – eine vertraute Geste, die sie bestimmt schon tausendmal ausgeführt hatte.

»Du verzeihst mir?«

»Da gibt es nichts zu verzeihen. Das sind wohl die Gene. Deinen Großvater hat es in seiner Jugend noch weiter, bis aufs Meer, hinausgezogen. Erst nach über zehn Jahren auf hoher See ist er Donaukapitän geworden.«

»Und er war mit seinem Beruf sehr glücklich.«

Das Läuten einer Schiffsglocke riss Susanne aus ihrer Erinnerung.

»Das ist der Hansi.« Oskar stellte sich an die Brüstung und winkte hinunter. »Er ist genauso alt wie ich, schippert aber mit seinem Sohn immer noch auf seinem kleinen Dampfer von Melk nach Dürnstein.«

Susanne stellte sich neben ihren Großvater und sah hinunter auf das kleine Ausflugsboot, das schon wenig später hinter der nächsten Flussbiegung verschwand. »Dich zieht es aber nicht mehr auf ein Schiff, oder?«

»Nein, diese Zeit ist definitiv vorbei. Ich werkele jetzt lieber in meinem Garten. Hast du schon gesehen, wie gut die Rosen angegangen sind, die ich letztes Jahr gepflanzt habe? Die alten englischen Sorten sind mir immer noch die liebsten.«

»Ich bin gespannt drauf, wie sie blühen und duften werden.« Susanne schaute hinüber zum Rosenbeet, das in einem Rondell vor dem Haus angelegt war. Das Haus, einstöckig und weiß getüncht, wirkte auf sie immer ein wenig wie verwunschen. An einer Seite rankte sich Efeu an einem Spalier entlang, und auf der Seite, die zur Donau zeigte, zog sich ein großzügig angelegter Balkon die Wand entlang.

Langsam ging Susanne zurück zum Tisch und trank ihr Glas leer. »Sei nicht böse, aber ich will jetzt los. Ich möchte noch vor der Dämmerung auf dem Gut sein.«

»Klar doch. Fahr vorsichtig – und bestell Grüße von mir.«

Das Weingut Mattner lag im Licht der späten Nachmittagssonne, eingebettet in Rebgärten, die sich an sanften Hängen entlangzogen. Zwei riesige alte Weinfässer flankierten das breite Eisentor zur Zufahrt. Dahinter führte ein etwa hundert Meter langer, von Buchsbäumen gesäumter Weg zum zweigeschossigen Gutshaus.

Susanne hatte gerade links vom Eingang geparkt, da schoss auch schon ein riesiger Hund auf ihren Wagen zu, bellte wie verrückt und drehte sich vor Begeisterung im Kreis.

»Hallo, Nick! Komm her, mein Dicker.« Als sie ausstieg, drückte der Bernhardiner sich gleich so fest an sie, dass sie beinahe das Gleichgewicht verloren hätte.

»Meine Güte, du bist ja noch kräftiger geworden in den letzten Wochen«, rief sie lachend und klopfte dem einjährigen Hund die Flanken.

»Aus, Nick!«, befahl Markus Mattner vom Hauseingang

her, und widerwillig, aber gehorsam ließ der Hund von Susanne ab.

Lächelnd kam ihr Onkel auf Susanne zu und nahm sie liebevoll in den Arm. »Hallo, Sonnenschein! Schön, dass du da bist. Und? Bestanden?«

»Natürlich!« Susanne grinste ihn an. »Oder hast du daran gezweifelt?«

»Nicht einen Augenblick lang.« Er legte den Arm um ihre Schultern und führte sie ins Haus. »Ich gratuliere dir von Herzen.«

»Danke.« In der geräumigen Wohnküche, die mit hellem Zirbenholz verkleidet war, ließ sich Susanne auf der Eckbank gleich neben dem Fenster nieder. Das hier war seit der Kindheit ihr angestammter Platz. Und wie früher, so lag auch jetzt eine der Katzen, die es immer auf dem Gut gegeben hatte, auf einer alten Decke unterm Herrgottswinkel.

»Wo ist denn Mutsch?«

»Zum Einkaufen gefahren. Sie wird aber sicher gleich da sein.« Markus ging zum großen Kühlschrank und holte eine Flasche Sekt heraus. »Wir trinken schon mal einen Schluck auf deine erfolgreiche Prüfung.«

»Lass uns lieber noch auf sie warten, Onkel Markus. Ich hab beim Großvater schon ein Glas Veltliner getrunken und seit dem frühen Morgen nichts mehr gegessen.«

»Dann nimm dir was. Es ist noch Braten vom Mittag übrig. Und sicher auch noch ein Rest Kartoffelsalat.«

»Ein paar Löffel Salat wären gut.« Susanne ging zum Kühlschrank und nahm sich eine kleine Portion.

Während sie aß, hielt Nick neben ihr Wache und beobachtete neugierig jeden Bissen, der in ihren Mund wanderte.

»Er ist so was von verfressen. Manchmal denke ich, dass er mit dem Wachsen gar nicht mehr aufhören will«, erzählte Markus. »Aber er ist jetzt schon ein perfekter Wachhund. Er hört alles, und ich rate keinem Fremden, sich dem Grundstück zu nähern, wenn wir nicht da sind.«

»Das beruhigt Mutsch sicher sehr.« Susanne hatte es nie fertiggebracht, zu Onkel und Tante, die ihr die Eltern ersetzt hatten, Mama oder Papa zu sagen. Markus blieb Onkel Markus, während sie nach kurzer Zeit bei ihnen auf dem Gut dazu übergegangen war, zu Beate »Mutsch« zu sagen. Und Beate war glücklich über diesen Kosenamen ihrer beiden Nichten.

»So, ich bin erst einmal satt.« Susanne stellte den geleerten Teller in die Spülmaschine. »Und jetzt trinke ich gern ein Glas mit dir.«

Markus Mattner hielt die Flasche in die Höhe. »Schau, das sind die neuen Etiketten. Was sagst du dazu?«

Aufmerksam betrachtete Susanne das modern gestaltete Etikett. »Sehr schön. Stilvoll, elegant – und doch erkennt man dabei noch eure traditionelle Sektmarke.«

»Es war Florians Idee, mal etwas Neues zu wagen. Und ich muss sagen, er hatte recht.«

»Florian ...« Ein Lächeln glitt über Susannes Gesicht. »Ist er wieder da? Wo steckt er denn?«

»Nein, er kommt erst nächsten Monat wieder. Jetzt ist er sicher gerade bei seiner Anette in Deutschland.«

»Anette? Wer ist das denn?« Susanne musste sich bemühen, ihr Lächeln beizubehalten.

Markus goss die Gläser voll. »Seine neue Flamme.«

»Aha.« Susanne nahm ihr Glas, drehte es aber eine Weile in der Hand hin und her, ohne zu trinken. Dass Florian liiert war, versetzte ihr einen Stich.

Warum eigentlich?, fragte sie sich im nächsten Moment trotzig. Was immer er tut oder lässt – es geht mich gar nichts mehr an. Ich war noch ein Teenager, als ich mich in ihn verliebt habe, und mehr als ein paar Küsse hat es zwischen uns nie gegeben. Das war nie mehr als nur ein harmloser Flirt, hatte sie neulich achselzuckend ihrer Schwester Katrin versichert. Doch insgeheim wusste Susanne es besser. Ihre Gefühle für Florian waren viel mehr als bloße Schwärmerei gewesen. Sie hatte sich mit Haut und Haaren in ihn verliebt – und noch immer war er der einzige Mann, dem sie je ernsthaft ihr Herz geschenkt hatte.

»Auf deinen Erfolg, mein Sonnenschein.«

»Danke. Und danke, dass du dich wirklich mit mir freust.« Susanne nahm einen Schluck. Dass Onkel Markus sie, wie schon als Kind, hin und wieder noch »Sonnenschein« nannte, rührte sie. »Ich weiß, dass ich dich enttäuscht habe und du ...«

»Pst, kein Wort mehr darüber. Du musst deinen Weg gehen.« Markus Mattner trank sein Glas leer. »Im Moment bin ich ja noch fit, und der Florian wird mir eine große Hilfe sein, wenn er nächsten Monat wieder ganz zurückkommt. Er ist ein sehr guter Kellermeister geworden, und ich muss gestehen, dass seine Ideen wirklich überzeugend sind – und für den Betrieb erfolgreich sein werden.«

»Der Flori kommt also tatsächlich zurück?« Susanne bemühte sich um einen neutralen Tonfall, obwohl ihr Herz heftig zu schlagen begann. Sie war siebzehn gewesen, als sie sich in den groß gewachsenen Flori mit den dunklen, immer etwas wilden Locken verliebt hatte.

Florian hatte gleich nach dem Schulabschluss bei seinem Patenonkel in Krems die Ausbildung zum Winzer begonnen. Da der Onkel allerdings zwei Söhne hatte, war von Anfang an klar gewesen, dass Florian auf Dauer nicht dortbleiben konnte. Bei den Mattners hatte er nach erfolgreicher Lehre die erste Anstellung bekommen, und in Markus Mattner hatte er einen Chef gefunden, der ihn nach besten Kräften förderte.

Susanne hatte den umgänglichen und gewissenhaften Florian angehimmelt, er hingegen hatte stets seine Stellung auf dem Gut respektiert. Als Nichte seines Chefs war Susanne für ihn tabu, auch wenn es ihm merklich schwerfiel, den verliebten Blicken der Siebzehnjährigen zu widerstehen.

Sie waren ein paarmal miteinander ausgegangen, sogar zur Dürnsteiner Sonnenwendfeier auf einem Dampfer hatte er sie eingeladen. In dieser Nacht hatte Susanne inständig gehofft, dass er sie endlich mit zu sich nehmen und sie wirklich zu seiner Freundin machen würde. Doch er hatte sich, wie ein echter Gentleman, vor dem Gutshaus mit einem liebevollen, sehr zärtlichen Kuss verabschiedet.

Wochenlang war sie sauer auf ihn gewesen. Und dann, ganz plötzlich und unerwartet für sie, hatte er das Gut verlassen. Als sie von ihrer Abschlussfahrt heimgekehrt war, hatte sie erfahren, dass Flori gekündigt hatte, um in Deutschland auf eine Winzerschule zu gehen.

Eine Weile war sie sauer auf ihn gewesen, doch dann konzentrierte sie sich auf ihre eigene Ausbildung, die Erinnerung an Florian verblasste – bis jetzt, da sie erfuhr, dass er zurück in die Wachau kommen würde.

»Florian hat einen sehr guten Abschluss auf einer Winzerschule in der Pfalz gemacht, dann hat er bei einem der größten Winzer dort gearbeitet.« Markus Mattner goss noch einmal Sekt nach. »Dass er heimkommen und im nächsten Monat wieder hier anfangen will, ist für unser Weingut ein großer Gewinn.«

»Das glaub ich gern.« Susanne lächelte ihren Onkel an. »Und vielleicht … vielleicht ist er ja wirklich der Richtige, um einmal das Gut zusammen mit dir zu leiten.«

»So ist es angedacht.« Markus trank sein Glas leer und schaute Susanne an. »Du darfst deshalb nicht sauer sein, ich musste eine Entscheidung fällen.«

»Aber warum sollte ich sauer sein? Ich freu mich für euch! Und ich bin auch ein bisschen erleichtert. Dann hast du endlich mehr Unterstützung.«

»So ähnlich hat es Beate auch gesagt.« Markus Mattner stand auf, dehnte mit einem kleinen Stöhnen den Rücken und machte ein paar Schritte zur Tür. »Ich muss mit dem Hund raus. Wenn der liebe Nick nicht wenigstens eine gute halbe Stunde lang draußen herumtoben kann, ist es nix mit unserer Nachtruhe.«

»Hast du Schmerzen?«

»Ischias. Wieder mal.« Markus seufzte. »Das feuchte Wetter in den letzten Tagen hat mir nicht gutgetan.«

»Dann ruh du dich ein bisschen aus, ich geh mit Nick spazieren.«

Der Hund bellte gleich auffordernd. »Spazieren« war für ihn das reinste Zauberwort.

»Schon gut, es geht gleich los. Ich zieh mir nur rasch ein Paar feste Schuhe an.«

Der Hund wartete schon auf Susanne, als sie fünf Minuten später aus ihrem Zimmer kam. Sie hatte die gute weiße Bluse gegen einen blauen Pulli und eine leichte Jacke getauscht. Gegen Abend wurde es kühl, und oben am westlichen Rebhang, wo es einen bequemen Weg gab, wehte immer ein leichter Wind.

Es war ein schöner Spaziergang an dem noch ziemlich kahlen Weinberg entlang. Hin und wieder blieb Susanne stehen, trat zu einem der unendlich vielen Rebstöcke und kontrollierte den zarten Wuchs der Blätter. Schon als junges Mädchen hatte sie bei der Pflege der drei Weinberge geholfen. Sie wusste, wie viel Arbeit in einem guten Wein steckte. Es begann mit dem Hochbinden der jungen Triebe, nach vielen weiteren Schritten kam die Lese – und dann ging die verantwortungsvolle Arbeit des Kellermeisters los.

Bald schon würde Florian der neue Kellermeister auf Gut Mattner sein! »Du wirst ihn sicher mögen, Nick. Er ist ein ganz Lieber.«

Der Hund reagierte mit lautem Bellen. Er zog heftig an

der Leine und sah lauernd nach rechts, wo ein kleiner schmaler Pfad seitlich abzweigte.

»Meine Güte, Nick, du wirfst mich ja um, wenn du so ziehst!« Susanne musste alle Kraft aufbieten, um das Tier zurückzuhalten. Nick begann jetzt, zu knurren, dann aber bellte er aufgeregt und wedelte freudig mit dem Schwanz.

»Was ist denn los? Was hast du gesehen?« Susanne wollte ihn hinter den Ohren kraulen, was er besonders liebte, doch Nick riss sich gerade in der Sekunde los, als sie sich zu ihm hinunterbeugte, und raste davon.

Susanne folgte ihm, so rasch es ging, doch er war bereits hinter einer Kurve verschwunden.

»Nick! Zurück! Komm her!« Sie rief, so laut sie konnte.

»Keine Panik. Er ist hier bei mir.«

Beim Klang der vertrauten Stimme zuckte Susanne zusammen.

»Florian?« Ihr Herz schlug schneller.

»Hier sind wir!« Etliche Meter entfernt stand ein Mann und winkte ihr zu.

»Florian! Was machst du denn hier?« Schwer atmend stand sie vor ihm.

»Deinen Hund bändigen. Was sonst?« Lachend zog er sie in die Arme und küsste sie auf die Wange. »Das musste sein. Ich bestehe nämlich auf einer gescheiten Begrüßung!« Er hielt sie ein wenig von sich ab. »Gut siehst du aus«, sagte er, und wie früher zeigte sich in seiner linken Wange ein Grübchen. »Sehr fesch – und du hast immer noch dieses Zucken im linken Mundwinkel.« Er lachte, bevor er kurz über genau diesen Mundwinkel strich.

»Hallo, Flori. Schön, dich zu sehen.« Susanne musste sich mächtig zusammennehmen, um den Aufruhr, der in ihr tobte, zu beherrschen. Florian durfte auf keinen Fall merken, wie sehr er sie immer noch verunsicherte, wie sehr sie seine Nähe erregte.

Verflixt, und ich hab gedacht, die Mädchenschwärmerei wäre Vergangenheit. Instinktiv schüttelte sie den Kopf.

»Was ist los? Freust du dich nicht?« Florian griff nach ihren Schultern. »Ich für meinen Teil freu mich riesig, wieder daheim zu sein. Und wieder auf dem Gut arbeiten zu können. Da habe ich doch wenigstens die Möglichkeit, dich hin und wieder zu sehen.«

»Die hättest du schon längst haben können. Schien dir aber nicht sehr wichtig zu sein.« Sekundenlang presste Susanne die Lippen zusammen.

Florian seufzte. »Hast ja recht. Ich ... ich war einfach zu eingespannt in den letzten Jahren, um oft herzukommen. Da war erst die Schule, dann der Job ...«

»Schon gut, du brauchst dich nicht zu entschuldigen. Mein Onkel freut sich, dass du wieder da bist.« Endlich gelang Susanne ein entspanntes Lächeln. Dann aber runzelte sie die Stirn. »Wieso eigentlich jetzt schon? Ich denke, du fängst erst nächsten Monat wieder mit der Arbeit an?«

»Stimmt. Aber ich möchte mich in Ruhe im Verwalterhaus einrichten. Ich muss Möbel kaufen, mich ummelden ... Es gibt einiges zu erledigen. Deshalb bin ich jetzt schon mal für ein paar Tage hergekommen.«

»Und wo wohnst du?«

»Bei einem Freund in Dürnstein. Aber jetzt erzähl lieber

von dir. Wie geht es dir? Ich habe gehört, dass du dein Kapitänspatent machen willst.« Er griff nach Nicks Leine. »Du hast deinen Kopf also durchgesetzt.«

»Das klingt ja so, als wäre es etwas Schlechtes, wenn man den Beruf wählt, den man sich wünscht.«

»Nein, so war es nicht gemeint. Ich weiß nur, dass dein Onkel zunächst andere Pläne hatte.«

»Stimmt. Aber seine Pläne waren nicht meine. Und jetzt bist du ja da und kannst ihn entlasten.«

»Das ist nicht dasselbe, und das weißt du.«

Susanne presste die Lippen zusammen. »Florian, das Thema ist durch. Außerdem bist du mit Sicherheit eine größere Unterstützung, als ich es je hätte sein können.« Sie streckte den Arm aus. »Komm, gib mir Nicks Leine. Ich muss los.«

Sie zerrte den Hund ein Stück weiter, doch der ließ sich einfach zu Boden fallen.

»Verflixt noch mal, Nick, haben sie dir deinen Dickkopf immer noch nicht abgewöhnt?« Susanne merkte, dass ihr Tränen in die Augen stiegen. Verdammt, es lag nicht an Nick, dass sie so extrem reagierte.

»Sannchen …« Der Klang von Florians zärtlicher Stimme ließ sie innehalten. »Warte.«

Langsam drehte sie sich um.

Florian war näher gekommen, er legte die Arme von hinten um sie und zog sie an sich. »Es tut mir leid«, raunte er, und das zärtliche Timbre verursachte Susanne eine Gänsehaut.

Lautes Bellen holte sie jäh in die Wirklichkeit zurück.

Nick riss sich endgültig von ihr los und jagte bellend einem Kaninchen nach.

Vorbei war der Zauber, der sie für einen Moment umfangen hatte.

Florian ließ Susanne los. »Dieses Temperament ist kaum zu bändigen.« Er sah dem Hund nach, der jetzt versuchte, den Zickzacksprüngen des Kaninchens zu folgen.

»Er ist schon wieder gewachsen, seit ich das letzte Mal hier war. Und richtig erzogen ist er auch nicht. Mal sehen, ob ich ein bisschen mit ihm üben kann. Bin ja noch ein paar Tage hier. Dann übernehme ich die *Donauperle*.«

»Dann hast du dein Patent also schon?«

»Ja. Heute bekommen.«

»Gratuliere!«

»Danke.«

»Kannst stolz auf dich sein.« Florian lächelte sie an.

»Du, ich muss weiter.« Für eine Sekunde zögerte Susanne, dann umarmte sie Florian kurz und hauchte ihm einen Kuss auf die Wange. »Bis bald. Wir sehen uns dann ja sicher wieder häufiger.«

»So ist es. Ich hoffe jedenfalls, dass du während deiner freien Tage oft herkommst.«

»Mach ich bestimmt.« Sie pfiff dem Hund. »Los, Nick, wir müssen weitergehen.«

Florian machte Anstalten, Susanne nochmals in den Arm zu nehmen, doch da hatte sie sich schon umgedreht und war den Rebhang weiter hinaufgestiegen.

In ihrem Innern herrschte ein lange nicht mehr gekanntes Chaos. Da hatte sie wirklich gedacht, sie hätte ihre Zuneigung für Florian überwunden. Ein großer Irrtum!

Die Sonne schob sich am Horizont empor und tauchte die liebliche Donaulandschaft in sanftes Licht. Auf den jungen Reben glänzten noch die Tautropfen, und über dem Südhang von Gut Mattner kreisten zwei Rotmilane auf der Suche nach ihrem Frühstück.

»Guten Morgen, Mutsch.« Susanne gab Beate Mattner einen Kuss auf die Wange. Dann sah sie sich suchend um. Der Frühstückstisch war nur noch für zwei gedeckt. »Sind die anderen schon fort?«

Es war üblich, dass die Gutsbesitzer mit ihren Angestellten zusammen frühstückten. Und wenn nicht gerade Weinlese war, kochte Beate auch für alle das Mittagessen.

»Die sind schon ganz zeitig rüber zum Südhang gefahren. Es soll am Nachmittag ein Gewitter geben, da will Markus noch mal alles genau kontrollieren.«

»Ach so? Ist das denn schon nötig?«

»Er hat dort vor zwei Jahren gut fünfhundert neue Rebstöcke gepflanzt. Er will vermehrt Smaragdweine keltern, und die Trauben gedeihen an der sonnigen Lage besonders gut.«

»Ich weiß.« Susanne nickte. »Ein Jahr nachdem Katrin und ich bei euch eingezogen sind, habt ihr euch zum ersten

Mal an Smaragdwein versucht. Und ich war sauer, weil ich nicht probieren durfte so wie alle anderen.«

»Daran erinnerst du dich?« Beate goss zwei Tassen Kaffee ein.

»Klar doch!« Susanne setzte sich und griff nach einer noch warmen Semmel. »So wie ich mich auch daran erinnere, dass ich bei dir die erste Marillenmarmelade meines Lebens gegessen habe. Daheim in Passau gab es immer Erdbeer- oder Himbeermarmelade. Die Körner darin habe ich gehasst.«

»Es geht auch nichts über selbst eingekochte Marmelade. Und hier in der Wachau sind die Marillen einfach köstlich. Deine Freundin Juliane war doch auch immer so verrückt danach. Wie geht es ihr eigentlich nach der Trennung von ihrem Verlobten?« Beate trank einen Schluck Kaffee. Sie nahm sich stets Sahne dazu, während Susanne ihren Kaffee am liebsten schwarz mochte.

»Sie ist momentan ganz happy mit ihrem Singledasein. Aber wie ich sie kenne, wird sie nicht lange allein bleiben«, war sich Susanne sicher.

»Sie ist wirklich ein positiver Mensch. Und ihr wart immer ein Herz und eine Seele.«

»Sind wir auch heute noch – obwohl wir uns nicht mehr so oft sehen. Aber wenn wir uns treffen, ist es einfach herrlich mit ihr.« Susanne lachte leise auf. »Mit ihr auf ihrem großen Bett hocken und Eis löffeln – das waren gute WG-Zeiten.«

Versonnen blickte Susanne aus dem Fenster. »Sie hat inzwischen sehr gut zu tun. Ihr Goldschmiede-Atelier wirft immer mehr ab. Sie meinte erst kürzlich, ich solle mal wieder vorbeikommen und mir anschauen, was sich alles verändert hat, seit ich zuletzt dort war.«

»Erst einmal ruhst du dich hier bei uns aus«, sagte Beate und drückte liebevoll Susannes Hand. »Katrin sehen wir auch viel zu selten.«

»Ich weiß. Dafür telefonieren wir oft.« Susanne grinste. »Vor einigen Wochen hat sie mich gefragt, ob sie das Gästezimmer, in dem ich immer schlafe, untervermieten soll, weil ich nie da wäre.«

»Und?«

»Kommt nicht infrage. Sie wollte mich auch nur ein bisschen necken. Sie weiß doch genau, dass ich stark eingespannt war in den letzten Monaten. Aber es ist ganz nett, sie mal am Wochenende in dem verwunschenen kleinen Häuschen zu besuchen. Und mehr als eine Kammer unterm Dach ist das Gästezimmer sowieso nicht.«

Mit einem melodischen Dreiklang meldete sich ihr Mobiltelefon. Susanne sah stirnrunzelnd auf die Nummer.

»Die Reederei«, sagte sie. »Was wollen die denn um diese Zeit?«

Beate zuckte nur mit den Schultern.

Angespannt hörte Susanne zu, nickte zweimal, obwohl das der Gesprächsteilnehmer ja nicht sehen konnte, und sagte schließlich: »Gut, dann bin ich Montagfrüh in Passau.«

Sie horchte auf die Erwiderung und sagte dann: »Ja, kein Problem, ich kann es leicht einrichten und die Fahrt übernehmen.«

Nachdem sie mit kurzem Gruß das Gespräch beendet hatte, trank sie in zwei langen Zügen ihren Kaffee aus und sah Beate an.

»Das war dann nichts mit einem Urlaub hier bei euch. Ich muss schon am Montag die *Donauperle* übernehmen.«

»Wieso das denn?«

»Mein Kollege hat einen Herzinfarkt erlitten.« Sie biss sich auf die Lippen. »Es ist tragisch, so kurz vor seiner Pensionierung muss er krank werden. Das tut mir echt leid.«

»Und das heißt also, dass du schon am Montag deinen Dienst antreten wirst?«

»Ja.« Susanne zuckte mit den Schultern. »Ich freue mich drauf, auch wenn ich gern noch ein bisschen länger bei euch geblieben wäre. Aber ich bin ja nicht aus der Welt, wenn ihr Lust habt, können wir uns an einigen der Anlegestellen hier in der Gegend sehen.«

»Wir kommen nach Dürnstein an die Anlegestelle, wann immer wir es einrichten können«, versprach Beate.

Susanne nickte nur. Ihr Herz klopfte rascher bei dem Gedanken daran, schon bald das erste eigene Kommando zu übernehmen. Gleichzeitig konnte sie es kaum erwarten, endlich wieder auf der Brücke eines Donauschiffes stehen zu können.

2

Die Uniform saß perfekt, das blonde Haar war zu einem festen Knoten geschlungen, und der dezente Lippenstift, den sie eben noch aufgetragen hatte, stand ihr gut. Mit klopfendem Herzen betrat Susanne das weiße Schiff, das in Passau vor Anker lag. Es war eins von sechs Kreuzfahrtschiffen, die sich an diesem Morgen wie Perlen am Kaiufer aneinanderreihten. Die *Donauperle* war mit Abstand das größte und modernste Schiff unter ihnen, und Susanne konnte ihren Stolz darüber, es von nun an befehligen zu dürfen, kaum verbergen.

»Willkommen an Bord, Frau Kapitän.« Zwei Männer und zwei Frauen, alle in Uniform, standen seitlich der Reling und salutierten.

»Danke.« Sie lächelte ihrer Crew zu. »Ich freue mich auf gute Zusammenarbeit – und allzeit eine gute Fahrt mit diesem herrlichen Schiff.« Sie wandte sich an den Ersten Offizier. »Sie sind Herr Wallburger, nicht wahr?«

»Ja. Guten Tag.« Er neigte nur knapp den Kopf und verzog ansonsten keine Miene.

Susanne wusste, dass Wolfgang Wallburger schon achtundvierzig Jahre alt war. Dass er immer noch nicht zum Kapitän ernannt worden war, musste ihn maßlos ärgern. Normalerweise wäre er als Erster Offizier der Nachfolger des erkrankten Kapitäns geworden. Dass es nicht so gekommen war, hatte sicher eine Ursache, die Susanne allerdings nicht kannte.

Sie könnte es sogar nachvollziehen, wenn er ihr nicht gerade die größte Sympathie entgegenbrachte, aber sie hoffte, dass sich das legen würde. Äußerlich ließ sie sich nichts anmerken, behielt ihr höfliches Lächeln bei, das sich noch ein wenig vertiefte, als sie sich dem zweiten Mann zuwandte.

Er war schlank, hatte blonde Haare und auffallend tiefblaue Augen, und er lächelte Susanne offen an. »Ich bin Christian Pichler, seit einem guten halben Jahr Hotelmanager auf der *Donauperle*.«

»Freut mich.« Susanne erwiderte seinen festen Händedruck. »Auf gute Zusammenarbeit«, sagte sie, dann drehte sie sich zu den beiden Frauen, die einen halben Meter abseits standen. »Guten Tag auch Ihnen. Freut mich, mit Ihnen zusammenarbeiten zu können.«

»Die Freude ist ganz meinerseits.« Eine zierliche Blondine mit kurzem Haar neigte leicht den Kopf. »Ich bin Vanessa Ellermann, Zahlmeisterin – oder Rechnungslegerin, ganz wie Sie es nennen wollen.«

»Willkommen an Bord.« Die andere Frau nickte nur kurz. Kein Lächeln erhellte ihre Miene. Der Mund war, kaum dass sie die Begrüßung ausgesprochen hatte, wieder zu einem schmalen Strich zusammengepresst, was ihrem hübschen Gesicht einen harten Zug verlieh.

»Sie sind Frau Koller, die Restaurantleiterin, nicht wahr? Kein leichter Job, denke ich mir.«

»Stimmt.« Die schlanke Frau mit dem langen, dunklen Haar sah starr an ihr vorbei.

Na, dann nicht, dachte sich Susanne und beließ es erst einmal bei der kurzen Vorstellung.

»Die anderen Herrschaften sehe ich dann später. Sind schon alle an Bord?«

»Der Zweite fehlt noch. Und auch der Maschinist. Sie werden aber in der nächsten Stunde an Bord kommen.« Wolfgang Wallburger machte eine knappe Handbewegung. »Ich darf vorangehen und Ihnen Ihre Kabine zeigen.« Er wartete nicht darauf, dass Susanne seiner Aufforderung folgte, sondern marschierte schon zu einer der Türen, die ins Innere des Schiffes führten.

»Danke. Gern.« Falls Susanne angenommen hatte, dass er ihre schwere Reisetasche nehmen und höflich tragen würde, hatte sie sich getäuscht.

Der eben noch strahlend schöne Tag schien sich zu verdunkeln, und das Glücksgefühl, mit dem sie die *Donauperle* betreten hatte, wich einer dumpfen Ahnung von Unbill, die auf dem Schiff auf sie warten würde.

Langsam versank die Silhouette Passaus in der einsetzenden Dämmerung. Die meisten Passagiere, die an der Reling gestanden und dem Ablegen zugeschaut hatten, suchten bis zum ersten Abendessen an Bord ihre Kabinen auf.

Nur kurz schaute Susanne zurück zu der Drei-Flüsse-Stadt, die von der Veste Oberhaus überragt wurde. Die Zwiebeltürme des Stephansdoms glänzten im letzten Sonnenlicht, es war für die junge Kapitänin wie ein freundliches Abschiedswinken.

Susanne hatte das Ablegemanöver mit klopfendem Herzen, aber sehr souverän hinter sich gebracht. Drei Schritte von ihr entfernt stand Wolfgang Wallburger und ließ sie nicht aus den Augen. Auch der Technische Offizier hatte es sich nicht nehmen lassen, auf die Brücke zu kommen. Er hatte sie sehr freundlich begrüßt, und Susanne hoffte, zumindest mit ihm problemlos zusammenarbeiten zu können. Steffen Kessler war achtundzwanzig, fast einen Meter neunzig groß und besaß kurz geschorenes dunkles Haar. Eine dünne Narbe zog sich über die linke Wange. Alt konnte die Verletzung nicht sein, die Wundränder waren noch leicht gerötet.

Als sie Engelhartszell passierten, blickte er angestrengt zum Ufer.

»Hör auf damit, Steffen. Sie ist nicht da.« Wolfgang Wallburger trat neben den jüngeren Kollegen und legte ihm kurz die Hand auf die Schulter. Zum ersten Mal hörte Susanne so etwas wie Wärme aus seiner Stimme heraus.

»Ich weiß.« Abrupt drehte sich Steffen Kessler ab und sah Susanne an. »Ich darf abtreten?«

»Ja, natürlich.« Susanne nickte ihm zu. Sie war versucht zu sagen, dass er überhaupt nicht hätte hier sein müssen, verkniff sich aber die Bemerkung. Sein Gesicht war blass, er wirkte angespannt, und mit einem raschen Blick auf seine Hände sah sie, dass er sie so fest zu Fäusten geballt hatte, dass die Knöchel weiß hervortraten.

Was hat er denn?, hätte sie gern gefragt, unterließ es aber. Vielleicht ergab sich später eine andere Möglichkeit, herauszufinden, was den Technischen Offizier bedrückte.

Das malerische Engelhartszell entschwand nach und nach ihren Blicken. Die kleine Gemeinde, die an der Nibelungenstraße lag, war eintausend Jahre alt, wie Susanne vor Jahren von ihrem Großvater erfahren hatte. Sie erinnerte sich noch gut daran, was der Großvater ihr über das Trappistenkloster erzählt hatte, das ganz in der Nähe des Ortes Engelhartzell lag.

»Die Mönche früher haben viel gebetet, aber auch viel gearbeitet«, hatte Oskar Mattner ihr erklärt. »Sie haben Kranke gepflegt und manchen müden Wanderer mit einer Brotzeit versorgt. Heutzutage ist das anders.«

»Wieso? Gibt es bei den Mönchen nichts mehr zu essen?« Stirnrunzelnd hatte Susanne damals zu der Klosterkirche hinübergeschaut.

»Doch, doch, sie haben genug zu essen. Und zu trinken.« Ein kleines Lächeln war bei den Worten über sein Gesicht gehuscht. Susanne hatte nachgehakt und erfahren: »Die Mönche brauen ein bekanntes Bier. Und einen leckeren Likör.«

Inzwischen wusste Susanne mehr über die Vermarktung des Likörs, der in der klostereigenen Fabrik hergestellt wurde und im ganzen Land bekannt war. In dem Kloster befanden sich heute zudem eine Schneiderei, eine Schlosserei, ja sogar ein eigenes Elektrizitätswerk. Allerdings wurde dies alles von weltlichen Mitarbeitern betrieben, und es gab nur noch ganz wenige Mönche im Stift Engelszell.

Zwei Stunden blieb Susanne noch auf der Brücke, bestaunte die Landschaft, dann übergab sie an Wolfgang Wallburger. Sie war hungrig und hoffte, beim Abendessen noch ein paar weitere Besatzungsmitglieder kennenzulernen.

Normalerweise wäre die Übernahme des Schiffes offizieller verlaufen, doch durch die tragischen Umstände galt es jetzt, zu improvisieren und alles ein wenig legerer zu gestalten.

Susanne war es ganz recht so, sie stand nicht gern im Mittelpunkt.

An dem Ecktisch, der den Offizieren des Schiffes vorbehalten war, saß Vanessa Ellermann.

»Das Rehgulasch ist heute ausgezeichnet. Oder mögen Sie lieber Fisch?«, fragte sie, als Susanne sich setzte. »Lachs mit Kräuterkruste und Bandnudeln ist heute der Hit bei den Passagieren, hat Dorothee gesagt.«

»Dann nehme ich das Gulasch. Nicht, dass ein anderer Passagier keinen Fisch mehr bekommt.« Susanne nickte der Kellnerin, die ihr ungefragt eine Kanne mit Wasser hingestellt hatte, dankend zu.

Sie hatte eine gute Wahl getroffen, das Gulasch schmeckte wirklich ausgezeichnet, und auch das Dessert, das die blonde Kellnerin servierte, kaum dass der erste Teller abgeräumt war, war hervorragend.

»Ich sterbe für weiße Mousse au Chocolat«, gestand Vanessa Ellermann.

»Dann bestellen Sie sich doch ein Schälchen.«

»Lieber nicht. Ich hatte mittags schon eine Portion. Und mehr davon zu essen wäre Sünde.« Sie sah zu der Kellnerin hin, die nur wenige Schritte entfernt stand. »Danke, Melanie, ich möchte nichts mehr«, sagte sie.

»Und Sie, Frau Kapitän?« Die junge Frau mit dem weißblonden kurzen Haar blickte Susanne fragend an. Susanne fiel auf, dass die Kellnerin ungewöhnlich blass war, und als sie jetzt Wasser nachschenkte, zitterte ihre Hand deutlich sichtbar.

»Nein danke, ich auch nicht.« Susanne nickte ihr freundlich zu.

»Alles in Ordnung, Melanie?« Fragend sah Vanessa Ellermann die Jüngere an.

»Ja, ja, alles gut.« Mit einem höflichen Nicken zog sich die Bedienung zurück.

»Ist sie krank? Sie ist so blass.« Susanne schaute der jungen Frau nach, bis diese hinter der Tür zur Küche verschwand.

»Nein, krank ist sie nicht. Es ist nur ...« Die Zahlmeisterin biss sich auf die Lippen. »Egal. Kein Thema für Ihren ersten Tag an Bord«, meinte sie dann.

»Das würde ich gern selbst beurteilen. Wenn ich irgendwie helfen kann, sagen Sie es bitte.« Susanne schob das leer gegessene Glasschälchen ein wenig zur Seite.

»Nein, nein, es wird sich schon alles klären. Aber danke

für Ihr Angebot.« Vanessa Ellermann erhob sich. »Ich darf mich verabschieden. Gute Nacht.«

»Gute Nacht.«

Gedankenverloren sah Susanne der Zahlmeisterin nach, die nun auch in Richtung Küche fortging.

3

»Schau nur, Oma, dahinten kannst du schon das Stift Melk erkennen.« Die junge Frau, die ihr kastanienbraunes langes Haar zu einem dicken Zopf zusammengebunden hatte, beugte sich weit über die Reling und wies mit der Hand in Richtung der auf einem Hügel über der Stadt thronenden Basilika. »Sieht ja prächtig aus! Richtig imposant.«

»Du hast recht, Kristina. Wunderschön. Ich kann mich noch genau erinnern, wie fasziniert ich war, als ich zum ersten Mal in der Basilika stand.« Die alte Dame, zierlich und mit kurzem weißem Haar, kniff die Augen zusammen, um besser sehen zu können. »Das Licht blendet ein wenig. Ich setze mich noch mal einen Moment und warte, bis wir näher gekommen sind.«

»Alles in Ordnung? Fühlst du dich nicht gut?« Besorgt sah Kristina ihre Großmutter an. »Es ist noch nicht sehr lange her, dass du mit einem Herzinfarkt in der Klinik lagst.«

»Es ist alles bestens. Mach dir nicht immerzu Sorgen um mich. Ich bin ein bisschen angeschlagen, das ist alles.« Ellen Kornacker lehnte sich in dem bequemen Deckstuhl ein wenig mehr zurück. »Ich fühle mich wie scheintot, wenn du versuchst, mich in Watte zu packen, also lass es bitte.« Ihr Tonfall war energisch.

»In Ordnung, Omi, ich bin ja schon still.« Kristina schaute wieder hinüber zur Basilika, die immer deutlicher in ihr Blickfeld rückte.

»Guten Morgen! Sie sind aber früh hier draußen!« Susanne war schon seit einer Stunde auf den Beinen, doch außer der Besatzung hatte sie noch niemanden gesehen – von den beiden Damen jetzt abgesehen.

»Ich wollte gern sehen, wie das Schiff auf Melk zusteuert«, erklärte die alte Dame und richtete sich ein wenig auf.

»Bitte bleiben Sie sitzen.« Susanne ging zu ihr und reichte ihr die Hand. »Ich bin Susanne Mattner«, stellte sie sich vor.

»Ich heiße Ellen Kornacker, und das ist meine Enkelin Kristina. Sie hat sich bereit erklärt, mit mir bis Budapest zu reisen. Dort bleiben wir drei Wochen und fahren dann, wenn die *Donauperle* wieder anlegt, mit zurück nach Passau.« Sie lächelte ihrer Enkelin liebevoll zu. »Das gibt es nicht oft, dass eine junge Frau ihre Freizeit opfert, um mit der Großmutter zu verreisen, nicht wahr?«

»Was absolut kein Opfer für mich ist.« Kristina nickte Susanne zu. »Eine Frau als Kapitän ... Wow, das hab ich noch nicht gesehen.«

»Wir leben im Zeitalter der Gleichberechtigung.« Susanne lächelte.

»Auch in diesem Beruf?« Kristina runzelte die Stirn. »Das glaub ich einfach nicht. Ich habe gestern gesehen, wie der Erste Offizier hinter Ihnen hergeschaut hat … Nicht gerade so, als sei er von Ihrer Figur begeistert!«

»Kristina! Du bist unmöglich!«

»Wenn's doch wahr ist! Ich persönlich finde es super, dass Sie das Schiff befehligen. Aber ich möchte wetten, dass etliche Männer das anders sehen.«

»Dann müssen sie sich eben daran gewöhnen. Und ich denke, wenn ich einen guten Job mache, kann ich irgendwann auch den letzten Macho überzeugen.« Susanne nickte den beiden zu. »Deshalb muss ich jetzt hoch zur Brücke. Die Schleuse bei Melk ist eine ziemliche Herausforderung. Das Schiff ist relativ breit, und ich denke, allzu viel Spielraum werden wir an den Seiten nicht haben.«

So war es tatsächlich, doch Susanne machte sich keine großen Sorgen, dass sie diesen Streckenabschnitt nicht meistern würde. So oft war sie mit dem Großvater schon hier entlanggefahren, und sie wusste genau, worauf sie achten musste. Es gab Stromschnellen, etliche Sandbänke und immer wieder Felsen, die unter der Wasseroberfläche verborgen waren und eine Gefahr für das Schiff darstellten.

Als sie die Brücke betrat, war Wolfgang Wallburger bereits dort. »Sie schon hier?« Unwillig sah er Susanne an. »Wäre nicht nötig gewesen. Ich komme gut allein klar.«

»Natürlich, aber es ist mein Schiff.« Sie stellte sich dicht neben ihn. »Erst einmal guten Morgen. So viel Zeit haben wir.« Sie hatte sich vorgenommen, jede Konfrontation zu vermeiden, allerdings war es ausgeschlossen, dass sie sich Frechheiten vom Ersten gefallen ließ.

»Ich dachte nur, ich könnte Ihnen heute Morgen behilflich sein.« Wolfgang Wallburger zuckte mit den Schultern. »Die Schleuse ist tückisch.«

»Ich weiß. Aber ich kann Sie beruhigen, ich bin schon etwa hundertmal diesen Streckenabschnitt gefahren.«

Der Erste Offizier presste die Lippen kurz aufeinander. »Ich vergaß – Sie haben ja einen Kapitän in der Familie, da liegt einem das Steuern eines Schiffes im Blut.« Die Ironie in seiner Stimme war unüberhörbar.

»Korrekt. Und jetzt sind es zwei Kapitäne.« Susanne ersparte sich ein weiteres Wortgeplänkel, ruhig übernahm sie das Kommando und steuerte ihr Schiff sicher durch die beiden Schleusen. Wolfgang Wallburger schaute ihr nur kurz über die Schulter, dann zog er sich ohne ein Wort zurück.

In Melk hatte die *Donauperle* nur knappe anderthalb Stunden Aufenthalt. Erst auf der Rückreise würde das Schiff einen ganzen Tag hier anlegen, damit die Reisenden Zeit hatten, sich das berühmte Kloster und die Stadt anzusehen. Im Moment stiegen nur sechs neue Gäste zu.

Während sich Susanne mit zwei anderen Besatzungsmitgliedern zusammensetzte, um die nächsten Phasen der Reise zu besprechen und sich über die Abläufe auf dem Schiff besser zu informieren, lagen Kristina Kornacker und ihre Großmutter an Deck und genossen den herrlichen Tag.

Kristina hatte Ellen fürsorglich eine Decke über die Knie gebreitet, und ein feiner, zartgrüner Kaschmirschal lag um Ellens schmale Schultern. Das helle Grün harmonierte ausgezeichnet mit ihrer grün gepunkteten weißen Bluse.

»Zu schade, dass wir nicht heute schon zum Stift Melk

hinaufkommen«, sagte Ellen nach einer Weile und legte das Buch, in dem sie gelesen hatte, zur Seite. »Ich kann es kaum erwarten, dir all die Herrlichkeiten zu zeigen, die es dort zu besichtigen gibt. Wenn ich nur an den beeindruckenden Klostergarten mit dem rosa Palais denke ... oder an das berühmte Melker Kreuz.«

»Wieso ist das so berühmt?«, erkundigte sich Kristina.

»Weil darin Splitter vom Kreuz Jesu aufbewahrt werden. Es ist eine wertvolle Reliquie.«

»Ich interessiere mich, ehrlich gesagt, mehr für die Bibliothek der Mönche. Ich habe mal gelesen, dass die Benediktiner im Laufe der Jahrhunderte mehr als einhunderttausend Bücher zusammengetragen haben.«

Schon in ihrer Kindheit hatte Kristina leidenschaftlich gern gelesen, und eine Weile hatte sie auch eine journalistische Karriere angestrebt. Doch seit einem sozialen Jahr in einer Kinderklinik in Südafrika nach dem Abitur stand für sie fest, dass sie Medizin studieren würde. Ihre Noten waren ausgezeichnet, und in München wartete nach dieser Reise schon ein Studienplatz auf sie.

»Die Bibliothek hier in Melk wurde zeitgleich mit dem Benediktinerkloster errichtet, einige Räume sind also über tausend Jahre alt«, erläuterte Ellen. »Aber wenn wir dort sind, werden wir nur einen Teil der Sammlung zu sehen bekommen. Trotzdem, du wirst beeindruckt sein von den Räumen.«

Kristina lachte. »Welch ein Glück, dass ich mit einer promovierten Kunsthistorikerin reise. Da brauch ich mich gar nicht mit einem Reiseführer zu belasten.«

»Banausin!« Ellen lachte ihre Enkelin zärtlich an. »Ich verspreche, dass ich dich nicht allzu sehr mit Einzelheiten langweilen werde.«

»Tust du bestimmt nicht.«

»Und es muss auch nicht jeder wissen, dass ich über all die Schätze, die wir auf dieser Fahrt sehen werden, ziemlich gut Bescheid weiß.« Ellen sah zu einer Gruppe junger Leute hinüber, die an der Reling standen und dem Ablegemanöver zuschauten, das in diesem Moment begann.

»Warum nicht? Ich bin sehr stolz auf meine weit gereiste und kluge Großmutter.«

Kristina trat für einen Moment ebenfalls zur Reling und beobachtete, wie sich das Schiff langsam vom Ufer entfernte. »Ich bin schon gespannt, was du alles über Budapest zu erzählen weißt.« Sie ging zu Ellen zurück und hockte sich ans Fußende der Liege.

»Budapest ...« Über das fast faltenlose Gesicht ihrer Großmutter glitt ein verträumtes Lächeln. »Diese Stadt hat einen ganz besonderen Zauber. Und für mich ist sie, wie du dir denken kannst, die schönste Stadt der Welt.«

»Das versteh ich gut.« Kristina legte kurz ihre Hand auf den Arm ihrer Oma. »Schließlich hast du da Opa kennengelernt.«

»Ja. Es waren schlimme Zeiten damals, und ich habe lange geglaubt, dass unsere Liebe keine Chance haben würde.« Sie sah nachdenklich hinüber zu den grünen Wiesen und Hängen, die sich am Flussufer erstreckten. Im Hinterland dehnten sich dichte Wälder aus, ihr dunkles Grün war ein wunderbarer Kontrast zum blauen Himmel, an dem kleine helle Wolken wie Segelschiffe entlangzogen.

Beinahe geräuschlos glitt die *Donauperle* auf dem ruhigen Wasser dahin. Nur das Schnattern der Gänse und Enten klang schwach vom Ufer herüber.

Die Sonne, noch lange nicht im Zenit stehend, besaß schon wärmende Kraft, und Ellen Kornacker lehnte sich bequem in ihrem Deckstuhl zurück. Eine Weile schloss sie die Augen und verlor sich in ihrer Erinnerung an das, was sich damals in Budapest zugetragen hatte. »Wir waren drei Kunsthistoriker aus Bayern und sind damals vom Historischen Museum in Budapest eingeladen worden«, begann sie ihre Erzählung. »Ich war gerade achtundzwanzig geworden und unheimlich stolz darauf, dass mich mein damaliger Chef mitgenommen hatte.« Sie seufzte. »Ich ahnte ja nicht, dass er sich in mich verliebt hatte und sich von der Reise so einiges erhoffte.«

»Aber dann kam Opa Janosch dazwischen«, kommentierte Kristina die Erzählung mit dem Anflug eines Lächelns auf den Lippen.

»Genau so war es. Er war Restaurator. Wir haben uns zum ersten Mal getroffen, als wir die Werkstätten des Museums besichtigt haben.« Für ein paar Sekunden schloss sie die Augen. Als sie wieder zu ihrer Enkelin blickte, lag in ihren Augen ein strahlender Glanz. »Es war Liebe auf den ersten Blick. Ich habe mich für das Bild interessiert, das er gerade reinigte, und wir haben uns lange und intensiv über das Kunstwerk unterhalten.« Nach einer kleinen Pause fuhr sie gedankenverloren fort: »Ich weiß bis heute noch nicht, wer das Bild gemalt hat. Dein Großvater hat immer nur gesagt, es wäre ein unwichtiger Schinken gewesen – kunstgeschichtlich betrachtet. Für uns war diese Pusztalandschaft, die das Bild zeigte, etwas ganz Besonderes.«

»Und dann habt ihr euch verabredet?«

»Na ja, so einfach war das damals noch nicht. Wir Westdeutschen konnten uns nicht so frei im Land bewegen wie heute. Ungarn war in den Sechzigerjahren noch kommunistisch regiert. Aber der ungarische Museumsleiter war mit Janosch befreundet und hat es uns mit kleinen Tricks ermöglicht, dass wir uns in den drei Wochen Aufenthalt oft allein treffen konnten.«

Kristina kannte einige der Geschichten aus der Vergangenheit ihrer Großeltern schon, doch sie fand es immer wieder schön, mit Oma Ellen über jene Zeit zu sprechen.

»Ich stell mir das alles ungemein romantisch vor«, sagte sie.

Ellen lächelte und richtete sich wieder auf. »War es auch«, sagte sie. »Romantisch, ein bisschen abenteuerlich … und letztendlich aufregend, denn ich wurde schwanger. Das habe ich aber erst bemerkt, als ich wieder in München war.«

»Das war damals sicher eine Katastrophe, nicht?«

Ellen nickte. »Das kannst du mir glauben! Und ohne meine Eltern, die für die damalige Zeit sehr tolerant waren und mich unterstützt haben, wäre es mir schlecht gegangen. Man hat mir sogar mit einer Kündigung gedroht, doch das konnte mein Chef im letzten Moment verhindern, das rechne ich ihm heute noch hoch an.«

»Und der Opa?«

»Dein Großvater war glücklich über meine Schwangerschaft, und er hätte mich auch sofort geheiratet – wenn es denn möglich gewesen wäre. Aber er durfte ja Ungarn damals gar nicht verlassen. Und ich konnte als Privatperson auch nicht mehr dorthin zurück.« Sie biss sich auf die Lippen. »Außerdem gehörte er einem alten Adelsgeschlecht an. Die von Wardosys waren bekannt im Land.«

»Er war adelig? Das hab ich ja noch gar nicht gewusst.« Kristina winkte einem vorbeieilenden Kellner und bestellte für sich und die Großmutter zwei Milchkaffee.

»Wir haben es nie publik gemacht. Nachdem dein Großvater endlich bei mir in Deutschland war, hat er beschlossen, meinen Familiennamen anzunehmen. Er wollte das Kapitel Ungarn hinter sich lassen. Die politische Lage war damals einfach unheimlich kompliziert.«

»Mama hat mir mal erzählt, dass Opa Himmel und Hölle in Bewegung gesetzt hat, um zu dir zu kommen.« Sie nickte der jungen Bedienung, die gerade die Getränke brachte, dankend zu. »Viel erzählt hat er mir nie. Außerdem war ich, als er starb, noch viel zu jung, um das alles zu verstehen.«

Ellen nippte genussvoll an ihrem Kaffee.

»Das stimmt. Lange Zeit hat er es auf diplomatischem Weg versucht – obwohl ihm im Grunde klar war, dass seinem Wunsch niemals stattgegeben würde. Als er jedoch das Gefühl bekam, dass man ihn beschattete, hat er schließlich beschlossen, zu fliehen. Aber es hat trotzdem über zwei Jahre gedauert, bis er endlich bei mir war.« Sie wischte sich über die Stirn. »Ach, das sind alte Geschichten. Ich hatte mit Janosch ein wunderschönes Leben. Wir waren glücklich, hatten viele gemeinsame Interessen und haben jahrelang im Museum zusammenarbeiten können.« Sie lächelte. »Von diesen Jahren kann ich heute noch zehren.«

»Und jetzt fahren wir nach Budapest, und du zeigst mir all die Orte, an denen ihr damals gewesen seid.«

»Ja, das mache ich.« Ellen lehnte sich zurück und schloss die Augen. Ihr war auf einmal ein wenig schwindelig, und das Herz klopfte vor Vorfreude wie verrückt. Doch das behielt sie lieber für sich.

Es war eine schon sehr warme Frühsommernacht. Der Mond stand als schmale Sichel am Himmel, umgeben von unendlich vielen Sternen, die wie helle Punkte am nachtschwarzen Firmament leuchteten.

Susanne hatte das Kommando an Wolfgang Wallburger abgegeben, der das Schiff in langsamer Fahrt Richtung Dürnstein steuerte. Wie immer war er bei der Übergabe wortkarg gewesen.

Ich wüsste zu gern, warum man ihn bei der Beförderung übergangen hat, sinnierte Susanne. Sie saß in einer windgeschützten Ecke an der Backbordseite, in der Hand ein kühles Glas Wein, und genoss die Stille, die jetzt, nach Mitternacht, an Bord herrschte. Nur an der Bar waren noch ein paar späte Gäste. Das hatte sie gesehen, als sie sich bei Melanie Tauber, die zusammen mit einem älteren Steward Dienst hatte, den Wein geholt hatte.

»Ich hätte Ihnen den Wein gern draußen serviert«, hatte Melanie gesagt. »Sie müssen sich doch das Getränk nicht selbst abholen, Frau Kapitän.«

»Ach was, das ist nicht nötig. Ich kann gut ein paar Schritte gehen.« Susanne hatte die blonde junge Frau diskret beobachtet, während diese eine neue Flasche Grünen Veltliner öffnete. Melanie wirkte souverän und entspannt – anders als gestern beim Essen.

»Ist alles in Ordnung bei Ihnen?«, fragte Susanne spontan.

»Aber ja. Danke.« Melanie stellte das Glas auf ein kleines Tablett, griff nach einer Schale mit Nüssen und stellte sie daneben. »Einen schönen Abend, Frau Kapitän«, wünschte sie und lächelte ungezwungen.

Sie hatte wohl gestern einfach viel Stress, vermutete Susanne daraufhin und suchte sich einen ruhigen Platz an Deck. Während sie den Wein in kleinen Schlucken genoss, sinnierte sie über einige der Besatzungsmitglieder. Die meisten wirkten sehr sympathisch, dabei dachte sie vor allem an Christian Pichler, den Hotelmanager. Er war groß und schlank, die blonden Haare waren ein kleines bisschen zu lang, doch gerade das stand ihm gut. Er lächelte fast immer, wenn sie ihn sah, und sie war sicher, dass es nicht nur ein professionelles Lächeln war, sondern dass es auch ihr persönlich galt.

Du bist verrückt, ermahnte sie sich im nächsten Moment. Nichts wäre fataler in deiner Position als ein Flirt mit einem Besatzungsmitglied.

»Hallo, störe ich?« Als hätten ihre Gedanken ihn herbeigerufen, stand Christian Pichler auf einmal vor ihr. Sein Dienst war beendet, und er hatte die Krawatte gelockert und den obersten Hemdenknopf geöffnet.

»Aber nein. Ich wollte nur ein bisschen frische Luft schnappen.« Sie winkte ab, als Christian versuchte, die Krawatte wieder korrekt hochzuschieben. »Lassen Sie nur, Sie sind doch auch nicht mehr im Dienst.«

»Danke.« Er lehnte sich an die Wand, dabei sah er Susanne unverhohlen an. Doch seine Blicke waren ihr nicht unangenehm. Im Gegenteil.

»Fühlen Sie sich schon ein bisschen zu Hause auf der *Donauperle?*«, wollte Christian wissen. »Was ich tun kann, um Ihnen das Einleben angenehm zu machen, tu ich gern.«

»Danke für das Angebot.« Sie lächelte ihn an. »Im Moment komme ich gut klar, doch sobald ich ein Problem habe, komme ich gern auf Ihren Vorschlag zurück.«

»Machen Sie das auf jeden Fall. Und wenn Sie einen Städteführer für die Orte entlang der Donau brauchen ... auch da kenne ich mich ganz gut aus.«

»Danke, aber das ist nicht nötig. Ich komme aus der Gegend von Dürnstein und war schon an all den schönen Orten in der Wachau.«

»Ja dann ...« Christian zuckte bedauernd mit den Schultern. »Schade eigentlich.« Er zwinkerte ihr zu.

Susanne lachte. »Ich komme trotzdem mal auf Ihr Angebot zurück. In Gesellschaft ist so ein Stadtbummel doch viel netter.«

»Ganz meine Meinung. Ich stehe jederzeit zur Verfügung. Auch, was das Eingewöhnen hier an Bord betrifft.«

Für einen kleinen Moment zögerte Susanne. Sollte sie ihm eingestehen, dass sie Ärger mit dem Ersten Offizier befürchtete? Doch nein, es war besser, auch in diesem Fall noch abzuwarten.

Leise summte das Handy in ihrer Jackentasche. Als sie es herauszog, erkannte sie gleich die Nummer ihres Großvaters.

»Opa!« Sie richtete sich ein wenig auf. »Was ist passiert, dass du so spät noch anrufst?« Sie nickte Christian, der sich diskret zurückzog, kurz zu.

»Nichts.« Der alte Kapitän lachte. »Ich dachte nur, jetzt, wo es mit gedrosselter Fahrt auf Dürnstein zugeht, rufe ich dich an und frage mal, wie es bei dir so läuft.«

»Sehr gut, danke. Ich sitze an Deck und genehmige mir ein Gläschen Wein vor dem Einschlafen.«

»Das tun wir hier auch gerade, der Florian und ich.«

»Florian ist bei dir?«

»Ja. Er hat mir am Abend neuen Wein vorbeigebracht, dann sind wir essen gegangen – und trinken jetzt noch ein Viertel Wein«, erzählte er fröhlich.

»Wie schön!« Susanne ignorierte ihr Herzklopfen und senkte die Stimme. »Sag mal, Opa, kennst du noch einen Offizier namens Wallburger? Er ist der Erste hier auf der *Donauperle* – und scheint ziemlich sauer zu sein, dass ich das Kommando bekommen habe und nicht er.«

»Wallburger? Wolfgang Wallburger?«

»Genau der.«

»Oha.« Der alte Herr stieß einen tiefen Seufzer aus. »Ich kenne ihn zwar nicht, aber ich weiß, dass er mal ziemlichen Ärger hatte. Es ging um sexuelle Belästigung, wenn ich mich nicht irre.«

»Dann wundert mich nicht, dass er auf die Beförderung warten muss.« Susanne trank einen Schluck Wein. »Gut, dass ich jetzt Klarheit habe. Danke, Opa. Und gute Nacht.«

»Warte, ich gebe dir noch rasch den Florian.«

Ihre Finger zitterten leicht, als sie das Handy von der rechten in die linke Hand wechselte. »Hallo.« Ihre Stimme klang belegt, und kurz musste sie husten.

»Hey, Susanne. Alles in Ordnung bei dir? Dein Großvater macht ein ziemlich ernstes Gesicht.«

»Alles in Ordnung. Ich hab mich nur gerade am Wein verschluckt.« Susanne lehnte sich zurück und schloss die Augen. Es war schön, Florians Stimme zu hören. »Ich hab Feierabend und genieße die Sommernacht. Morgen früh legen wir in Dürnstein an, das wird ein ruhiger Tag, denn sicher werden viele Passagiere von Bord gehen wollen.«

»Und wirst du auch noch mal durch den Ort schlendern?«, fragte Florian.

»Später. Bei einer anderen Reise. Ich werde die Zeit nutzen und mich noch etwas besser mit dem Schiff vertraut machen.«

»Das mach mal. Und ich werde deinen Opa jetzt verlassen und schlafen gehen.«

»Dann gute Nacht.«

»Dir auch. Ich ... Schön, dich mal wieder zu hören, Sannchen.« Seine Stimme klang plötzlich so zärtlich, dass ihr ein angenehmer Schauer über die Haut fuhr.

»Ja, finde ich auch«, murmelte sie leise. »Also ... bis dahin. Gute Nacht.« Schnell beendete Susanne das Gespräch. Doch das rasche Klopfen ihres Herzens ließ sich nicht so einfach abstellen. Wenn Florian »Sannchen« sagte, wallten die alten Gefühle wie auf Knopfdruck wieder in ihr hoch.

Als sie ein paar Minuten später das Weinglas zurück zur Bar brachte, sah sie Melanie wie erstarrt hinter dem Tresen stehen und einem Mann nachschauen, der jetzt auf die Ausgangstür am anderen Ende zusteuerte. Er hob lässig winkend die Hand, ohne sich allerdings noch einmal umzudrehen.

»Melanie? Ist Ihnen nicht gut?« Besorgt sah Susanne die junge Frau an.

»Alles in Ordnung«, presste Melanie hervor, doch ihr blasses Gesicht und das Flackern in ihren Augen straften die Worte Lügen.

4

Susanne stand auf der Brücke und beobachtete, wie der hohe Turm der Stiftskirche von Dürnstein und die imposant auf einem Felsen thronende Burgruine am Horizont auftauchten und dann langsam größer wurden, je näher die *Donauperle* der Stadt kam.

Viele der Passagiere waren schon aufgestanden und an Deck, obwohl es gerade mal acht Uhr war. Die Ankunft hier wollte niemand verpassen.

Christian Pichler brachte Susanne und Steffen Kessler, dem Technischen Offizier, der mit ihr auf der Brücke war, einen Kaffee. Steffen Kessler war ein sehr zurückhaltender Mann. Susanne hatte bisher kaum ein privates Wort mit ihm gewechselt, doch sie hatte den Eindruck, dass er irgendwie deprimiert war. Seine dunklen Augen wirkten traurig, und sie hatte ihn noch nie lächeln gesehen.

»Ich weiß ja nicht, ob Sie schon gefrühstückt haben, aber ich dachte, ein Kaffee ist immer gut.«

»Super, Christian, du weißt, was ich brauche.« Steffen Kessler nickte dankend, und auch Susanne nahm den Kaffee gern an.

»Soll ich Herrn Wallburger rufen, damit er die Programmdurchsage für heute machen kann?«, fragte Christian Pichler.

»Wieso macht das eigentlich der Erste? Ich denke, das ist doch Ihre Aufgabe, Herr Pichler.« Mit leichtem Stirnrunzeln sah Susanne den Hotelmanager an.

»Ja, eigentlich ist das so. Aber Herr Wallburger hat angeordnet, dass er auf dieser Reise die Ansagen macht.« Er zuckte mit den Schultern. »Na ja, wenn ihm aus irgendeinem Grund viel dran liegt ... ich kann ihn nicht hindern.«

Susanne zögerte. »Ich möchte, dass jeder an Bord die Aufgaben übernimmt, die ihm rangmäßig zustehen.«

»Wenn Sie meinen ...« Christian konnte sich ein Grinsen nicht verkneifen. »Das gibt Ärger«, raunte er seinem Kollegen zu, doch er sprach so laut, dass nicht nur Steffen Kessler es hörte, sondern auch Susanne.

Sie ignorierte die Bemerkung und konzentrierte sich darauf, das Schiff sicher bis zur Anlegestelle zu manövrieren.

Währenddessen referierte Christian Pichler souverän über die Schönheiten der Wachau, machte die Gäste auf die in Weiß und Hellblau gestrichene Stiftskirche aufmerksam und auf die Burgruine, die über dem Ort thronte.

»Ich weiß, liebe Gäste, dass unsere Kapitänin hier in der Gegend von Dürnstein aufgewachsen ist«, schloss er. »Und sicher wird sie Ihnen auch noch ein paar Geschichten über diesen historischen Ort erzählen können.« Er sah Susanne auffordernd an.

»Nein, ich hab keine Zeit«, winkte Susanne ab.

»Bitte. Mir zuliebe. Schon damit der Erste sich so richtig ärgert.« Christians jungenhaftes Lächeln war einfach unwiderstehlich!

»Sie sind unmöglich!« Susanne war sich darüber im Klaren, dass sie ihre Autorität selbst untergrub, wenn sie jetzt nachgab, doch sie konnte Christians charmantem Lächeln und dem Blitzen seiner blauen Augen nicht widerstehen.

»Meine Damen und Herren, verehrte Gäste«, sagte sie und stellte sich ein wenig näher zu dem jungen Hotelmanager, der sie fast um Kopfeslänge überragte. »Auch ich möchte Ihnen einen wunderschönen Guten Morgen wünschen und einen herrlichen Tag in der Wachau. Dürnstein ist einer der schönsten Orte, die Sie auf dieser Reise kennenlernen werden, und es rankt sich eine ganz besondere Legende um die Burg. Es heißt, dass dort oben einst Richard Löwenherz gefangen gehalten wurde. Der spätere englische König kehrte vom dritten Kreuzzug zurück und wurde auf seinem Weg nach England hier festgesetzt. Erst durch die Zahlung eines Lösegelds kam er wieder frei. Mit dem Geld, so sagt man, wurde die Burg Dürnstein noch weiter ausgebaut.« Sie machte eine kleine Pause. »Ich empfehle Ihnen einen Besuch der Burgruine, von dort oben haben Sie die beste Aussicht über unsere schöne Wachau. Und oben auf der Burg erfahren Sie dann noch mehr über den berühmten Kreuzritter.«

Sie hatte das Mikrofon noch in der Hand, als die Tür zum Führerhaus mit einem Ruck geöffnet wurde und Wolfgang Wallburger erschien. Sein Gesicht war gerötet, und seine Stimme klang heiser.

»Was ist denn das jetzt?«, fauchte er. »Seit wann machen Sie die Ansagen, Pichler?« Er wandte sich im nächsten Moment an Susanne. »Und der Kapitän hat meiner Ansicht nach Besseres zu tun, als den Alleinunterhalter für die Passagiere zu mimen.«

»Ich glaube nicht, dass ich meine Pflichten vernachlässige, wenn ich ein freundliches Wort an unsere Gäste richte.« Susanne blieb gelassen.

»Immer dasselbe«, murmelte Wolfgang Wallburger und stellte sich ein wenig abseits. Mit starrem Blick sah er hinüber zur Stiftskirche. »Ich hab's ja gleich gewusst, dass Weiber an Bord nicht taugen.«

»Wie bitte?«, fragte Susanne scharf. Ihr Herzschlag beschleunigte sich, sie wollte alles, nur keinen Streit mit den Kollegen. Doch das war eine unverschämte Dreistigkeit.

»Nichts. Bin unten im Maschinenraum.« Wallburger verzog sich.

»Er verkraftet es nur schwer, dass er wieder übergangen wurde.« Christian Pichler zuckte mit den Schultern. »Mich würde interessieren, warum.«

Das hätte ihm Susanne sagen können, doch sie schwieg und überwachte jetzt konzentriert das Anlegemanöver. Die meisten der Passagiere schwärmten aus, um die Stadt, die wunderschöne Stiftskirche und die Burg zu besuchen.

Auch etliche der Besatzungsmitglieder gingen von Bord. Susanne blickte Melanie und Vanessa nach, die zusammen mit zwei anderen jungen Frauen das Schiff verließen.

Die Gestalt, die den vieren folgte, entdeckte sie im Pulk der anderen Gäste nicht, und auch Melanie sah nicht, dass der dunkelhaarige Mann sie fixierte. Erst als ihnen eine große Gruppe asiatischer Touristen entgegenkam, verlor er Melanie aus den Augen.

Viel zu schnell verging der Tag in der Wachau, und auch auf den nächsten Etappen der Reise, bei denen das Schiff nur kurz anlegte, verflog die Zeit im Nu. In Krems würden sie auf der Rückfahrt längeren Aufenthalt haben, und bei Greifenstein nur kurz anlegen. Doch in Wien würde die *Donauperle* zwei Tage und zwei Nächte vor Anker liegen, und nicht nur die Passagiere, auch Susanne freute sich darauf, wieder einmal durch die Straßen und Gassen der Kaiserstadt schlendern zu können.

Schon am frühen Morgen schien die Sonne von einem strahlend blauen Himmel, an dem nur vereinzelte kleine Schönwetterwolken dahinsegelten. Als die *Donauperle* am Kai anlegte, herrschte dort schon reger Betrieb. Viele Ausflugsbusse standen bereit, um die Touristen zu einer ersten Besichtigungsfahrt durch die Stadt abzuholen. Auch mindestens ein Dutzend Taxifahrer boten ihre Dienste an, ebenso vier Fiaker, deren Pferde entspannt darauf warteten, lostraben zu können.

Fast alle Passagiere gingen an Land, um sich die Schönheiten Wiens anzusehen.

Susanne war eine der Letzten, die das Schiff verließen, gefolgt von Christian Pichler und Vanessa Ellermann.

»Was ist, meine Damen, wollen wir uns zusammen ein Taxi in die Innenstadt nehmen?« Christian Pichler sah auffordernd von einer zur anderen.

Vanessa Ellermann nickte sofort zustimmend, während Susanne noch zögerte.

»Frau Kapitän, kommen Sie mit uns? Oder werden Sie abgeholt?« Er sah zu einem hochgewachsenen Mann hin, der mit eiligen Schritten auf sie zukam. Doch im letzten Moment wandte dieser sich nach links und winkte einer der Mitreisenden zu, die an der Gangway gestanden und sich immer wieder suchend umgeschaut hatte. Jetzt lief sie strahlend auf ihn zu und warf sich in seine ausgebreiteten Arme.

»Muss Liebe schön sein«, kommentierte Christian Pichler ironisch.

»Ist sie doch auch – wenn sie ehrlich ist«, meinte Vanessa Ellermann.

Susanne reagierte nicht, sie schaute interessiert nach links. Etwa dreihundert Meter entfernt befand sich ein Parkplatz, zu dem Wolfgang Wallburger gerade hastete.

»Er will nach Krems, denke ich.« Christian Pichler hatte ihren Blick bemerkt. »Seine kleine Tochter ist im Krankenhaus, hab ich gestern durch Zufall mitbekommen. Sicher will er zu ihr.«

»Das wird der schönen Dorothee aber nicht gefallen«, spöttelte Vanessa Ellermann.

»Darf ich fragen, was Frau Koller damit zu tun hat?« Susanne steuerte auf das erste der noch freien Taxis zu.

»Na ja, es ist so, dass die beiden …« Die Zahlmeisterin biss sich auf die Lippen. »Ich will nicht tratschen, aber es ist ein offenes Geheimnis, dass der Erste und Frau Koller ein Verhältnis haben.«

»Aber er ist verheiratet, oder?«

»Nein, geschieden«, sagte jetzt Christian. »Und er hat immer wieder Stress mit seiner Ex. So auch gestern. Da hat sie ihn wohl erst sehr spät darüber informiert, dass seine Tochter in der Klinik ist. Es war wohl ein Verkehrsunfall. Ich habe zufällig mitgehört, dass er laut ins Telefon gebrüllt hat.« Er registrierte Susannes leichtes Stirnrunzeln und fuhr eilig fort: »Wir haben zwei nebeneinanderliegende Kabinen, und die Wände sind nicht allzu dick.«

»Schon gut.«

Susanne und Vanessa ließen sich im Fond des Taxis nieder, Christian nahm neben dem Fahrer Platz.

»Wollen Sie auch in die Innenstadt?«, erkundigte sich Susanne und sah Vanessa fragend an.

»Ich weiß nicht so recht … Mir ist es eigentlich egal. Ich war erst ein Mal in Wien und würde mir gern einiges ansehen.«

»Dann biete ich mich als Reiseleiter an.« Der Hotelmanager drehte sich halb um. »Ich habe mal zwei Semester Jura in Wien studiert. Das war aber nichts für mich, also habe ich umgesattelt und bin ins Hotelfach gewechselt. Das ist eher mein Ding. Aber ich kenne mich hier noch gut aus.«

»Wenn's dir nichts ausmacht … ich lass mir gern alles zeigen.« Vanessa legte Christian kurz die Hand auf die Schulter. Ihre Augen leuchteten, und Susanne begann zu ahnen, dass die junge Zahlmeisterin in Christian mehr als einen Kollegen sah. Das war verständlich, er war liebenswert, charmant und ein richtiger Sonnyboy. Sie hätte auch gerne mit ihm geflirtet, wäre sie doch nur nicht die Kapitänin …

»Sie müssen mich entschuldigen, ich habe eine Verabredung in der Innenstadt und steige gleich an der Hofburg aus«, sagte sie.

»Oh … schade.« In Christian Pichlers Stimme schwang Bedauern mit.

»Ein andermal komme ich gern mit auf einen Stadtbummel.« Sie wollte nicht arrogant wirken, aber es schien ihr noch zu früh, sich gleich in der ersten Woche mit Besatzungsmitgliedern anzufreunden.

»Ja dann …« Er drehte sich um. »Dann viel Vergnügen in der Stadt.«

»Ihnen beiden auch.« Susanne drückte dem Taxifahrer einen Schein in die Hand. »Wir sehen uns dann wieder an Bord.« Lächelnd nickte sie der Zahlmeisterin noch einmal zu, dann ging sie rasch in Richtung Hofburg.

Ihr Ziel war die Spanische Hofreitschule. Im Internet hatte sie sich für die morgendliche Vorführung eine Karte bestellt und hinterlegen lassen. Sie mochte Pferde und hatte als Fünfzehnjährige zusammen mit ihrer Schwester Reitstunden genommen. Doch während Katrin eine sehr gute Reiterin wurde, zog es Susanne nach kurzer Zeit wieder aufs Wasser. Wenn sie bei ihrem Großvater an Bord seines Schiffes sein durfte oder wenn er ihr aus seiner Jugend erzählte, in der er die Weltmeere bereist hatte, war sie um Längen glücklicher als auf dem Rücken eines Pferdes.

Nichtsdestotrotz mochte sie die edlen Tiere. Und wenn sie in Wien war und Zeit hatte, besuchte sie liebend gern die Spanische Hofreitschule in der Hofburg. Bis zur Vorstellung war noch eine Viertelstunde Zeit. Susanne nutzte sie, um kurz bei Mutsch, dann bei ihrer Freundin Juliane anzurufen und den beiden von ihren ersten Tagen an Bord der *Donauperle* zu erzählen.

Mutsch wünschte ihr weiterhin eine gute Reise, und Juliane bat darum, Fotos von den männlichen Besatzungsmitgliedern zu bekommen.

»Du bist unmöglich!«, erwiderte Susanne lachend. Sie erzählte noch ein wenig von den Gästen, vor allem von der reizenden alten Dame, die auf einer Reise in die Vergangenheit war. Dann wurde der Beginn der Vorstellung angekündigt, und sie beendete das Gespräch.

Der prunkvolle Große Saal, dessen Galerie von sechsundvierzig korinthischen Säulen getragen wird, war schon zur Zeit der Habsburger Monarchen ein Ort, in dem die schönen weißen Lipizzaner die Hohe Schule der Reitkunst vorführten. Und so wie vor Hunderten von Jahren begrüßten auch an diesem Morgen wieder alle Reiter, die mit ihren Pferden in den Großen Saal kamen, in Dankbarkeit das Bildnis des Kaisers hoch zu Ross, denn Karl VI. hatte einst diese Winterreitschule errichten lassen.

Der Zuschauerraum war bis auf den letzten Platz gefüllt, und die weißen Hengste begeisterten auch an diesem Tag wieder mit ihren außergewöhnlichen Dressurleistungen das Publikum.

»Stimmt es, Papa, dass die Fohlen gar nicht weiß zur Welt kommen?«, fragte eine etwa Zehnjährige, die mit ihrer Familie hinter Susanne saß, ihren Vater.

»Keine Ahnung. Aber warum soll eine weiße Stute kein weißes Fohlen haben?«

Susanne drehte sich kurz um. »Darf ich helfen?« Sie lächelte das Mädchen an. »Die Besonderheit bei den Lipizzanern ist, dass die Fohlen alle dunkel, fast schwarz geboren werden. Erst im Lauf der Jahre bekommen die Pferde dann ihr schönes weißes Fell.«

»Wusste ich's doch.« Das Mädchen strahlte zurück.

Schmunzelnd drehte sich Susanne wieder um und folgte der letzten Darbietung, die sehr beeindruckend war.

Bevor sie den Saal verließ, schaute Susanne sich noch einmal um. Vor allem die Kassettendecke des Saals war ein Kunstwerk für sich, und sie fand, dass es nicht umsonst hieß, dieser Raum sei der schönste Reitstall der Welt.

Draußen empfing sie strahlender Sonnenschein, und Susanne suchte sich eine ruhige Ecke, um ihre Schwester anzurufen. Während der Vorstellung hatte sie das Handy auf lautlos gestellt, erst jetzt bemerkte sie, dass sie Katrins Anruf verpasst hatte.

»Ist was passiert?«, erkundigte sie sich, kaum dass sich ihre Schwester gemeldet hatte.

»Nichts Besorgniserregendes, keine Angst.« Katrin lachte leise. »Ich wollte dir nur sagen, dass du unbedingt bald mal herkommen musst. Es gibt Neuigkeiten.«

»Ich weiß. Dein neues Buch ist vor Kurzem erschienen. Ich habe es eben in Wien in einer Buchhandlung gesehen. Sie hatten einen ganzen Turm aus Exemplaren gebaut, also scheint es wieder ein Bestseller zu werden. Gratuliere.«

»Danke. Aber davon rede ich nicht«, meinte Katrin kichernd.

Susanne runzelte die Stirn. »Sag schon, was ist passiert? Ich bin, wie du weißt, ziemlich neugierig.«

»Dann komm her und sieh dir meinen neuen Nachbarn an.« Wieder kicherte Katrin.

»Du, ich mache gerade meine erste Fahrt, da kann ich noch nicht an Urlaub denken. Du musst dich mindestens einen Monat lang gedulden, bis ich kommen kann. Ich habe nämlich versprochen, die nächsten freien Tage auf Gut Mattner zu verbringen.«

»Das ist blöd. Ich wüsste nämlich zu gern, was du von dem Typen hältst.«

»Dein Nachbar ist also ein Mann – ein interessanter, denke ich. Zumindest schließe ich es aus deiner Reaktion.«

»Ja ...«

»Dann erzähl mir einfach von ihm.«

Langsam schlenderte Susanne weiter in Richtung von Schloss Belvedere. Den prachtvollen Garten bewunderte sie jedes Mal von Neuem, wenn sie hierherkam. Heute atmete sie den Duft der ersten Rosenblüten ein. Die alten Fliederbüsche am Rand der Wege hatten ihre großen weißen Dolden bereits verloren; wenn sie blühten, war die ganze Luft von ihrem Duft erfüllt.

»Was ist? Fällt dir nichts ein?« In Susannes Stimme schwang leises Lachen mit.

»Nein, ich kann's einfach nicht. Ich habe ihn noch gar nicht näher kennengelernt, weiß nur, dass er Tierarzt ist und Kinder hat.«

»Er hat Kinder? Dann ist er verheiratet und tabu.«

»Glaub ich nicht.«

»Was? Dass er tabu ist für dich? Doch, das glaub ich für dich mit, Schwesterherz.«

»Nein, dass er verheiratet ist. Ich habe noch nie eine Frau bei ihm gesehen – von einer älteren Person, die ich schon öfter bemerkt habe, mal abgesehen.«

»Dann finde raus, was mit ihm ist. Und ich verspreche, dass ich zu dir nach Passau komme, sobald es geht.«

»Na gut, dann muss ich ihn allein testen.«

Susanne lachte und schüttelte dabei den Kopf, obwohl Katrin das nicht sehen konnte. »Du bist unmöglich, weißt du das?«

»Ja. Und ich bin seit sieben Jahren Single. Weißt du das auch?«

»Also ein Notstandsgebiet.«

»Das habe ich so nun nicht gesagt.« Katrin lachte leise auf. »Du, ich muss aufhören, draußen wird es laut. Mal sehen, ob die neue Nachbarschaft im Garten ist ...«

»Bis dann ... und benimm dich, Katrin!«

»Tu ich doch immer. Leider.«

Ein kleines Lächeln blieb auf Susannes Gesicht haften, während sie noch eine halbe Stunde lang durch Wien schlenderte, ehe sie im Café Sacher einkehrte und sich ein Stück der legendären Sachertorte gönnte.

Als Florian das modern eingerichtete Loft in Bad Kreuznach betrat, fiel ihm gleich die Stille auf, die hier herrschte. Normalerweise lief das Radio, oder Anette hörte eine ihrer geliebten Jazz-CDs.

Sein Blick fiel auf die zwei Flaschen Wein, die auf dem kleinen Glastisch standen. In einem Glas war noch ein Schluck übrig geblieben.

»Anette!« Er machte zwei Schritte auf die weiße Schiebetür zu, die das Schlafzimmer vom Wohnbereich abtrennte. »Wo steckst du?«

»Hier!« Urplötzlich stand sie vor ihm, das lange rotblonde Haar fiel ihr offen und wirr über die Schultern. Sie trug ein dunkelrotes, dünnes Kleid, das viel von ihrer guten Figur sehen ließ. »Ich packe.« Sie strich den zerknitterten Stoff glatt.

»Du packst? Was denn?« Stirnrunzelnd sah er sie an.

»Deinen Kram. Was sonst?« Anette schob ihn zur Seite, sodass er einen Blick auf das breite Bett werfen konnte, auf dem in wildem Durcheinander ein paar seiner Hemden, T-Shirts und Bücher lagen.

Er schluckte. Dass seine Bücher quer verteilt überall herumlagen, missfiel ihm, aber er wollte keinen Streit vom Zaun brechen, also sagte er nur: »Danke, aber das hättest du nicht machen müssen. Ich übernehme ab hier.« Er schob sie sanft zur Seite und bückte sich dann nach einem besonders wertvollen alten Weinführer aus Frankreich, den er mal in einem Antiquariat entdeckt hatte. Anette hatte ihn einfach auf den Boden geworfen.

»Lass mich los. Sofort. Sonst schreie ich.«

Kopfschüttelnd sah Florian sie an. Ihre Augen glänzten, die Wangen waren gerötet. Sie hatte offensichtlich zu viel getrunken.

»Anette, bitte.« Wieder streckte er die Hand nach ihr aus.

Statt zu schreien, wie angedroht, brach Anette plötzlich in Tränen aus und warf sich an seine Brust.

»Bleib!«, schluchzte sie. »Geh nicht nach Österreich. Verdammt, was haben die da, was du hier nicht haben kannst?« Sie stampfte mit dem Fuß auf, ohne ihn aus ihrer Umklammerung zu lassen. »Ich liebe dich doch! Und ich brauche dich!«

Langsam schüttelte Florian den Kopf und löste sich aus der Umarmung. »Du brauchst mich nicht, Anette. Und du liebst mich auch nicht. Zumindest hast du das in den letzten zwei Jahren schon ein paarmal vergessen«, sagte Florian.

»Ach was, das hatte doch nie was zu bedeuten.« Abrupt trat sie einen Schritt zurück und fixierte ihn mit ihren grünen Augen. »Mit Peter und Klausi bin ich doch nur ins Bett, weil du mich viel zu oft allein gelassen hast.«

»Dann bin ich also schuld.«

»'türlich. Immer.« Schulterzuckend ging sie zum Wohnraum und trank den letzten Schluck Wein. »Du hast mich allein gelassen. Immer wieder.« Sie griff nach einer Weinflasche, wollte nachgießen – und warf die Flasche zu Boden, weil sie leer war.

»Hör auf, Anette. Was soll das denn?« Florian hob die Flasche auf und stellte sie zurück auf den Tisch. »Ich packe jetzt meine Sachen. Allein.«

»Das ist meine Wohnung!« Anettes Stimme bekam einen hysterischen Unterton.

»Das weiß ich. Du hast es mir oft genug gesagt. Und auch, dass du einmal das Weingut deines Vaters erben wirst. Und ich dann froh sein darf, wenn ich dort weiterarbeiten kann.« Florian sah die schöne Frau kopfschüttelnd an. »Du hast immer noch nicht begriffen, dass es mir nie ums Geld ging in unserer Beziehung. Ich habe gern für deinen Vater gearbeitet, doch das hatte nichts mit dir zu tun. Und erst recht nicht damit, dass ich scharf auf den Betrieb war.«

Florian ging an Anette vorbei zum Bett und packte seine Sachen in die mitgebrachte große Reisetasche. Seit Monaten lief es nicht mehr gut in ihrer Beziehung, viel zu spät hatte er bemerkt, dass er nicht der einzige Mann in Anettes Leben war. Die große Leidenschaft, die sie verbunden hatte, als sie sich auf der Winzerschule kennengelernt hatten, war nur von kurzer Dauer gewesen.

Mehr als zwei Jahre hatte Florian für Anettes Vater gearbeitet, der ein sehr guter Winzer war und es aufrichtig bedauerte, dass Florian zurück in die Wachau gehen wollte.

»Ich mag dich, Florian, und ich hätte es gern gesehen, wenn das mit Anette und dir gehalten hätte.« Bei seinen Worten hatte der grauhaarige Winzer mit väterlicher Geste Florian die Hand auf die Schulter gelegt.

Florian hatte auf dem Gut in der Pfalz zwei kleine Zimmer bewohnt, und dort befanden sich auch noch die meisten seiner Sachen. In Anettes Loft in der Innenstadt von Bad Kreuznach hatte er nur wenige Dinge deponiert. Sie hatte nicht auf dem Gut leben wollen, weil es ihr dort zu ländlich war.

Anette hätte eine sehr gute Winzerin sein können – wenn sie gewollt hätte. Doch wie bei so vielem verging ihr schnell die Lust, und sie hatte das Studium schließlich abgebrochen.

Als Florian jetzt mit seiner gepackten Tasche ihre Wohnung verließ, schlug sie wütend die Tür hinter ihm zu.

Unten auf der Straße sah er noch einmal hoch zu dem eleganten Loft. Anette hatte es sich vom Erbe ihrer Großmutter gekauft, und die Aussicht von dort über die Stadt und einen Teil der herrlichen Landschaft war wunderschön.

Doch die großzügigen Räumlichkeiten waren auch recht kühl möbliert und eigentlich seelenlos gewesen, dachte er jetzt und erinnerte sich an seine gemütliche Wohnung auf dem Gut der Mattners, in der er sich immer so wohlgefühlt hatte.

Und auch Susanne hatte ihm immer viel bedeutet. Doch damals, bevor er sich entschlossen hatte, auf die Winzerschule in der Pfalz zu gehen, war sie noch ein halbes Kind gewesen. Er hatte sich zurückgehalten und es geschafft, sich nicht dazu hinreißen zu lassen, mit ihr zu schlafen, obwohl es ihm wahrlich nicht leichtgefallen war. Doch er hätte es mit seinem Gewissen nicht vereinbaren und auch Markus Mattner nicht mehr ins Gesicht sehen können.

In den Jahren in Deutschland hatte er Susanne zwar nicht vergessen, doch es gab so vieles, das ihn abgelenkt hatte, sodass er nur noch selten an sie gedacht hatte.

Jetzt aber, seit ihrem Wiedersehen, waren die alten Gefühle ganz plötzlich neu aufgeflammt. Und die erwachsene Susanne war noch viel reizvoller als vor Jahren als Teenager.

Sein Herz schlug schneller, als er seine Sachen im Auto verstaute und die Fahrt antrat in Richtung Wachau.

5

Budapest! Ganz gemächlich und so, als sollten die Passagiere die Vorfreude auf Ungarns Hauptstadt noch ein wenig länger genießen, glitt die *Donauperle* durch die dunklen Wasser des breiten Stroms der historischen Stadt entgegen.

Ellen und Kristina Kornacker waren mit die Ersten, die an der Reling standen.

»Aufgeregt?« Liebevoll lächelte Kristina ihre Großmutter an, die hinüber zum Parlamentsgebäude schaute, das in seiner beeindruckenden Pracht am Pester Donauufer lag und immer näher rückte.

»Heute kann man es besichtigen, glaube ich.« Ellens Stimme klang belegt. Sie musste sich mehrfach räuspern, ehe sie fortfuhr: »Damals war das unmöglich, dabei ist es eines der bemerkenswertesten Gebäude der Stadt. Die Kuppel ist fast hundert Meter hoch, und der ganze Komplex beherbergt siebenhundert Zimmer.« Sie sah ihre Enkelin lächelnd an. »Tut mir leid, ich langweile dich wieder mit Zahlen.«

»Gar nicht. Es ist interessant, und ich finde es einfach toll, dass du dir das alles noch merken kannst.«

»Gehirntraining. Darüber könnte ich dir auch einen Vortrag halten, aber am besten fangen wir unsere Besichtigungstour dort oben an, man hat einen herrlichen Blick über die ganze Stadt.« Ellen wies hinüber zur Fischerbastei. »Da oben, im Schatten der Arkaden, hat mich dein Großvater zum ersten Mal geküsst.« Sie lächelte verträumt. »Es ist schade, dass er nicht mehr bei uns ist.«

»Er wäre sicher gern mit uns gefahren.«

»Nein.« Ellen schüttelte den Kopf. »Darüber haben wir häufig gesprochen, denn ich weiß genau, dass er immer wieder unter Heimweh litt. Aber er wollte in dieses Land, in dem er sich so lange eingesperrt gefühlt hatte, nicht mehr zurück.«

»Auch verständlich.«

»Ja.« Die alte Dame schob den Schal nach hinten, den sie sich gegen die Morgenkühle um den Kopf gelegt hatte. »Dabei ist Budapest wunderschön. Sieh nur, dahinten ist die Kettenbrücke. Sie ist die bekannteste der vielen Brücken, die die beiden Stadtteile Pest und Buda verbinden.«

»Das weiß sogar ich.« Kristina lachte. »Und sie ist auf Briefmarken verewigt.« Für einen Moment legte sie den Arm um ihre Großmutter. »Noch eine halbe Stunde, dann können wir das Schiff verlassen und die Stadt erobern.«

»Ich kann es kaum erwarten, all die Orte wiederzusehen, an denen ich mit Janosch war.« Ellen schloss kurz die Augen. »Als wir in der dritten gemeinsamen Nacht am Burgpalast waren, hat er mich schon gefragt, ob ich ihn heirate.« Sie lächelte. »Es war eine sternenklare Nacht, und wir waren wahnsinnig verliebt. Nicht eine Sekunde habe ich gezögert und ›Ja‹ gesagt.« Sie biss sich auf die Lippen. »In diesem Moment hat keiner von uns daran gedacht, dass wir durch den Eisernen Vorhang voneinander getrennt waren. Es gab nur uns und unsere Liebe.«

»Und die hat ein ganzes Leben lang gehalten.«

»Ja. Und alle Widrigkeiten überdauert.« Sie betrachtete den schmalen Ring an ihrer rechten Hand. Der runde Mondstein in der Mitte wurde von einem kleinen Kranz aus Brillanten umrahmt. »Den Ring hat mir dein Großvater in der Matthiaskirche angesteckt. Er gehörte seiner Großmutter, und als er ihr von unserer Liebe erzählte, hat sie den Ring von ihrer Hand gezogen und Janosch gesagt, er solle ihn mir geben.«

In den Augen der alten Dame glitzerten Tränen. »Von dieser Stunde an fühlte ich mich an Janosch gebunden. So wie an einen Ehepartner.«

Kristina zog ihre Großmutter an sich. »Ich wünsche mir, dass ich auch irgendwann eine so große Liebe finde.«

»Das wünsche ich dir auch, mein Herz.« Ellen straffte die Schultern. »Aber jetzt lass uns kurz in die Kabine gehen. Ich will doch lieber noch einmal nachschauen, ob wir alles gepackt haben.« Kurz blickte sie hinüber zum Hotel Hilton. »Das gab es damals noch nicht.«

»Und jetzt werden wir zwei Hübschen dort ein paar Wochen verbringen. Ich freu mich wirklich, Oma, und ich bin sehr gespannt auf Budapest und seine Umgebung.«

Auch viele Besatzungsmitglieder verließen das Schiff, um sich die Stadt und ihre Schönheiten anzuschauen. Melanie, die junge Stewardess, ging als eine der Letzten von Bord. Sie stand zwischen etlichen Passagieren auf der Gangway. Die beiden Kolleginnen, mit denen sie zum Stadtbummel verabredet war, waren schon an Land gegangen und winkten ihr auffordernd zu.

»Du brauchst nicht so zu rennen, mir entkommst du nicht.« Eine dunkle, rauchige Männerstimme in ihrem Nacken ließ Melanie zusammenzucken.

Doch als sie sich umdrehte, war da niemand ...

Melanies gute Laune war mit einem Schlag dahin. Bedrückt und ohne große Lust begleitete sie die Kolleginnen, die gleich hinauf zur Fischerbastei gehen wollten. Erst als sie dort an einer Brüstung der Aussichtsterrasse stand und den atemberaubenden Blick hinunter zur Stadt genoss, fiel die Anspannung von ihr ab.

»Wisst ihr, dass hier einmal ein mittelalterlicher Fischmarkt war?«, fragte eine ihrer Kolleginnen.

»Hab ich gelesen.« Melanie nickte. »Und es heißt, dass die Fischergilde einst sogar die Stadt von hier aus verteidigt hat.«

»Puh, habt ihr euch schlaugemacht.« Nina, eine junge Frau mit rundem Gesicht, das von fast schwarzen Augen beherrscht wurde, lachte leise auf. »Mir ist nicht nach Geschichte, eher nach einem schönen Foto von uns.« Sie sah sich um. »Machen wir ein Selfie.«

»Einverstanden«, stimmte Melanie zu. »Und danach sollten wir hinüber zur Matthiaskirche gehen. Und zum Burgplatz.«

»Und über die Kettenbrücke müssen wir auch mal laufen.«

»Alles der Reihe nach.« Uschi, die Dritte im Bunde, stellte sich noch einmal an die Brüstung. »Es ist so schön hier, ich will gar nicht weitergehen.«

»Ein Faultier bist du«, meinte Nina lachend. »Nichts da, mitgegangen, mitgefangen. Budapest will heute noch erobert werden.«

Eine gute Stunde schlenderten sie von einer Sehenswürdigkeit zur nächsten. Sie bewunderten die Reiterstatue von Sankt Stephan, dem ersten christlichen König der Ungarn, sahen sich auf dem Burgberg um und gingen am Schluss dann auch noch über die Kettenbrücke, die die beiden Stadtteile Buda und Pest miteinander verband.

Unter einer der großen Löwenfiguren, die jeweils am Ende die Brücke zu bewachen schienen, blieb Melanie kurz stehen und sah hinüber zum imposanten Panorama des Burgviertels.

»Budapest ist fast so schön wie du.« Rau klang die Männerstimme dicht an ihrem Ohr. »Bis bald, Schönheit.«

Wie erstarrt blieb Melanie stehen. Das Blut in ihren Adern schien zu gefrieren, sie hatte das Gefühl, keine Luft mehr zu bekommen. Mit zitternden Fingern tastete sie nach dem kalten Steinsockel neben sich.

»Verschwinde«, wollte sie schreien, doch nur ein heiseres Krächzen kam über ihre Lippen.

Es dauerte ein paar Sekunden, bis sie sich wieder bewegen konnte. Als sie sich dann endlich umdrehte, war niemand mehr zu sehen.

6

Endlich ein paar Tage Urlaub!

Die *Donauperle* hatte die Strecke von Passau bis Budapest nun zweimal zurückgelegt, und Susanne freute sich auf die ersten freien Tage nach der Reise. Sie packte nur ein paar schmutzige Sachen in ihre Tasche, dann ging sie von Bord. Wolfgang Wallburger würde auf der kurzen Strecke von Dürnstein bis zurück nach Passau das Kommando übernehmen.

»Wir sehen uns in Passau wieder«, hatte sie sich von ihm verabschiedet.

»Leider«, hatte Wallburger gemurmelt, doch da hatte Susanne die Brücke schon verlassen. Sie war noch keine zehn Meter gegangen, da stieß sie mit Dorothee Koller zusammen.

»Passen Sie doch auf!«, fauchte die Restaurantchefin und balancierte das Tablett aus, auf dem sich eine Platte mit delikaten kleinen Salaten und einem Stück Baguette befand. Erst als Dorothee Koller aufblickte und Susanne erkannte, murmelte sie: »Verzeihung, hab Sie nicht gesehen.«

»Schon gut.« Susanne schaute ihr stirnrunzelnd nach,

denn sie hatte im Vorbeigehen auch eine halbe Flasche Sekt und zwei auf dem Tablett liegende Gläser ausmachen können. Dorothee Koller ging auf die Brücke, und es war unschwer zu erahnen, dass der Imbiss für Wolfgang Wallburger bestimmt war. Susanne zögerte. Sollte sie zurückgehen und den beiden erklären, dass Alkohol im Dienst verboten war?

Doch dann unterließ sie es. Ein Glas Sekt würde dem Ersten nichts ausmachen, das war klar. Beim nächsten Mal schreite ich ein, nahm sich Susanne vor. Der Erste Offizier ließ sie immer wieder spüren, dass er sie nur widerwillig akzeptierte. Umso wichtiger war es, ihm ihre Position auf der *Donauperle* deutlich klarzumachen.

Als sie in Dürnstein am Kai festen Boden unter die Füße bekam, hob sich ihre Stimmung wieder. Sie freute sich auf die freien Tage und auf ihren Besuch beim Großvater, dem sie von ihrer ersten Fahrt berichten wollte.

Den ganzen Tag über blieb sie bei ihm in Dürnstein, erzählte vom modernen Schiff, der Besatzung und einigen Passagieren, die bei ihr einen besonderen Eindruck hinterlassen hatten.

»Die alte Dame, die mit ihrer Enkelin nach Budapest gereist ist, weil sie dort ihren späteren Mann kennengelernt hat, war besonders sympathisch.« Sie seufzte auf. »Es tut mir nur leid, dass sie sich gleich am ersten Tag in Budapest so aufgeregt hat, dass sie einen Herzinfarkt erlitten hat und ins Krankenhaus musste.« Sie zuckte mit den Schultern. »Hoffentlich erholt sie sich bald.«

»Jetzt denk mal nicht an die Passagiere, auch nicht an

diesen Wallburger.« Oskar Mattner legte den Arm um Susannes Schultern. »Der ist gefrustet, weil er für seine Verfehlungen abgestraft wird.«

»Was hat er denn nun genau verbrochen?«

Oskar zögerte. »Na ja, viel hab ich nicht erfahren«, sagte er dann. »Aber es gab wohl ein paar Beschwerden von weiblichen Passagieren, denen er zu nahe gekommen ist.«

»Sexuelle Übergriffe also?«

»Das ist zu hart formuliert. Eher hat er gedacht, niemand könne seinem Charme widerstehen. Das war ein fataler Irrtum.« Er hielt inne. »Es haben sich wohl auch ein paar Besatzungsmitglieder beschwert, doch bei näheren Untersuchungen konnten die Anschuldigungen nicht bewiesen werden.«

»Na ja, er ist schon sehr von sich eingenommen«, kommentierte Susanne nur. »Aber ich lasse mir nicht reinreden. Der Kapitän bin ich, da kann er machen, was er will.«

Oskar lachte. »Das ist mein Mädchen!«

Erst als die Dämmerung einsetzte, machte Susanne sich auf den Weg zum Gut. Schon kurz hinter Dürnstein zogen sich die Weinberge in unendlicher Vielfalt die Hügel entlang. Gerade in diesem Teil der Wachau gab es viele Terrassenweingärten. Es war für die Besucher der Gegend ein idyllisches Bild, für die Winzer aber bedeutete es Schwerstarbeit, hier wirtschaften zu müssen. Am häufigsten wurde in dieser Gegend der Grüne Veltliner angebaut, für den die Wachau berühmt war.

Susanne war kaum zwei Kilometer von Gut Mattner entfernt, als sie abrupt abbremste. Im Straßengraben lag ein dunkelrot lackiertes Motorrad, und Susanne erinnerte sich, dass Florian eine solche Maschine besaß.

Sie hatte ein mulmiges Gefühl, als sie ausstieg und sich der Unfallstelle näherte. Es war beinahe unheimlich still, niemand war zu sehen oder zu hören.

»Hallo!« Ihre Stimme klang überlaut in der Dämmerung. »Ist hier jemand?« Sie trat ans Motorrad, ging dann zu der Böschung, die in einem etwa einen Meter tiefen Graben endete.

»Hier bin ich.«

»Florian?« Suchend sah sie sich um. »Wo bist du?« Ihr Herz klopfte hoch im Hals vor Sorge.

»Hier. Ich hab mich am Bein verletzt.«

Sie entdeckte ihn schließlich ein paar Meter entfernt. Er lehnte an einem dünnen Baumstamm, der umgestürzt am Fuß eines alten Weinbergs lag. Die knorrigen Rebstöcke hinter ihm hatten schon Blätter angesetzt, die letzten Bienen summten im gelb blühenden Löwenzahn.

»Verdammt, dieses Mistvieh hat mich mit aller Kraft getreten und ist dann einfach davongerannt. Und ich hab gedacht, ich hätte es gestreift und verletzt.«

»Wovon sprichst du?« Susanne kniete sich neben ihn und sah ihn besorgt an. »Und – was ist überhaupt passiert?«

Florian seufzte. »Da war plötzlich dieser junge Rehbock. Er kam von dahinten ...« Er deutete auf die gegenüberliegende Straßenseite. »Ehe ich bremsen konnte, lag er schon vor meinem Rad. Ich bin ins Schleudern gekommen und gefallen. Aber ich habe mir nichts getan.«

»Ein Glück!«, stöhnte Susanne erleichtert auf. »Du bist also okay, ja?«

»So in etwa.« Er grinste, doch es misslang kläglich. »Unverletzt war ich – bis ich mich um den Rehbock gekümmert hab. Er lag wie tot hier im Graben, ich hab nachgeschaut, was mit ihm los ist. Und da …« Er grinste und wies auf sein linkes Bein. »Na ja, das Mistvieh hatte wohl nur einen Schock. Er ist ganz plötzlich aufgesprungen und hat mich aufzuspießen versucht.«

Erst jetzt sah Susanne, dass die dunkle Jeans am Oberschenkel blutdurchtränkt war.

»Ach du meine Güte. Das sieht übel aus.« Sie berührte ihn vorsichtig an der Schulter, dann strich sie behutsam über die Stelle am Bein. »Das muss verbunden werden.«

»Später. Ich verblute schon nicht.« Er versuchte, aufzustehen, doch es misslang kläglich.

»Liegst du schon lange hier?«

»Nein, höchstens zwei, drei Minuten. Ich war im ersten Moment wirklich geschockt, als der Rehbock aufsprang und mich rammte.«

»Das hat er sicher nicht absichtlich gemacht.«

»Oh, du Tierliebhaberin!« Florian versuchte noch einmal, aufzustehen, und mit Susannes Hilfe gelang es dann auch. »Ich weiß, dass er kein junger Kampfstier war. Dennoch … das undankbare Biest hat mich verletzt.«

»Ein Glück, dass dem Reh nichts passiert ist.« Susanne sah augenzwinkernd zu Florian hoch. »Dir kann ich leichter helfen. Komm mit zum Wagen, da ist Verbandzeug. Oder sollen wir das Motorrad zur Seite stellen und gleich zum Gut fahren?«

»Lass uns gleich losfahren.«

Am Gut angekommen, versorgte Beate Mattner den Verletzten ausgiebig. Die Wunde war zum Glück nicht tief, es war nur ein Riss, der jedoch stark geblutet hatte.

»So, das brennt jetzt ein bisschen.« Beate desinfizierte die blutende Stelle und die umliegende Haut sehr sorgfältig, und Florian verzog das Gesicht.

»Den nächsten Rehbraten werde ich ganz besonders genießen«, murmelte er.

»Also hör mal!« Susanne sah ihn empört an. »Das arme Tier kann doch nichts dafür! Du warst sicher viel zu schnell.«

»Klar doch, dass ich mal wieder schuld an allem sein musste«, murmelte Florian.

»Immer, weißt du doch.« Susanne lachte leise. »Aber im Ernst: Ich bin froh, dass dir nichts Schlimmeres passiert ist.«

»Du bist doch gegen Tetanus geimpft, nicht?«, wollte Beate Mattner wissen.

»Ja, sicher.«

»Na, dann kannst du übermorgen wieder rumlaufen, als wäre nix passiert.«

»Hoffentlich. Markus und ich wollten in Krems ein paar Sachen einkaufen fahren.«

»Das wird schon gehen. Leg dich jetzt erst mal hin.«

Susanne winkelte ihren Arm an. »Komm, du armer Kranker, ich geleite dich zum Bettchen.«

Florian grinste. »Ich sag's ja: Wer den Schaden hat ...«

»... wird gleich mit einem guten Glas Wein verwöhnt«, fiel ihm Susanne ins Wort.

»Einverstanden. Dann aber drüben im Verwalterhaus auf meiner Terrasse.«

»Wenn du dich stark genug fühlst ...«

Eine Stunde später – Susanne hatte erst noch ihrer Tante von ihren ersten beiden Fahrten erzählen müssen – lagen Florian und sie dicht nebeneinander auf der windgeschützten Terrasse des kleinen Verwalterhauses. Es war ein altes, nur einstöckiges Gebäude, das etwas unterhalb des ältesten Rebhangs lag, der zu Gut Mattner gehörte. Der untere Teil bestand aus grob gehauenen Bruchsteinen, darüber waren die Steine weiß getüncht. An den Fenstern mit den grünen Läden standen Blumenkästen, und Beate hatte es sich nicht nehmen lassen, schon die ersten Geranien zu pflanzen. Sie wollte, dass sich Florian gleich wieder heimisch bei ihnen fühlte.

»Es ist wie damals«, sagte er jetzt leise und griff nach Susannes Hand.

»Wie meinst du das?« Susannes Herz klopfte rascher.

Florian lachte, es klang warm und zärtlich. »Weißt du nicht mehr, wie wir mal eine ganze Nacht lang dicht nebeneinandergelegen und zu den Sternen hochgeschaut haben?«

Ein kleiner Seufzer kam über Susannes Lippen. »Doch, ich erinnere mich. Du hast mir stundenlang die Sternbilder erklärt, dabei wollte ich ...« Sie stockte.

Langsam beugte sich Florian vor und sah ihr in die Augen. »Was wolltest du?« Sein warmer Atem streifte ihre Wange.

»Das weißt du genau.« Susanne drehte sich zur Seite. »Ich war total verknallt in dich, aber du wolltest ja von mir jungem Ding nichts wissen. Dabei hätte ich alles dafür gegeben, wenn du mich mal richtig geküsst hättest. Es waren immer nur harmlose, freundschaftliche Küsschen, die du mir gegeben hast.«

»Du warst noch nicht mal siebzehn!« Er zog sachte an ihrem Arm, sodass sie ihm noch näher kam. »Heute ist das etwas anderes.«

»Stimmt. Heute sind keine Sterne am Himmel.« Susanne machte sich lachend von ihm frei.

»Aber ich darf dich jetzt küssen.« In der nächsten Sekunde war sein Mund schon dicht vor ihren Lippen.

Es war ein zunächst noch scheuer Kuss, den sie tauschten. Susanne legte die Arme um Florians Nacken und schloss die Augen, als er vorsichtig begann, seine Zunge zwischen ihre Lippen zu schieben.

Nur einen Wimpernschlag lang zögerte Susanne, dann öffnete sie die Lippen und erwiderte seinen Kuss voller Hingabe. Es war wunderbar, ihm endlich ganz nah zu sein. Ihr Herz klopfte so laut, dass sie Angst hatte, er könnte es hören.

»Verdammt!« Ruckartig ließ Florian von Susanne ab, krampfhaft versuchte er, sich auf der Liege zu halten, fiel aber dann doch auf die kühlen Bruchsteine der Terrasse. Wie ein Racheengel stand Nick über ihm und bellte drohend.

»Sag mal, was soll das denn?« Mühevoll richtete Florian sich auf, während Susanne laut lachte.

»Nick, mein Retter und Bewacher!«

Auch Florian konnte sich ein Grinsen nicht verkneifen. »Spielverderber«, schimpfte er, doch es klang nicht wütend, eher liebevoll.

»So sind sie nun mal, die Bernhardiner.« Susanne half ihm auf. »Sie sind gezüchtet worden, um die Sennerinnen auf den Almen zu behüten.«

»Wir sind nicht auf der Alm.« Florian schob Nick, der sich jetzt zwischen ihn und Susanne drängte, zur Seite. »Und deshalb werde ich dich jetzt noch einmal küssen. Ungestört!«

Susanne widersprach nicht, fest schmiegte sie sich wieder in seine Arme.

Mit lautem Gähnen ließ Nick sich auf der Terrasse nieder und sah blinzelnd zu den beiden Menschen hoch, die allerdings keine Notiz von ihm nahmen.

»Ich glaube, ich muss jetzt heim.« Susanne war ein wenig atemlos, als sie sich nach einer kleinen, glücklichen Ewigkeit von Florian löste.

»Schade.« Florian wies zum Horizont. »Dabei kommt jetzt gerade der Mond hinter den Wolken hervor, und ein paar Sterne könnte ich dir auch noch einmal erklären.«

»Danke, kein Bedarf mehr.« Susanne hauchte ihm einen Luftkuss zu. »Leg dich ins Bett und kurier dich aus. Wir sehen uns morgen.«

»Du bist grausam.«

Susanne schüttelte den Kopf. »Nein. Aber erwachsen geworden. Und vernünftig. Du hast doch sicher Schmerzen.«

»Nicht in deiner Nähe.«

»Wir sehen uns morgen wieder.« Noch einmal stellte sie sich auf die Zehenspitzen und gab ihm einen Kuss auf die Lippen. Dann pfiff sie leise nach dem Hund, der sofort aufsprang und ihr folgte.

»Bis morgen!«, rief Florian ihr nach. »Ich freu mich auf dich.«

7

Susanne fühlte sich in ihrer neuen Position immer sicherer, auch wenn Wolfgang Wallburger stets aufs Neue durchblicken ließ, dass er ihre Autorität in Frage stellte. Immer wieder machte er kleine spitze Bemerkungen, ohne Susanne jedoch wirklich anzugreifen.

Doch die junge Kapitänin der *Donauperle* blieb gelassen und souverän. Sie verstand seinen Frust bis zu einem gewissen Punkt, aber er hatte es sich schließlich selbst zuzuschreiben, dass er von der Reederei noch kein eigenes Kommando übertragen bekommen hatte.

Die gesamte Mannschaft akzeptierte sie, worüber sie sich sehr freute. Sogar die beiden älteren Maschinisten ließen erkennen, dass sie ihr Wissen um das Innenleben des Schiffes bewunderten.

»Alle Achtung«, sagte einer mal, als er mit Susanne allein war. »Das hätte ich nicht gedacht, Frau Kapitän. Ich geb's zu, wir hatten unsere Bedenken.«

»Ich bin seit meiner Jugend auf Donauschiffen unterwegs. Mein Großvater war jahrelang Kapitän auf der Donau.«

»Ja dann …«, der grauhaarige Maschinist hatte ihr zugezwinkert, »dann liegt Ihnen das Leben an Bord ja wohl im Blut.«

Nur Dorothee Koller blieb Susanne gegenüber reserviert. Ihre kühle Zurückhaltung war fast schon beleidigend, und wenn sie Susanne etwas servierte, stellte sie das Gewünschte kommentarlos vor sie hin. Eine Weile sah sich Susanne das mit an, dann aber beschloss sie, die Restaurantleiterin zur Rede zu stellen.

Die *Donauperle* hatte gerade die Anlegestelle von Krems verlassen und fuhr jetzt in Richtung Tulln und Greifenstein. Susanne beschloss, im Restaurant ein spätes Mittagessen einzunehmen. Als sie sah, dass außer ihr und der Restaurantleiterin kaum jemand im Speiseraum war, winkte sie Dorothee zu sich und bestellte zunächst das Essen und ein Glas Apfelschorle.

Beides wurde ihr kommentarlos und ohne ein freundliches Wort serviert. Das war der Moment, in dem Susanne der Geduldsfaden riss. Sie konnte sowohl Respekt als auch Höflichkeit erwarten.

»Frau Koller, falls Sie ein Problem mit mir haben, sagen Sie doch bitte, was Sie stört.« Kurz sah sie zu Dorothee Koller hoch, ehe sie nach ihrem Besteck griff.

»Wieso? Habe ich mir etwas zuschulden kommen lassen?« Die Restaurantleiterin kniff die Lippen zu einem schmalen Strich zusammen. »Haben Sie an meiner Arbeit etwas auszusetzen?«

»Sie wissen genau, was ich meine.«

»Ach ja? Also auch noch Hellseherin. Nicht nur eine protegierte Kapitänin.« In ihrer Wut auf Susanne vergaß Dorothee jede Zurückhaltung. Ihr schmales Gesicht rötete sich, und die Hände waren seitlich am Körper zu Fäusten geballt.

»Ich verstehe Sie nicht. Tut mir leid. Aber wenn Sie nicht ertragen können, dass ich hier das Kommando habe ... es gibt auch noch andere Schiffe.« Susanne griff betont gelassen nach ihrem Glas und trank einen Schluck der kühlen Apfelschorle. Dorothee drehte sich kommentarlos um und verschwand.

Den Rest des Tages verbrachte Susanne auf der Brücke. In Krems waren fünf ältere Herren zugestiegen, die nur bis Bratislava mitreisen würden. Gleich nach dem Einchecken hatten sie bei Christian Pichler angefragt, ob es wohl möglich sei, die Brücke zu besichtigen. Sie seien alle fünf Hobbysegler und würden gern wissen, wie es auf der Brücke eines solchen Schiffes aussieht. Der älteste der Herren, weißhaarig, braun gebrannt und mit schlanker Figur, war der Wortführer, so erzählte Christian es ihr später und trug Susanne ihre Anfrage vor.

»Üblich ist es nicht, aber ich mache gern mal eine Ausnahme«, hatte Susanne gesagt und sofort Widerspruch von Wolfgang Wallburger geerntet.

»Demnächst machen alle Passagiere eine Wallfahrt hierher, und konzentriertes Arbeiten wird dann unmöglich«, hatte er geknurrt.

»Aber nein, dazu wird es nicht kommen.« Susanne hatte Christian zugelächelt. »Die fünf Herren sind am frühen

Abend willkommen – aber ihr Besuch hier sollte möglichst diskret vonstattengehen.«

»Dafür werde ich sorgen.« Mit einem kleinen Augenzwinkern zog sich der Hotelmanager zurück.

Susanne sah ihm lächelnd nach. Christian hatte ihr beim Verlassen der Brücke sekundenlang die Hand auf den Arm gelegt – eine Berührung, die ein leichtes Kribbeln auf Susannes Haut verursacht hatte. Und wie so oft fragte sie sich, was das zwischen ihnen war: Freundschaft? Oder doch ein wenig mehr? Sie wollte sich darüber nicht den Kopf zerbrechen.

»Irgendwann gibt's noch eine Polonaise durchs ganze Schiff«, murrte Wolfgang Wallburger vor sich hin.

»Seien Sie nicht albern, Herr Wallburger.«

»Ist doch wahr! Bei Ihrem Vorgänger hätte es das nicht gegeben. Und es muss auch nicht sein. Den Passagieren wird genug Abwechslung auf dem Schiff geboten.« Er zerrte an seiner Krawatte. »Aber Sie haben das Kommando.«

»Sie sagen es.« Susanne zwang sich zur Gelassenheit. Sie würde sich weder von Wallburger noch von seiner Freundin Dorothee provozieren lassen – auch wenn die beiden es oft darauf anlegten.

Die Fahrt bis Wien, wo die *Donauperle* auf dieser Reise nur einen Tag und eine Nacht Station machen würde, verlief ohne weitere Zwischenfälle.

Kurz bevor sie die Kaiserstadt erreichten, bat Susanne die fünf Herren hoch auf die Brücke und erklärte ihnen persönlich die moderne Technik, mit der das Schiff ausgestattet war. Die Herren dankten ihr sehr für das Entgegenkommen.

»Wir haben es nicht zu hoffen gewagt, aber es war eine

wunderbare halbe Stunde.« Wieder ergriff der älteste der Herren das Wort. »Ich muss Ihnen gestehen, dass ich ein wenig skeptisch war, als ich hörte, dass eine so junge Frau das Schiff führt.« Sein Lächeln bat um Verzeihung. »Früher hieß es noch, dass Frauen an Bord eines Schiffes Unglück bringen.«

»Ich hoffe doch sehr, dass Sie diese Märchen nicht glauben.« Susanne erwiderte charmant sein Lächeln.

»Aber natürlich nicht. Und ich – nein, wir haben vollstes Vertrauen in Ihre Fähigkeiten.«

»Dafür danke ich sehr.« Susanne winkte Melanie heran, die auf ihre Anweisung hin nach gut zwanzig Minuten mit einem Sektcocktail für die Herren zur Brücke gekommen war. »Dann trinken Sie doch auf eine schöne Reise.« Sie selbst nahm nur einen Schluck Kaffee. »Und ich wünsche Ihnen einen angenehmen Aufenthalt in Wien.«

»Wir werden in die Oper gehen.« Einer der Männer verzog das Gesicht. »Vor zwanzig Jahren wäre es noch ein angesagter Nachtklub gewesen, aber …«

»… es lässt eben alles nach«, fiel ihm einer der Freunde augenzwinkernd ins Wort.

Der Besuch der Herren hatte Susannes Stimmung gehoben, und sie lächelte, als sie die Kaiserstadt vor sich auftauchen sah. Die ewigen Sticheleien des Ersten und der mangelnde Respekt von Dorothee Koller ärgerten sie insgeheim doch ein wenig, da war ein solch positives Erlebnis aufmunternd.

Sie überwachte persönlich das Anlegemanöver in Wien und beobachtete dann eine Weile die Passagiere, die sich zu einer Stadtrundfahrt durch Wien angemeldet hatten. Etliche Busse standen bereit, und wie stets auch einige der Fiaker, die zu Wien gehörten wie der Stephansdom und das Riesenrad im Prater.

Innerhalb von einer halben Stunde wurde es still auf der *Donauperle*, denn auch viele der Besatzungsmitglieder waren von Bord gegangen.

Langsam senkte sich die Dämmerung über die Stadt. Entlang der Donau blinkten unzählige Lichter auf, und in der Ferne war das hell erleuchtete Riesenrad zu sehen.

Susanne tauschte die Uniform gegen dunkle Jeans und einen weißen Pulli. Es war ein milder Frühsommerabend, und sie wollte es sich an Deck mit einem Snack und einer halben Flasche Wein gemütlich machen.

Eine knappe Viertelstunde blieb sie allein in ihrer windgeschützten Ecke und schaute hinüber zu den Lichtern der Donaumetropole. Wien war eine der Städte, die Susanne besonders liebte. Die einzigartige Atmosphäre, die hier herrschte, bezauberte sie immer wieder. Nostalgie mischte sich in den Straßen und Gassen mit dem quirligen modernen Alltag, und obwohl stets eine gewisse Hektik herrschte, gab es doch unzählige Oasen der Ruhe.

Susanne schloss für einen Moment die Augen und erinnerte sich an ihre erste Fiakerfahrt. Damals hatte der Großvater sie und ihre Schwester Katrin nach Wien eingeladen und den Mädchen die Schönheiten der Stadt gezeigt.

»Störe ich?« Christian Pichlers Stimme riss sie aus ihren Erinnerungen. Der Hotelmanager blieb abwartend stehen.

Unterm Arm trug er eine Flasche Wein und sah Susanne fragend an.

»Nein, setzen Sie sich ruhig her.« Susanne wies auf einen der Deckstühle, die ganz in der Nähe standen.

»Eigentlich müsste man an einem solchen Abend hinüber nach Grinzing fahren, in eines der Heurigenlokale gehen und einfach den Alltag vergessen«, meinte Christian und zog sich den Stuhl ein wenig näher.

»Keine schlechte Idee.« Susanne lächelte ihn an. »Bei einem solchen Ausflug wäre ich sofort dabei.«

»Dann haben wir also etwas gemeinsam. Wir haben beide eine romantische Ader und lieben guten Wein.«

»Ach je, ich glaube, die Romantik der Heurigenlokale ist geschicktem Kommerz gewichen. Aber beim Wein stimme ich Ihnen zu.«

Christian zog ein Glas aus seiner Jackentasche. »Wenigstens habe ich einen guten Wein mitgebracht. Und für dessen Qualität verbürge ich mich.« Er hob die Flasche ein wenig an und zeigte Susanne das Etikett.

»Der ist wirklich ausgezeichnet.« Susanne schmunzelte. »Schauen Sie mal, wie der Winzer heißt.«

»Warum?« Stirnrunzelnd kam Christian der Aufforderung nach. »Weingut Mattner«, las er dann und sah Susanne fragend an. »Ist das Zufall?«

»Nein. Das Gut gehört meinem Onkel. Ich bin dort aufgewachsen und verstehe ein bisschen was von Wein. Der hier ist einer der besten Veltliner, den man in der ganzen Wachau finden kann.«

»Sie können mich immer wieder überraschen.« Christian goss die Gläser voll. »Worauf trinken wir?« Er sah ihr ein wenig zu lange in die Augen.

»Auf einen ruhigen Abend. Und auf eine entspannte Weiterfahrt.« Susanne hob ihr Glas.

»Gern. Und auf unsere Donaukapitänin.« Christian nahm einen ersten Schluck.

»Jetzt machen Sie mich nicht verlegen, Christian.« Ganz spontan nannte Susanne ihn beim Vornamen.

»Ich hab's ganz ehrlich gemeint.« Sein Lächeln war einfach unwiderstehlich. »Darf ich Susanne sagen – zumindest dann, wenn wir allein sind?« Er griff wie beiläufig nach ihrer Hand.

»Von mir aus gern. Und wir können uns auch gern duzen.« Sacht entzog ihm Susanne ihre Finger. Christians Berührungen verwirrten sie immer wieder.

»Ich weiß ja, dass es ziemlich vermessen ist, aber ...« Christian zögerte. »Darf ich was fragen? Was Persönliches?«

»Klar, kein Problem. Was willst du wissen?« Susanne musste sich um einen heiteren, neutralen Ton bemühen. In einem Zug trank sie ihr Glas leer.

Für zwei, drei Herzschläge zögerte Christian noch, und erst als Susanne ihn auffordernd anlächelte, fragte er: »Bist du gebunden? Irgendwie?«

Susanne zögerte, dann lachte sie leise. »›Irgendwie‹ geht nicht, denke ich.«

»Na ja, du weißt, was ich meine.«

»Ja. Weiß ich. Und ich behalte mir vor, die Frage nicht konkret zu beantworten. Nur so viel: Irgendwie und irgendwo gibt es jemanden, den ich sehr mag. Zufrieden?«

Christian schüttelte den Kopf. »Nein, ehrlich gesagt nicht. Mir wäre es lieber gewesen, wenn du frei wärst.« Er lächelte Susanne an, ein ebenso treuherziges wie freches Lächeln. »Dann hätte ich mich nämlich noch mehr bemüht.«

Susanne lachte. »Noch mehr? Ich habe gar nicht bemerkt, dass du dich in irgendeiner Weise angestrengt hast. Und ich habe nicht behauptet, fest gebunden zu sein.« Auf einmal machte es ihr Spaß, ein wenig mit ihm zu flirten. Er war ungemein charmant und sympathisch, außerdem sah er beinahe unverschämt gut aus.

Christian ließ das Glas, das er gerade zum Mund hatte führen wollen, sinken. »Ja dann ... dann kann ich mir ja noch ein wenig Hoffnung machen.« Das Augenzwinkern, das seine Worte begleitete, strafte ihn Lügen.

Susanne goss sich selbst noch einmal nach. »Dazu sag ich einfach mal nichts.« Sie lachte leise.

»Akzeptiert.« Jetzt war sein Lächeln offen und ehrlich. »Aber ich darf dir schon sagen, dass ich dich als Kapitänin schätze, aber auch als Frau sehr mag – und du bildhübsch bist.«

»Danke.« Susanne lehnte sich in ihrem Stuhl zurück, sah eine Weile in ihr Weinglas, dann wieder hinüber zur Stadt.

»Christian! Hallo, Christian, bist du hier?« Aus dem Dämmerlicht tauchte Vanessas schlanke Gestalt auf.

»Wir sind hier, Vanessa.« Christian hob winkend den Arm.

»Oh, ich wollte nicht stören.« Die blonde Zahlmeisterin biss sich auf die Lippen und sah von Susanne zu Christian.

»Sie stören absolut nicht.« Susanne winkte Vanessa näher. »Kommen Sie und setzen Sie sich zu uns. Der Abend ist viel zu schön, um ihn in der Kabine zu verbringen.«

»Ja, aber …«

»Komm schon.« Christian holte einen weiteren Deckstuhl. »Das ist eine einmalige Gelegenheit, unsere Kapitänin näher kennenzulernen.«

Vanessa zögerte. »Ich störe wirklich nicht?«

»Absolut nicht.« Susanne stand auf. »Ich hole eine neue Flasche – aus meinen geheimen Beständen«, fügte sie augenzwinkernd hinzu. »Dann könnten wir, Vanessa, auch aufs ›Du‹ trinken.«

Als sie die Flasche geholt hatte, saßen sie gemeinsam noch länger als eine Stunde beisammen, genossen den Wein und erzählten sich ein paar private Dinge, aber auch Anekdoten von Passagieren und Kollegen. Unter anderem sprach Christian an, dass der Erste Offizier und die Restaurantleiterin seit Monaten liiert waren.

»Aber es ist ziemlich kompliziert mit den beiden«, sagte er und dämpfte die Stimme noch ein wenig mehr. »Dorothee will ihn ganz für sich, aber er hängt an seinen Kindern, was ja verständlich ist, und fährt immer wieder an seinen freien Tagen heim, um sie zu sehen.«

»Es kracht oft zwischen ihm und seiner Ex«, warf Vanessa ein. »Aber das ist kein Thema für diesen schönen Abend.«

»Da bin ich deiner Meinung.« Susanne verteilte den Rest der Flasche in die Gläser.

»Der schmeckt«, stellte Vanessa fest.

»Das will ich hoffen«, schmunzelte Susanne.

Vanessa war fasziniert, als sie erfuhr, dass ihre Kapitänin auf einem Weingut groß geworden war.

»Das ist ja toll«, sagte sie. »Hattest du nie Lust, dort wohnen zu bleiben?«

»Nein.« Susanne schüttelte den Kopf. »Das Gut ist zwar der Mittelpunkt meines Lebens, dort sind die Menschen, die ich liebe. Aber das hier ...«, sie machte eine weit ausholende Handbewegung, »das hier ist der Ort, an dem ich glücklich bin.«

Gedankenverloren kaute Katrin auf ihrem Bleistift herum – etwas, das sie seit Schultagen machte, wenn sie konzentriert nachdachte. Sie brütete über einem Exposé für ein neues Kinderbuch. Seit sie vor einigen Tagen länger mit Susanne telefoniert hatte, wollte sie etwas über ein Abenteuerschiff schreiben.

Nur – was sollte da passieren?

Die zündende Idee wollte sich einfach nicht einstellen. Schließlich war das, was Susanne ihr erzählt hatte, kein Thema für ein Kinderbuch.

»Ich habe einen sehr liebenswerten Verehrer«, hatte ihre Schwester erzählt, als sie am letzten Wochenende angerufen hatte. »Er ist Hotelmanager an Bord, sieht umwerfend gut aus und hat bei ein paar Gläsern Wein, die wir an Deck miteinander getrunken haben, süß mit mir geflirtet.«

»Und? Was ist mit dir?«

Susanne hatte kurz gezögert. »Ich mag ihn. Sehr sogar. Aber eine Beziehung mit einem Crewmitglied ... das wäre nicht klug.«

»Stimmt, Schwesterchen, schließlich bist du der Boss an Bord.«

»Und das heißt, dass ich keine Gefühle haben darf?«

»Doch, darfst du. Du solltest sie nur nicht zeigen. Oder du solltest sie dir für jemanden aufheben, der nicht auf dem gleichen Schiff jobbt«, hatte Katrin mit leisem Lachen erwidert.

»Ich weiß. Und was ist mit deinem neuen Nachbarn?«

»Tja, noch nicht viel. Ich habe überlegt, einfach mal mit Brot und Salz einen Willkommensbesuch im Nachbarhaus zu machen.«

»Warum nicht gleich heute Abend?«, hatte Susanne vorgeschlagen und sich von ihr verabschiedet.

Aber dann war ein Anruf ihres Verlags dazwischengekommen, sie hatte ein paar Texte absegnen müssen – und darüber die Idee mit dem Spontanbesuch im Nachbarhaus vergessen.

Jetzt malte sie zwei kleine Segelboote auf ein imaginäres Gewässer, dann zwei Strichmännchen – das sollten die beiden kleinen Helden des neuen Buches sein, von denen sie immer noch keine konkrete Vorstellung hatte.

»Bei diesem Lärm kann man ja auch keinen klaren Gedanken fassen«, schimpfte sie vor sich hin, als nebenan lautes Hundegebell ertönte, dann ein schriller Pfiff – und im nächsten Moment klirrte es auch schon irgendwo im Haus.

»Scheiße, das gibt Ärger.« Das war eindeutig eine Jungenstimme.

»Scheiße sagt man nicht.«

»Ruhe! Du bist schuld. Du hast Wotan nicht richtig festgehalten.«

»Ich bin nicht schuld!« Die Stimme klang ängstlich. »Du hast den Ball doch getreten!«

Katrin legte den Stift beiseite und ging über die Terrasse hinunter zum Garten. Dort standen zwei Kinder wie die sprichwörtlichen armen Sünderlein vor ihr.

»Na, das war ja wohl ein Fehlschuss«, meinte sie und wies zu dem kleinen Fenster ihrer Gästetoilette, das dem fehlgeleiteten Fußball nicht standgehalten hatte.

»Tut mir leid.« Der etwa siebenjährige Junge zuckte mit den Schultern. Er hatte beinahe schwarzes Haar, das sich in wilden Locken um seinen Kopf kringelte.

»Mir auch.« Das Mädchen, Katrin schätzte sie auf etwa fünf, griff nach der Hand des großen Bruders.

»Na ja, das ist kein Weltuntergang. Und euer Vater ist ja bestimmt versichert.« Katrin machte zwei Schritte auf die Kinder zu – und sah sich in der nächsten Sekunde einem zotteligen Hund gegenüber, der sie drohend anknurrte.

»Wotan passt immer auf uns auf.« Das Mädchen, dessen lange dunkle Zöpfe sich schon halb aufgelöst hatten, griff nach dem Halsband des Tieres. »Schon gut, Wotan, die Dame tut uns nichts.«

»Sie müssen uns die Hand geben und nett mit uns sprechen. Dann weiß er, dass Sie uns mögen«, erklärte der Junge und sah Katrin ernst an.

Katrin runzelte die Stirn. »Ach ja? Bist du sicher, dass er so etwas versteht?«

»Klar doch. Wotan ist wahnsinnig klug.«

»Ja dann ...« Katrin lächelte und reichte der Kleinen kurz die Hand. »Das wird euren Hund ja wohl beruhigen.«

»Bestimmt!« Die Kleine nickte ernsthaft. »Bist du uns noch böse wegen der Scheibe?«

»Nein, nein, das kann ja mal passieren. Sagt einfach zu Hause, euer Vater soll sich bei mir melden, damit der Schaden behoben werden kann.« Sie drehte sich um und machte Anstalten, zurück ins Haus zu gehen.

»Ja aber ...« Das Mädchen folgte ihr – und prompt auch der Hund.

Katrin ging etwas schneller. Der Hund machte ihr Angst. Er sah aus wie eine Mischung aus Wolf, Labrador und Setter, und er schien seine Aufgabe als Beschützer der Kinder sehr ernst zu nehmen, denn er kam mit zur Terrasse, als das Mädchen Katrin dorthin folgte.

»Pass auf, hier liegen überall Scherben.« Katrin hatte den Satz gerade beendet, als der Hund leise aufjaulte. Er war in eine Glasscherbe getreten.

»Wotan! Auweia, das ist ja schlimm!« Die Kleine beugte sich über den Hund und legte beide Arme um ihn. Dann sah sie zu Katrin auf. »Bitte! Du musst ihm helfen. Ihn verbinden.«

»Wieso ich?« Katrin streckte abwehrend die Arme aus. »Lauft mit ihm heim, dann kann sich euer Vater um ihn kümmern.«

»Das geht nicht.« Der Junge kam näher.

»Und wieso nicht? Habt ihr Angst, dass es noch mehr Ärger gibt?«

»Ja.« Das kam gleich zweistimmig.

Katrin zögerte. Die Geschwister machten so deprimierte Gesichter, dass sie ihnen nicht länger böse sein konnte. »Ich kann den Hund nicht versorgen, ehrlich nicht.«

»Doch, du musst. Unser Paps ist nicht da. Der musste zu einem Hausbesuch.« Der Junge biss sich auf die zitternden Lippen. Er schien mit den Tränen zu kämpfen.

»Und Wotan ist wirklich nicht gefährlich?« Sie wies auf den Hund.

»Wotan ist ganz lieb.« Das Mädchen sah Katrin aus tränenfeuchten Augen an. »Hilf ihm, bitte!« Sie hob die blutende Pfote hoch, in der noch eine Scherbe steckte.

Katrin seufzte. Es würde sicher reichen, die Scherbe aus der Pfote zu ziehen und die Wunde zu verbinden.

»Also gut. Bleibt hier. Rührt euch nicht, sonst verletzt ihr euch auch noch.«

Als sie mit dem Verbandskasten zurückkam, saßen die Kinder auf dem Rasen, Wotan lag zwischen ihnen.

Katrin stand der Schweiß auf der Stirn, als sie sich niederbeugte und nach der Pfote griff.

»Hoffentlich weiß der Hund, dass ich ihm nur helfen will«, murmelte sie.

»Er ist ein kluger Hund, klar weiß er das.«

Tatsächlich hielt Wotan ganz still, als sie die Wunde versorgte.

»So, ihr zwei, das reicht sicher, bis ihr wieder daheim seid.«

»Danke.« Der Junge griff nach der Hand seiner jüngeren Schwester. »Komm mit rüber, Anna-Maria wird uns schon suchen.«

Katrin wollte fragen, wer Anna-Maria war, verkniff es sich dann aber. Sie atmete erleichtert auf, als Kinder und Hund ums Hauseck verschwanden. Dann räumte sie die Scherben beiseite und wartete darauf, dass sich der neue Nachbar melden würde, um den Schaden zu begleichen.

Sie war gespannt darauf, ihn aus der Nähe zu sehen. Ob er blaue oder braune Augen hatte, so wie seine Kinder?

Gegen halb sieben wusch sie sich noch kurz die Haare – und streckte ihrem Spiegelbild die Zunge heraus, während sie sich die Haare föhnte. »So einen Aufwand musst du nun wirklich nicht treiben«, sagte sie zu sich selbst. Aber dann zog sie sich sogar noch einmal um.

Und wartete.

Es wurde später Abend, bis es endlich an der Haustür läutete.

Katrin öffnete – und zuckte sofort zurück, denn Wotan begrüßte sie mit fröhlichem Bellen. Zudem hob er die inzwischen fachmännisch verbundene Pfote hoch.

»Guten Abend. Bitte verzeihen Sie die späte Störung, aber ich musste erst noch die Kinder ins Bett bringen.« Der Mann lächelte entschuldigend und tätschelte dabei den Kopf des Hundes. »Ich bin Ralf Gerhard, Ihr neuer Nachbar. Und Vater des unglücklichen Fußballschützen.«

»Nett, Sie endlich kennenzulernen.« Katrin reichte ihm die Hand. »Ich bin Katrin Mattner.« Sie zögerte, sagte dann aber doch freundlich: »Wollen Sie nicht hereinkommen?«

Auch Ralf Gerhard zögerte einen Moment. »Zehn Minuten Zeit hätte ich. Das wird reichen, um alles zu klären, oder?«

»Natürlich. Ich rufe gleich morgen früh den Glaser an und …«

»… und ich begleiche die Rechnung.« Er folgte Wotan, der schon ins Wohnzimmer gelaufen war und so tat, als sei er hier daheim. Mit einem tiefen Seufzer sprang er auf Katrins weißes Ledersofa und machte es sich dort bequem.

»Oh nein!« Mit einem energischen Ruck zog Ralf ihn auf die Erde zurück. »Tut mir leid, er ist einfach nicht richtig erzogen. Ich habe viel zu wenig Zeit, und unsere Haushälterin lässt ihm genauso viel durchgehen wie den Kindern.«

»Ist ja nichts passiert«, versicherte ihm Katrin, wobei sie geflissentlich den dunklen Fleck auf der linken Seite des Sofas ignorierte, den Wotan mit seiner schmutzigen Pfote hinterlassen hatte. »Mögen Sie ein Glas Wasser? Oder Wein? Ich hab eine Flasche offen.«

Ihr Besucher sah auf die Uhr. »Gerne einen kleinen Schluck. Dann muss ich auch schon wieder los. Bürokram. Den kann ich im Moment nur abends erledigen.« Er zögerte. »Sie kennen nicht zufällig eine versierte Tierarzthelferin?«

»Ich? Nein. Wieso?«

»Ich bin Tierarzt. Bislang haben wir in München gewohnt, da habe ich in einer großen Tierklinik gearbeitet und hatte mit Verwaltung und Abrechnungen nichts zu tun. Doch nach dem Tod meiner Frau musste ich dafür sorgen, dass ich zumindest in der Nähe der Kinder arbeiten und mittags vielleicht sogar mit ihnen gemeinsam essen kann.

Da kam das Angebot, hierherzuziehen und die Praxis in Ihrem großen Nachbarhaus einzurichten genau zum richtigen Zeitpunkt. Ein Kollege hatte seine Praxis gerade aufgegeben, in der Gegend hier fehlte also ein Veterinär.« Er nahm einen Schluck von seinem Weinglas, das Katrin in der Zwischenzeit vor ihn hingestellt hatte. »Der ist gut«, kommentierte er, und ein Lächeln huschte über sein eben noch angespannt wirkendes Gesicht.

Er war also Witwer! Katrin musterte den hochgewachsenen Mann diskret. Gut sah er aus! Das gewellte schwarze Haar, das die Kinder wohl von ihm geerbt hatten, war kurz geschnitten. Dunkle Augen dominierten das schmale Gesicht.

Sie musste sich zwingen, den Blick von diesen faszinierenden Augen zu lösen.

»Tut mir leid, aber ich kenne niemanden, der Ihnen helfen könnte.« Ihre Stimme klang belegt.

»Tja, da muss ich wohl noch mal eine Anzeige aufgeben.« Er seufzte tief auf. »Aber ich will Sie nicht mit meinen Sorgen behelligen. Es ist schön, dass Sie uns nicht allzu böse sind wegen der zerbrochenen Scheibe.« Er trank sein Glas leer. »Danke für den Entspannungsschluck.«

»Gern. Und das mit der Scheibe, das ist kein Problem.« Katrin begleitete ihn zur Tür.

»Wotan, komm her!« Ralf drehte sich nach dem Hund um, der sich langsam erhob und genüsslich schüttelte.

Katrin sah, zwischen Heiterkeit und Entsetzen schwankend, zu dem Zottelhund hin. »Er ist – außergewöhnlich«, sagte sie dann. »Eine höchst seltene Rasse.«

»Stimmt. Die Kombination ist einmalig.« Ralf grinste schief. »Deshalb wollte ihn wohl auch niemand haben. Ich habe ihn als Welpen vor drei Jahren vor unserer Haustür gefunden.« Er zuckte mit den Schultern. »Meine Frau war damals schon sehr krank, aber sie hat sich sofort in ihn verliebt. Da konnte ich nicht anders, als ihn aufzunehmen.«

»Das verstehe ich gut.«

»Aber er ist eben nie richtig erzogen worden.« Ralf ging einen Schritt zurück in Richtung Wohnraum. »Jetzt komm endlich mit.«

Langsam, sichtlich zögernd, folgte der Hund.

»Gute Nacht.« Ralf nickte Katrin zu. »Und – verzeihen Sie nochmals das Missgeschick mit der Scheibe.«

»Machen Sie sich keinen Kopf, es ist alles in Ordnung.« Sie lehnte sich an den Türrahmen und sah zu Ralf, der den Hund am Halsband festhielt. »Beim nächsten Mal habe ich einen Knochen für Wotan da. Vielleicht werden wir auf diese Art Freunde.« Sie lachte leise auf.

Wotan, der seinen Namen gehört hatte, riss sich mit einem Ruck los, sprang an Katrin hoch und stützte seine gesunde Pfote auf ihren Arm – was zur Folge hatte, dass sich ein paar rote Streifen auf ihrer Haut zeigten.

»Oh nein, das tut mir leid.« Ralf Gerhard zog den Hund zurück und griff nach Katrins Arm, um sich den Kratzer anzusehen. Die Berührung war wie ein elektrischer Stromstoß, und der leichte Schmerz, den Katrin zunächst empfunden hatte, verging in Sekundenschnelle. »Sie sind hoffentlich gegen Tetanus geimpft.«

»Ja, bin ich.« Ihre Stimme klang belegt.

»Gut.« Der Blick aus seinen dunklen Augen verfing sich mit ihrem. Erst als Wotan an der Tür zu kratzen begann, verflog der magische Moment.

»Nochmals – sorry für den Ärger. Und wenn die Kinder zu laut sind oder einfach zu Ihnen rüberkommen und Sie stören ... sagen Sie Bescheid. Ich rede dann mit ihnen.«

»Ich mag Kinder, das ist kein Problem. Gute Nacht.«

»Gute Nacht.« Noch ein langer Blick, dann nahm er wieder Wotans Halsband und ging.

Katrin schloss hinter ihm die Tür.

Was hast du da gesagt?, fragte sie sich in der nächsten Sekunde. Du magst Kinder, das stimmt. Aber bisher eher auf eine gewisse Entfernung – und als Leser deiner Bücher.

»Na und?« Sie zuckte die Schultern, setzte sich aufs Sofa und sah mit einem versonnenen Lächeln auf den Schmutzfleck, den Wotan hinterlassen hatte.

»Es ist nirgendwo so schön wie hier auf dem Gut.« Susanne stellte sich an den Rahmen der alten Haustür, die aus schwerer Eiche gearbeitet und mit Intarsien verziert war, und schaute über den Gutshof. In dem Rondell in der Mitte blühten noch vereinzelte Tulpen, aber auch die gelben kleinen Rosenbüsche zeigten schon erste Knospen.

Von fern hörte man Traktorengeräusch, Markus Mattner und ein paar Gehilfen waren in den Weinbergen beschäftigt.

»Wann willst du zu Juliane nach Regensburg fahren?«

Beate Mattner stellte den mit Puderzucker bestreuten Gugelhupf, der einen verführerischen Duft verströmte, auf den Tisch.

»Erst in drei Tagen.« Susanne lächelte ihre Ziehmutter liebevoll an. »Ich bin froh, hier ein bisschen ausspannen zu können.«

»Ist es sehr anstrengend für dich?«

»Der Job nicht, er ist ja genau das, was ich immer machen wollte. Die meisten der Gäste sind sympathisch und daran interessiert, die Gegenden, die wir befahren, näher kennenzulernen. Ich erzähle ihnen dann ganz gern das, was ich alles über die Donaulandschaften weiß.« Susanne zögerte. »Aber da sind die versteckten Bosheiten des Ersten Offiziers, dazu die Querelen mit ihm, die mich einfach nerven.« Sie trank einen Schluck Kaffee, ehe sie sich den Kuchen schmecken ließ. »Aber Christian, der Hotelmanager, ist ein echt netter Kerl.«

»Hey, wohin mit meiner Eifersucht?«

Unbemerkt von den beiden Frauen war Florian um die Ecke gekommen. Jetzt stand er lächelnd am Tisch, den Beate dicht neben der Haustür aufgestellt hatte. Auf der hellblauen Tischdecke stand weiß-blau gemustertes Porzellan, in einer kleinen Kanne waren weiße Margeriten und gelbe Ranunkeln arrangiert. Susanne bewunderte immer wieder, mit welch einfachen Mitteln es Beate gelang, eine heimelige, dazu geschmackvolle Atmosphäre zu schaffen.

»Komm, Florian, es ist noch genug Kaffee da.« Beate Mattner machte eine einladende Handbewegung.

»Bei deinem Gugelhupf kann ich nicht widerstehen«,

meinte Florian. »Außerdem ist es hier gerade sehr interessant.« Er sah Susanne forschend an. »Erzähl mehr von deinem Verehrer.«

Obwohl er sich bemühte, locker und amüsiert zu wirken, merkte Susanne ihm die unverhohlene Eifersucht an.

»Na ja, er ist ein gut aussehender Mann. Sympathisch und liebenswert. Wir verstehen uns sehr gut.« Sie verschwieg, dass Christian in den letzten Tagen auch viel Zeit mit Vanessa Ellermann verbracht hatte.

»Ja, wenn das so ist, hast du sicher kein Interesse daran, heute Abend mit mir zu Kilian zu gehen. Der feiert seinen vierzigsten Geburtstag mit einer großen Party. Du bist eingeladen, wenn du da bist, hat er mir extra versichert.«

Kilian war ein Winzer, dessen Hof drei Kilometer von Gut Mattner entfernt lag. Er und Florian waren schon seit der Grundschule befreundet.

»Kilian wird schon vierzig!« Beate Mattner lächelte versonnen vor sich hin. »Kinder, die Zeit rast nur so dahin. Ich werde alt und älter.«

»Du doch nicht!« Das kam zweistimmig. Susanne und Florian lächelten sich an.

»Danke für die Blumen, aber es lässt sich nicht leugnen, dass mir bestimmte Dinge immer schwerer fallen. Und Markus auch. Auch wenn er das nie zugeben würde.« Sie legte Florian, der sein erstes Stück Kuchen in Windeseile aufgegessen hatte, ein neues auf den Teller. »Deshalb bin ich doppelt froh, dass du wieder hier bist.«

»Ich freue mich auch.« Florian sah Susanne so intensiv

an, dass ihr eine leichte Röte ins Gesicht stieg. »Was ist mit dir?«

»Was soll sein?« Susanne gab sich unbeteiligt. »Natürlich bin ich froh, dass du Mutsch und Onkel Markus entlastest.«

»Aha.« Er schob sich ein Stück Kuchen in den Mund. »Und was ist mit der Party heute Abend?«

Susanne zögerte kurz, dann nickte sie zustimmend. »Okay, ich komme mit. Aber was schenken wir?«

»Ich hab schon was besorgt. Du musst mich nur begleiten.«

Am Abend stieg Susanne neben Florian in seinen neuen Range Rover. Während Florian schwarze Jeans und ein hellblaues Hemd mit Weste trug, hatte Susanne ihre Trachtenjacke aus dem Schrank gesucht. Eine pinkfarbene Trachtenbluse, die sie zwar schon lange besaß, die aber noch wie neu war, passte perfekt dazu.

Florians Augen blitzten auf, als er galant die Beifahrertür hinter ihr schloss.

Auf der Rückbank lag, sorgfältig verpackt, ein Jagdmesser. Kilian war, wie schon sein Vater und Großvater, ein leidenschaftlicher Waidmann.

Das merkte man auch dem Büfett an, das unter anderem Rehschinken mit Melone, Wildgulasch und dazu handgeschabte Spätzle bereithielt. Ina, Kilians Verlobte, hatte sich mächtig Mühe gegeben, wie der Gastgeber stolz verkündete.

»Eine charmante Frau«, sagte Florian und schaute der blonden Ina nach, die geschäftig zwischen den Gästen hin und her eilte und Wein nachschenkte. Sie trug ein schlichtes

Dirndl, das ihre schlanke Figur betonte. »Und sie geht ganz in der Hausfrauenrolle auf.«

»Neidisch?«

»Nein.« Florian legte wie beiläufig den Arm um Susanne. »Mir schwebt da etwas anderes vor.«

»Darf ich wissen, was?«

Mit den Weingläsern in der Hand schlenderten sie ein paar Meter weiter in den schön beleuchteten Garten. Die meisten Gäste hatten dem Büfett schon reichlich zugesprochen, sie hörten jetzt der Band zu oder begannen, auf der improvisierten Tanzfläche zu tanzen.

Florian zog Susanne näher zu sich. »Das weißt du ganz genau.«

»Aber ich würde es gern ...«

Er ließ ihr keine Zeit, den Satz zu beenden, denn er küsste sie lang und anhaltend.

Susanne hielt zunächst still, dann öffneten sich ihre Lippen wie von selbst, und sie erwiderte seinen Kuss. Fest schmiegte sie sich an ihn, ganz deutlich spürte sie den schnellen Schlag seines Herzens. In ihrem Bauch flatterten aufgeregte kleine Schmetterlinge, und sie schloss für einen Moment die Augen.

»Weißt du jetzt, was ich will«, murmelte Florian, ohne sie loszulassen.

»Hmm.« Sie sah zu ihm auf. Sagen konnte sie nicht wirklich etwas. Ihr Herz klopfte wie wild, und sie hatte Angst, dass sie keine Luft bekommen könnte, um auch nur einen halben Satz herauszubekommen.

»Seit ich zurück bin, kann ich an nichts anderes denken

als daran, mit dir zusammen zu sein.« Wieder küsste er sie, dabei balancierte er sein halb volles Weinglas ungeschickt in der Luft, sodass sich der helle Wein über Susannes Bluse ergoss.

»Getauft bin ich schon.« Sie lachte, denn sie war viel zu glücklich, um sich über das Missgeschick zu ärgern.

»Sorry, aber man sollte bei bestimmten Aktionen beide Hände frei haben.« Florian warf das leere Glas auf den weichen Grasboden, dann zog er Susanne wieder in die Arme. Sanft streichelte er ihren Rücken, umfasste ihre schmalen Schultern, ehe er sie lange und leidenschaftlich küsste.

Susanne schloss die Augen. Das fröhliche Treiben der Partygäste drang nicht mehr in ihr Bewusstsein. Dies hier war der heftigste, wildeste und zugleich süßeste Kuss, den sie je bekommen hatte. Er dauerte von Kilians Garten bis zu Florians Auto, von dort mit nur kurzen Unterbrechungen bis zum Schlafzimmer des kleinen Verwalterhauses von Gut Mattner.

»Mein Sannchen ...« Immer und immer wieder murmelte Florian diesen Kosenamen, während er Susanne mit sich aufs Bett zog.

Langsam, beinahe andächtig zog er sie aus, während er tausend verliebte kleine Küsse auf ihr Gesicht und ihren Hals hinunter hauchte.

Das melodische Klingeln von Florians Handy drang erst sehr spät in ihr Bewusstsein.

Florian richtete sich nur kurz auf und schüttelte den Kopf. »Jetzt nicht«, murmelte er, sah Susanne an und beugte sich wieder über sie, um sie zu küssen.

Diesmal benutzte der Anrufer den Festnetzanschluss, und da Florian wieder nicht reagierte, sprang der Anrufbeantworter an: »Hey du Treuloser, ich bin's, Anette. Bist du noch sauer auf mich, Darling? Du, es tut mir leid, dass ich so albern reagiert hab. Ich liebe dich. Nur dich. Bussi.«

Mit einem Ruck zerriss der rosarote Schleier.

Susanne atmete tief ein und aus, dann schob sie Florian von sich.

»Sannchen, bitte, das ist alles ganz anders …«

»Bitte, erspar mir diesen abgedroschenen Satz.« Susanne stand auf und griff nach ihren Kleidern.

»Es ist schon lange vorbei mit Anette.« Florian wollte sie wieder an sich ziehen, doch sie schob ihn von sich.

»Lass mich. Bitte.«

Florian biss sich verzweifelt auf die Lippen. Verdammt, das hätte nicht passieren dürfen! Er zog sich die Jeans an und hockte sich auf den Bettrand.

»Anette und ich … das ist Geschichte, glaub mir.«

»Das hörte sich eben aber ganz anders an.«

»Sie will es nicht akzeptieren.« Florian stand auf und versuchte, Susanne wieder in die Arme zu nehmen. »Wir hatten uns schon getrennt, bevor ich dich wiedergetroffen habe. Und als ich dich sah …« Sein Blick ging ihr unter die Haut, doch sie zwang sich, nicht auf dieses sanfte Werben in seiner Stimme, nicht auf den Blick aus dunklen Samtaugen zu reagieren. »Ich schwöre, ich hab mich sofort in dich verliebt. Ernsthaft. Nicht so wie damals, als du noch ein halbes Kind warst und ich mich niemals getraut hätte, dir mehr als einen freundschaftlichen Kuss auf die Wange zu geben.«

Langsam hob Susanne die Hand und legte sie kurz an seine Wange. »Es war ein Fehler.« Sie zwang sich zu einem traurigen Lächeln. »Wir waren in Feierlaune, nur deshalb konnte das passieren, mehr ist da nicht.«

»Nein!« Sein Griff um ihre Arme wurde fester. »Ich wollte mit dir schlafen, weil ich mich in dich verliebt habe, verdammt noch mal. Nur deshalb!«

Susanne senkte den Kopf. »Mach nicht alles kaputt«, murmelte sie mit erstickter Stimme. »Lass mich gehen.«

Florian stöhnte unterdrückt auf, dann ließ er sie los. »Dann geh doch«, murmelte er. »Los, geh!«

Tränen liefen über Susannes Gesicht, als sie durch die Dunkelheit zurück zum Gutshaus hastete. Tausend Gedanken schossen ihr durch den Kopf, doch in ihrer Enttäuschung konnte sie keinen zu Ende denken.

8

Langsam glitt die *Donauperle* durch das tiefdunkle Wasser.

Seit zwei Tagen war Susanne wieder an Bord. Es tat gut, eine Aufgabe zu haben, sich konzentrieren zu müssen und die Gedanken an Florian endlich für Stunden verdrängen zu können.

Die letzten Tage auf dem Gut war sie bestrebt gewesen, ihm aus dem Weg zu gehen. Sie wollte keine Erklärungen, keine Ausreden oder gar Lügen hören.

Kurzfristig hatte sie sogar überlegt, sich ins Auto zu setzen und Juliane in Regensburg zu besuchen. Doch ein Anruf bei ihrer Freundin hatte ergeben, dass sie gerade jetzt zu einer Schmuckmesse in Mailand aufbrach.

»Tut mir leid, aber da habe ich zwei ungemein wichtige Termine«, hatte Juliane am Telefon gesagt.

»Dann verschieben wir das.«

»Du, Süße, ist was passiert?« Juliane hatte schon immer eine feine Antenne dafür gehabt, zu spüren, wenn Susanne etwas bedrückte.

»Nein, nein, alles bestens.«

»Du bist eine schlechte Lügnerin. Sag mal ...« Juliane

hatte eine kleine Kunstpause eingelegt. »Es geht doch nicht etwa um Florian?«

»Wie kommst du denn darauf?«

Ein tiefer Seufzer kam durch die Leitung. »Weil ich dich kenne. Und weil ich weiß, dass das Thema Florian für dich immer noch nicht abgeschlossen ist. Also – geht es um ihn?«

»Das erzähle ich dir ein andermal. Pack du jetzt weiter. Und viel Erfolg in Mailand!« Ehe die Freundin reagieren konnte, beendete Susanne das Gespräch.

Am letzten Tag ihres Urlaubs fuhr sie dann noch auf ein Glas Wein bei ihrem Großvater vorbei. Bei ihm musste sie sich besonders zusammennehmen, er spürte immer ganz genau, wie ihr zumute war.

Doch diesmal gelang es ihr, ihn zu täuschen. Betont lebhaft erzählte sie von dem Treiben auf dem Schiff, von einzelnen Kollegen und besonderen Gästen, und der alte Kapitän gab seinerseits ein paar Anekdoten zum Besten.

»Ich freu mich, dass ich diesmal die lange Tour fahren kann«, sagte Susanne, kurz bevor sie sich verabschiedete.

»Normalerweise fährt die *Donauperle* doch nicht bis zum Schwarzen Meer, oder?«

»Nein, eigentlich nicht. Aber ein anderes Schiff ist defekt, da können wir die Tour übernehmen.« Sie straffte sich. »Ich bin gespannt, was der Erste wieder zu sagen hat, wenn wir durch die Donaukatarakte fahren. Sicher wird er keine Sekunde lang die Brücke verlassen und nur darauf warten, dass ich einen Fehler mache.«

»Den Gefallen wirst du ihm aber nicht tun.« Oskar nahm sie zum Abschied in den Arm. »Wir waren zusammen ja auch schon ein paarmal dort, du weißt also, worauf es ankommt.«

»Ganz bestimmt.« Susanne gab ihm einen letzten Kuss. »Ich melde mich zwischendurch bei dir und berichte, wie es geklappt hat auf der gefährlichen Strecke.«

An das Gespräch musste sie auch jetzt noch denken, als sie auf der Brücke stand und hinüber zum imposanten Stift Melk schaute, das sich langsam aus dem Frühnebel des Morgens erhob.

Wie immer gingen auch heute die meisten Passagiere hier von Bord, um sich die Abtei anzuschauen. Schon beim Einschiffen in Passau hatte sich Susanne mit Christian Pichler und Vanessa Ellermann zu einem Stadtbummel verabredet.

»Hast du was dagegen, wenn Melanie sich uns anschließt? Vanessa und sie haben sich ein wenig angefreundet.« Christian stand schon wartend an der Gangway, als Susanne zu ihm kam. Sie trug an diesem warmen Frühsommertag ein weißes Leinenkleid im Hemdblusenstil, das ihr sanft um die Beine flatterte. Ein roter Gürtel betonte ihre Taille, dazu passten rote Schuhe und eine kleine rote Umhängetasche.

»Aber nein, warum sollte ich?« Susanne schob sich eine blonde kleine Locke, die sich aus ihrer Hochsteckfrisur gelöst hatte, hinters Ohr.

»Ich bin ein beneidenswerter Mann, denn ich werde mit den drei attraktivsten Frauen, die es an Bord gibt, einen Ausflug machen.«

»Schmeichler.«

»Hallo, warten Sie schon lange?« Vanessa sah bei der Frage nur Susanne an.

»Nein, ich bin auch gerade erst gekommen.« Susanne zögerte, dann sagte sie: »Wir waren doch eigentlich schon beim Du, und Melanie würde ich das auch gern anbieten, wenn wir privat zusammen sind. Halten wir es doch in Zukunft einfach so, einverstanden?« Ihr Blick ging von Vanessa zu Melanie, die beide ein wenig verlegen nickten.

»Gern«, stimmten sie dann gleichzeitig zu.

Nach zehn Minuten erreichten sie, gemächlich durch die belebten Straßen und Gassen schlendernd, den Rathausplatz. Susanne und auch Christian waren schon oft in Melk gewesen, sie kannten die vielen Sehenswürdigkeiten des Ortes und machten Vanessa und Melanie hin und wieder auf eine Besonderheit aufmerksam.

»Das da drüben ...« Susanne wies auf ein kleines Haus an der Westseite des Platzes. Es war mit Holzschindeln gedeckt und besaß zwei Rundtürmchen, die man nur bemerkte, wenn man genauer hinschaute.

»Das da ist der Alte Brotladen«, erklärte sie. »Das Haus stammt aus dem siebzehnten Jahrhundert. Und es hat eine ganz besondere Geschichte.«

»Erzähl mal«, bat Melanie, die sich das denkmalgeschützte Haus neugierig anschaute.

»Ich weiß das alles von meinem Großvater«, begann Susanne. »Einst hatten die drei Bäcker von Melk hier eine Verkaufsstelle, die sie zusammen und abwechselnd betrieben. Nur ihr Brot durfte hier verkauft werden. Und eine Bäckerswitwe war angestellt bei ihnen. Die arme Frau hatte dadurch einen Nebenverdienst, sodass sie nicht hungern musste.«

»Nette Geschichte«, kommentierte Vanessa.

»Das Häuschen hab ich noch nie bewusst wahrgenommen«, sagte Christian. »Hübsch ist es.«

»Ja. Hübsch, und es trägt mit seiner ganz besonderen Vergangenheit zum Flair der Stadt mit ihrer über tausendjährigen Geschichte bei.« Susanne sah zu Vanessa hin, deren Aufmerksamkeit abgelenkt worden war. Melanie, die dicht neben der Freundin stand, hatte sich plötzlich umgedreht und einen erschrockenen Schrei ausgestoßen.

»Was ist denn?« Fragend sah Susanne die junge Kellnerin an.

»Ich ... nichts. Es ist nichts. Ich habe nur eben gedacht, ich hätte den Mann gesehen, der mich schon eine Weile verfolgt.«

»Du hast einen Stalker?«, fragte Christian und runzelte besorgt die Stirn. »Davon hast du noch nie was gesagt.«

Melanie biss sich auf die Lippen. »Es ist auch nichts, das man in die Welt hinausposaunt. Ich ... ich bin mir auch oft nicht sicher, ob er es wirklich ist.« Sie sah sich um. »Vielleicht habe ich es mir auch jetzt wieder eingebildet.« Sie zögerte. »So wie Burkhard sehen viele Männer aus.«

»Beschreib ihn mal«, bat Susanne, die sich auch immer wieder umschaute, während sie langsam weitergingen. Für die überall aufgestellten Blumenkübel, die üppig bepflanzt waren, hatte sie im Moment keinen Blick.

»Er ist etwa eins achtzig groß, hat hellbraune, etwas längere Haare und eine ziemlich krumme Nase. Die ist das Auffälligste an ihm. Er hat nämlich mal geboxt.«

»Du kennst ihn also«, stellte Christian fest.

»Ja. Gut sogar. Er ist beziehungsweise war ein Freund meines Bruders.« Sie biss sich auf die Lippen. »Ich bin vor zwei Jahren ein paarmal mit ihm ausgegangen. Ganz unverbindlich eigentlich, denn er war mir sympathisch, aber Gefühle hatte ich keine für ihn. Aber er ... er hat sich da total in was verrannt.«

»Er wollte mehr von dir«, stellte Susanne fest.

»Ja. Erst schickte er mir Blumen, dann hat er mir an den unterschiedlichsten Orten aufgelauert.« Sie zuckte mit den Schultern. »Ich weiß gar nicht, wie oft ich ihm klarzumachen versucht habe, dass er mich als Mann nicht interessiert. Er hat es einfach ignoriert. Als ich auf der *Donauperle* angefangen habe, dachte ich, ich könne ihn auf diese Weise loswerden. Aber er ist sogar aufs Schiff gekommen und hat mir zugeflüstert, wie sehr er mich liebt und dass ich ihn eines Tages bestimmt auch lieben lernen werde.« Sie biss sich auf die Lippen. »Er ist mir einfach unheimlich inzwischen.«

»Und er ist jetzt auch wieder hier, denkst du?« Vanessa legte den Arm um die Freundin.

»Ja. In Dürnstein hab ich ihn auch schon gesehen, da bin ich mir ganz sicher.«

»Wenn er uns hier noch einmal über den Weg läuft, sag gleich Bescheid. Den Typen kauf ich mir.«

Vanessa hakte sich bei Christian ein. »Unser Held!«

»Ehrlich, so einen Kerl muss man sich schnappen.« Christian war aufrichtig empört.

»Lasst es gut sein.« Melanies Gesicht war gerötet. Es war ihr offenbar unangenehm, so sehr im Mittelpunkt zu stehen. »Es ist so schade um den schönen freien Tag. Lasst uns einfach nicht mehr an Burkhard denken.«

»Melanie hat recht. Lasst uns die freie Zeit genießen.« Susanne hob winkend die Hand. »Kommt mit, ich lade euch zu einem Eiskaffee ein. Oder einem Fruchtbecher, ganz wie ihr wollt. Zwei Straßen weiter ist der beste Italiener der Stadt.«

Auf dem Weg dorthin machte sie ihre Begleiter noch auf ein weiteres Gebäude aufmerksam. »Das da ist die Alte Post.« Sie zeigte auf ein Haus mit kunstvoll geschmückter Fassade. Zwischen den Fenstern waren hübsche Stuckrelieftafeln angebracht. »Man sagt, es sei heute das schönste Posthaus in ganz Österreich.«

»Das stimmt ganz sicher.« Christian sah zu dem großen Kuppeldach über dem Mittelteil des Hauses auf. »Imposant«, staunte er.

»Stimmt. Der damalige Bauherr muss ziemlich vermögend gewesen sein.« Susanne wies sie auf bemalte Reliefs mit den Konterfeis einstiger Postmeister hin. »Einer von ihnen, sagt man, sei der Bauherr gewesen. In früheren Zeiten waren die Postmeister von Adel, also ziemlich wohlhabend.«

»Ach ja, reich müsste man sein«, seufzte Christian übertrieben tief auf.

»Ach du, Geld ist doch nicht alles«, entgegnete Vanessa.

»Wenn du es so siehst ...« Für einen kurzen Moment zog er sie an sich. »Dann bin ich also ein glücklicher und reicher

Mann.« Er lachte leise auf. »Vor allem, wenn gleich ein besonders großer Eisbecher vor mir stehen wird.«

»Du kannst es nicht lassen …« Susanne lachte leise. Es war kein Geheimnis, dass Christian eine Leidenschaft für Süßigkeiten hatte – was zur Folge hatte, dass er ständig mit seinem Gewicht zu kämpfen hatte.

»Im Augenblick darf ich ruhig mal sündigen«, meinte er. »Ich habe nämlich fast fünf Kilo abgenommen.«

»Ja dann …«

Sie hatten das Eiscafé erreicht, bekamen sogar noch einen Platz draußen unter der gelb-weiß gestreiften Markise und genossen wenig später die servierten Köstlichkeiten. Sie wollten gerade bezahlen, da stellte sich ein etwa vierzehnjähriger Junge direkt vor ihren Tisch und reichte Melanie eine langstielige rote Rose.

»Die ist von dem Mann, der Sie liebt, soll ich sagen.« Er wurde etwas verlegen bei den Worten, und kaum hatte er den Satz hervorgestoßen, da rannte er auch schon weg.

»Nein! Nicht schon wieder!« Melanie sprang auf und sah sich suchend um.

»Er ist ganz sicher nicht mehr in der Nähe.« Susanne griff nach Melanies Hand und zog sie wieder auf den Stuhl zurück. »So dumm ist er nicht, sich sofort hier zu zeigen. Du bist ja nicht allein, da wird er eine Konfrontation scheuen.«

In Melanies Augen standen Tränen. »Was soll ich nur machen? Wie soll ich ihn so je anzeigen? Vor allem – wo? Er reist mir immer hinterher, taucht mal auf dem Schiff, dann in irgendeiner Stadt auf.«

»Trotzdem solltest du Anzeige erstatten«, sagte Susanne ernst.

»Sobald wir wieder in Passau sind, gehen wir gemeinsam zur Polizei. Ich komme als Zeugin mit, wenn du willst.« Vanessa hakte sich bei der Freundin ein.

»Das würdest du tun?«

»Klar doch.«

»Und wir achten ab sofort gemeinsam auf diesen Typen. Irgendwann wird er uns auffallen, da bin ich mir sicher«, meinte Susanne.

Doch während der restlichen Reisetage tauchte Burkhard Rasinsky nicht mehr auf. So intensiv alle, die von dem Stalker wussten, auch nach ihm Ausschau hielten – er blieb verschwunden.

»Hallo, mein Mädchen, wie geht es dir? Ist alles in Ordnung an Bord?« Die sonore Stimme Oskar Mattners klang etwas verzerrt durch den Lautsprecher des Handys.

»Opa! Das ist schön, dass du dich meldest!« Susanne, die gerade auf dem Weg zur Brücke war, stellte sich in eine windgeschützte Ecke und presste das kleine Gerät fester ans Ohr. »Es ist alles bestens hier an Bord.«

»Freut mich. Freut mich sehr.« Oskar räusperte sich. »Und es gibt keine Probleme mit dem Ersten?«

»Nein, nein, alles ist gut. Er hält sich auf dieser Reise mit provokanten Bemerkungen zurück.« Sie lachte leise auf. »Es ist fast unheimlich.«

»Dann bin ich beruhigt.« Oskar zögerte, dann sagte er: »Pass auf beim Donauknie und erst recht bei den Katarakten am Eisernen Tor. Du weißt, da ist der Strom immer noch tückisch, auch wenn er in vielen Streckenabschnitten von uns Menschen gebändigt wurde.«

»Ja, ich weiß. Und ich werde ganz besonders gut achtgeben.«

»Dann mach's gut, mein Mädchen.«

Susanne nahm es ihrem Großvater nicht übel, dass er sie noch einmal zur Vorsicht mahnte. Einer seiner Kollegen, der seit vielen Jahren den Fluss befuhr, hatte einmal gesagt: »Mit dem Ober- und Unterlauf der Donau ist es wie mit zwei ganz unterschiedlichen Frauen. Die eine ist gradlinig, präzise und beherrscht. Man weiß genau, was man von ihr zu erwarten hat. Die andere dagegen gebärdet sich wild und gefährlich, sie ist voller Überraschungen. Man muss sie verstehen lernen und sehr viel Gefühl investieren.«

An dieses Zitat dachte Susanne, als sie die Reise fortsetzte. Die Passage des sogenannten »Donauknies« nach Budapest verlief ohne Schwierigkeiten. Sie überließ es diesmal Christian Pichler, die Gäste auf die Sehenswürdigkeiten entlang des Stroms aufmerksam zu machen. Vor allem die Königsstadt Esztergom in den Weinbergen am Donauknie war von atemberaubender Schönheit. Die einst hier ansässigen Könige und Fürstbischöfe hatten imposante Bauwerke geschaffen, wie den Königspalast und den Dom mit seiner imposanten Kuppel.

»Keine Lust, heute selbst die Reiseleitung zu übernehmen?« Von ihr unbemerkt war Wolfgang Wallburger hinter sie getreten.

»Nein, heute nicht.« Sie drehte sich kurz nach ihm um. »Aber wenn ich das Empfinden habe, dass ich selbst etwas zu den Gästen sagen soll, dann werde ich es tun.« Sie sah ihn kühl an. »Gibt es ansonsten etwas Besonderes, Herr Wallburger? Etwas Dienstliches?«

Der Staff-Kapitän biss sich auf die Lippen. »Ich bitte um einen kurzen Landgang«, sagte er dann.

»Natürlich.« Susanne lächelte betont harmlos. »Wenn Sie sich gemeinsam mit Frau Koller die Stadt ansehen möchten – gern.« Diese Spitze konnte sie sich nicht verkneifen.

»Danke.« Wolfgang Wallburger hatte für einen Moment die Farbe gewechselt. Dass die junge Kapitänin von seinem Verhältnis zur Restaurantleiterin wusste, war ihm offenbar unangenehm. Er war zwar rechtmäßig geschieden, seine Ex lebte mit den zwei Kindern in Krems, doch von seiner Liaison mit Dorothee Koller sollte wohl trotzdem niemand erfahren. Es machte ihn angreifbar, und das irritierte ihn im höchsten Maß, sodass er sich für den Rest der Reise zurückhielt und mit Susanne nur das Notwendigste und für die Arbeit Wichtige sprach.

Als das Schiff auf der Rückfahrt erneut die enge Stelle am Eisernen Tor passierte, erinnerte sich Susanne daran, dass Florian und sie vor Jahren einmal zusammen mit ihrem Großvater diese Reise gemacht hatten. Florian war damals neu auf dem Gut gewesen, und Oskar hatte ihn, den jungen

Auszubildenden, zusammen mit Susanne zu einer längeren Reise eingeladen, damit auch Florian die Donau und ihre Schönheiten besser kennenlernen konnte, so hatte er es zumindest begründet.

»Irgendwann komme ich hierher zurück und schau mir das alles genauer an.« Florian war ganz fasziniert gewesen und hatte begeistert zu der Felswand auf rumänischer Seite hinaufgeschaut, wo erst vor wenigen Jahren eine Skulptur fertiggestellt worden war, die das Antlitz des Dakerkönigs Decebalus darstellte.

»Das hat er nicht geschafft«, murmelte Susanne und schaute hinüber zu der über fünfzig Meter hohen Felsskulptur. Beim Gedanken an Florian wurde ihr das Herz schwer, und erst als Christian neben sie trat und sie daran erinnerte, dass an diesem Abend das Kapitänsdinner stattfinden würde, verdrängte sie die Erinnerung wieder.

9

Nach Tagen voller Sonnenschein hatte sich das Wetter über Nacht verändert. Schon nachts hatte Susanne den Regen aufs Deck prasseln hören, und als die *Donauperle* nun in Passau anlegte und die Passagiere ihre lange Reise beendeten, hing dichter Nebel über der Drei-Flüsse-Stadt.

Susanne verließ nach der offiziellen Übergabe die Brücke und ging zu ihrer Kabine, wo schon die gepackte Reisetasche stand.

Drei Tage hatte sie frei!

»Frau Kapitänin!« Ein älteres Ehepaar hielt sie kurz auf. »Wir möchten uns bei Ihnen bedanken. Es war eine ganz wundervolle Reise«, schwärmte eine etwa siebzigjährige Dame. »Wir haben schon etliche Kreuzfahrten gemacht, auch einige Flusskreuzfahrten. Aber so angenehm wie mit Ihnen auf der *Donauperle* war es noch nie.«

»Danke, das freut mich sehr.« Susanne lächelte den beiden zu.

»Und das, obwohl Sie noch so jung und unerfahren sind«, fügte der ältere Herr hinzu.

»Wer sagt denn so etwas?« Susanne sah den glatzköpfigen Mann, der etwa so groß war wie sie und dessen linkes Augenlid jetzt nervös zu zucken begann, fragend an. »Wer hält mich für unerfahren?«

Er biss sich auf die Lippen.

»Du verbrennst dir wieder mal den Mund«, schimpfte seine Frau los. »Ich hab dir doch gesagt, du sollst darüber schweigen!« Mit verlegenem Lächeln schaute sie Susanne an. »Tut mir leid, das war einfach dumm von meinem Mann.«

»Schon gut.« Susanne nickte den beiden knapp zu. »Aber ich möchte Ihnen doch versichern, dass ich über die nötige Erfahrung verfüge, um ein solches Schiff zu steuern.«

»Hab ich ja auch gesagt! Nur ... der Erste Offizier hat mal so eine Bemerkung gemacht, dass Sie für den Posten noch zu jung wären.« Der alte Herr strich sich verlegen über die Glatze. »Und wenn man es recht bedenkt ... Er ist ja auch älter und sicher erfahrener als Sie.«

»Johann!«

»Lassen Sie's gut sein. Ihr Mann hat ja nicht unrecht. Der Erste ist älter als ich. Aber vielleicht sollten Sie sich fragen, warum er noch kein Kommando übertragen bekommen hat.« Sie nickte dem Paar noch einmal zu. »Und jetzt entschuldigen Sie mich bitte.«

Auf dem Weg zu ihrer Kabine überlegte sie, ob sie Wolfgang Wallburger sofort zur Rede stellen sollte, doch dann verwarf sie den Gedanken. Zu Beginn der nächsten Reise würde sie ihm deutlich klarmachen, dass sie solch intrigante Bemerkungen, die zudem ihre Autorität untergruben, nicht hinnehmen würde. Und sollte er sich weiterhin so respektlos verhalten, musste er mit Konsequenzen rechnen. Auch das würde sie ihm erklären.

Am Kai herrschte quirliges Gedränge. Passagiere wurden abgeholt, neue Vorräte an Bord gebracht, auch etliche der Crewmitglieder verließen das Schiff.

Susanne hatte ihren Wagen auf dem für die Schiffsbesatzung reservierten Parkplatz abgestellt. Sie hatte ihn noch nicht erreicht, als es zu regnen begann. Der Wind, der in den letzten Minuten heftiger geworden war, peitschte ihr die Tropfen ins Gesicht.

»Warte! Ich habe einen Schirm!« Aus dem Grau ringsum schälte sich eine Männergestalt.

»Florian?« Susanne hielt verdutzt inne. »Wo kommst du denn her? Was tust du hier?«

»Dich erst einmal vorm völligen Durchnässen bewahren.« Florian hielt den großen Schirm mit einem hellblau-weiß karierten Muster über sie. »Dahinten steht mein Wagen.«

»Meiner aber gleich hier.« Susannes Stimme klang kühl, dabei klopfte ihr das Herz bis zum Hals.

Verrückt bist du, schalt sie sich. Verrückt und albern. Was muss denn noch alles passieren, bis du endlich begreifst, dass er nicht der Richtige für dich ist?

Sie beschleunigte ihre Schritte und hastete auf ihren kleinen roten Zweisitzer zu.

Florian folgte ihr und hielt schützend den Schirm über sie. »Bitte, Susanne, rede mit mir.«

»Es hat mich verletzt, von dir und dieser Winzertochter

zu hören.« Sie senkte den Kopf. Es tat schon weh, Florian auch nur anzusehen.

»Das mit Anette ist aus und vorbei.« Florian griff nach ihrem Arm, doch mit einer raschen Bewegung drehte Susanne sich von ihm weg. Sie sah ihn immer noch nicht an, als sie leise sagte: »Mutsch hat mir erzählt, dass du auf dem großen Gut die Chance deines Lebens gehabt hast. Irgendwann hättest du dort sogar alles allein bestimmen können. Also verspiel dir diese Möglichkeit nicht.« Sie machte Anstalten, in den Wagen zu steigen.

»Du müsstest mir schon zuhören, dann würdest du wissen, dass mir diese sogenannte Chance völlig egal war – und immer noch ist.« Er hielt sie sanft zurück und zwang sie, ihn anzusehen, während er ihr von Anette erzählte – und von der endgültigen Trennung. »Sie ist ein verwöhntes reiches Ding«, sagte er. »Ebenso schön wie egoistisch. Und dass ich es gewagt habe, mich von ihr zu trennen, kann sie einfach nicht verwinden.«

»Sie ist die einzige Erbin eines riesigen Weinguts, nicht wahr? Das ist doch verlockend.«

»Richtig. Aber das hat nichts zu bedeuten gehabt. Ich jedenfalls hatte mich in Anette verliebt. In die charmante, attraktive Anette, mit der ich lachen und Spaß haben konnte.« Er zuckte mit den Schultern. »Na ja, sie wusste mich schon um den Finger zu wickeln, das muss ich zugeben. Aber nicht nur mich. Sie hatte auch noch andere Lover, wie ich irgendwann herausgefunden habe.«

»Tut mir leid für dich.«

»Tut es nicht, aber das ist in Ordnung. Ich war ja selber

schuld.« Für einen Moment schwieg er, sah Susanne nur zärtlich an und strich ihr dann sanft eine nasse Strähne aus dem Gesicht. »Außerdem musste ich zwischendurch immer wieder an ein Mädchen mit langen blonden Haaren, einer Zahnspange und den schönsten Augen der Welt denken.«

»Lügner.« In Susannes Stimme schwang unüberhörbar Ironie mit, doch endlich sah sie ihn wieder an.

»Nein, das ist wahr.« Er schob sie ein wenig von sich, um ihr in die Augen sehen zu können. »Ich hab immer gewusst, was du gerade machst, wohin dein Weg dich führt ...« Ein leises Lachen kam über seine Lippen. »Und als ich bei Markus wieder eingestiegen bin, war ich nicht nur froh über den guten Job.«

»Also doch Berechnung.« Susannes Lächeln nahm ihren Worten den Ernst.

»Natürlich.« Seine Lippen näherten sich ihren. Susanne ließ es geschehen und spürte, wie ihr Herzschlag sich beschleunigte. »Wenn du mich nicht lieben könntest, wenn du eventuell sogar einen anderen heiraten würdest, müsste ich Gut Mattner wieder verlassen. Das könnte ich nicht ertragen.«

»Dann muss ich also meine Pflichten dem Gut gegenüber erfüllen.« Susanne überwand die letzten Zentimeter, die sie trennten. »Na ja, es gibt Schlimmeres«, flüsterte sie, ehe sie ihn küsste.

Eine kleine Ewigkeit verging, die beiden Verliebten vergaßen alles um sich herum. Erst als der Regen Susanne in den Nacken rann, kehrte sie in die Wirklichkeit zurück.

»Wir sollten losfahren.« Sie lächelte.

»Recht hast du.« Auch Florian war ziemlich nass geworden, der kleine Schirm schützte nur wenig. »Aber wir nehmen meinen Wagen, der ist schneller.« Eng umschlungen liefen sie die wenigen Meter hinüber zum Range Rover.

Doch bevor Florian den Motor startete, zog er Susanne noch einmal an sich. Sachte umfasste er ihre Schultern, und Susanne schloss seufzend die Augen, als seine Zunge sich sanft in ihre Mundhöhle schob und einen kleinen Tanz mit ihrer Zunge begann.

Als Florian sie losließ, erwachte Susanne wie aus einem kurzen Rausch.

»Wohin jetzt?« Er sah sie an, und das kleine, zärtliche Aufblitzen in seinen dunklen Augen ließ Susanne vergessen, wie verletzt und wütend sie vor Kurzem noch auf ihn gewesen war.

»Nicht nach Dürnstein«, murmelte sie.

»Ganz deiner Meinung. Das dauert viel zu lange.«

»Katrin ist nach München gefahren. Ich wollte sie eigentlich besuchen, aber ...«

»Wunderbar!« Schon startete Florian den Motor. »Dann haben wir das Haus für uns.« Er lenkte den Wagen nur mit der linken Hand und streichelte mit der rechten sanft Susannes Nacken.

Susanne schloss die Augen und genoss die Zärtlichkeit. Es war wie immer: Er zog sie in seinen Bann, seine Nähe allein ließ sie schwach werden.

Der Weg zu Katrins Haus dauerte zum Glück nicht allzu lange, und kaum hatte Susanne die Haustür geöffnet, nahm Florian sie wieder in die Arme.

Susanne schmiegte den Kopf an sein dichtes Haar.

Florian war schon oft bei Katrin zu Besuch gewesen, er wusste, wo Susannes Zimmer war, und stieß die Tür einfach mit dem Fuß auf.

Auf dem Bett lag eine gewebte Tagesdecke in allen Blautönen. Susanne hatte sie vor Jahren auf einer Reise in Tunesien erstanden. Am Kopfende ruhte eine schwarze Stoffkatze – einst ihr Lieblingskuscheltier.

Doch darauf achteten sie nicht, langsam ließ Florian Susanne auf die Decke gleiten, beugte sich dann über sie und küsste sie wieder und wieder. Erst waren es kleine, zärtliche, verspielte Küsse, doch schon bald wurden sie leidenschaftlicher.

Während er nicht aufhörte, Susanne zu küssen, nestelte er an ihrer Bluse, an dem Verschluss ihrer hellen Leinenhose.

»Warte …«, murmelte er, und seine Stimme klang heiser vor unterdrückter Erregung.

Nur für Sekunden löste er sich von ihr, zog sich aus und warf das hellblau-weiß karierte Hemd einfach zu Boden. Die Jeans folgte, ebenso wie die Sachen, die er Susanne mit zärtlichem Lächeln auszog.

Dann sprachen sie für eine kleine, wunderbare Ewigkeit gar nicht mehr. Alles Trennende war vergessen. Was zählte, war nur das Gefühl, endlich wieder zusammen zu sein.

Florian fühlte, wie sich Susanne fester an ihn schmiegte, wie sie die Finger in sein Haar wühlte, seinen Nacken streichelte und sich ihr Körper seinem immer mehr entgegendrängte.

Noch ein heißer Kuss, dann konnte er sein Verlangen nicht länger zügeln. Mit einem tiefen Seufzer kam er zu ihr.

Susanne sah ihm in die Augen, die sie voller Liebe anschauten, ehe er sie wieder und wieder küsste, während er seinen Rhythmus beschleunigte und sie zum Gipfel des Glücks brachte.

Eng umschlungen lagen sie dann nebeneinander. Susanne hielt die Augen geschlossen und genoss Florians Nähe, seine kleinen, liebevollen Zärtlichkeiten, die sie nicht erregten, sondern einfach nur glücklich machten.

Wie Schmetterlingsflügel berührten seine Fingerspitzen ihre Haut, während er kleine Küsse auf ihre Wange, ihre Nasenspitze und dann wieder auf ihren leicht geöffneten Mund tupfte.

»Ich hab dich vermisst«, murmelte er dabei. »Und ich muss dir so viel sagen, dir so viel erklären ...«

»Später.« Sie kuschelte sich in seinen Arm, und wenige Augenblicke danach verrieten ihre tiefen Atemzüge, dass sie eingeschlafen war.

»Ich will dich immer lieb haben und dich für immer behalten«, flüsterte Florian dicht an ihrem Ohr, ehe auch er kurz darauf einschlief.

In schmalen Streifen fiel das Morgenlicht durch die dünnen Vorhänge aufs Bett, und Susanne öffnete blinzelnd die Augen. »Hallo, Langschläferin.« Florian streckte die Hand nach ihr aus. »Guten Morgen.«

»Guten Morgen.« Sie beugte sich zu ihm und küsste ihn zärtlich. »Was hältst du von Kaffee und frischen Semmeln?«

»Viel.« Sein Griff wurde fester. »Aber erst später. Jetzt hab ich erst mal Appetit auf etwas Besseres.«

Susanne lachte und schmiegte sich in seinen Arm. »Ganz wie du willst.« Sie küsste ihn verliebt, und es dauerte noch eine ganze Weile, bis schließlich doch frischer Kaffeeduft durchs Haus zog.

»Wann kommt Katrin zurück?«, fragte Florian nach dem Frühstück.

»Ich weiß nicht genau. Aber wir müssen ja auch nicht auf sie warten. Musst du aufs Gut zurück?«

»Nein. Ich hab mir drei Tage frei erbeten.«

»Und was sagt Onkel Markus dazu?«

Er lachte. »Er hat sie mir gewährt. Ich hab nämlich erklärt, ich müsste ganz dringend etwas Privates regeln.«

»Du bist ganz schön raffiniert!«

»Ich nenne es geschickt.« Er trat hinter sie und legte die Arme um ihre Taille. »Wenn ich gesagt hätte, dass ich zu dir fahre, hätte er zwar nichts dagegen gehabt, doch er und Beate hätten sicher erwartet, dass wir dann nach Dürnstein kommen.«

»Ich hab auch niemandem gesagt, dass ich drei Tage freihabe.« Susanne drehte sich in seinem Arm, sodass sie ihn ansehen konnte. »Ich wollte hier bei Katrin meine kranke Seele pflegen.«

»Das ist ja nun nicht mehr nötig, oder?« Liebevoll sah er sie an, während er sacht ihren Rücken streichelte.

»Ich denke nicht. Aber ich muss ...« Lautes Kindergeschrei ließ sie mitten im Satz innehalten. »Was ist denn da draußen los?« Sie löste sich von Florian und ging zur Haustür, von wo jetzt auch noch Hundegebell ertönte.

Mit einem Ruck öffnete sie die Tür – und sah sich einem zotteligen Hund gegenüber, der schnurstracks an ihr vorbei in Richtung Wohnraum trabte.

»Wotan! Komm her!« Ein kleines Mädchen schaute Susanne irritiert an. »Wo ist denn Katrin?«

»Die ist verreist.« Susanne beobachtete stirnrunzelnd den kleinen Jungen, der nun auch hinter einer Hecke auftauchte und sich suchend umschaute. »Wollt ihr nicht euren Hund zurückrufen?« Sie drehte sich halb um. »Ich glaube nicht, dass Katrin will, dass er hier im Haus herumläuft.«

»Doch. Die mag Wotan.« Der Junge zögerte, dann streckte er die andere Hand aus. »Hier, für Katrin. Kannst du sie ins Wasser stellen?«

»Sicher.« Susanne nahm den schon etwas zerrupften Strauß aus Feldblumen entgegen. »Wer seid ihr denn? Ich muss ihr ja sagen, von wem die Blumen sind.«

»Von uns natürlich!« Das kleine Mädchen sah sie empört an. »Haben wir selbst gepflückt! Für Katrin! Die ist nämlich sehr nett.«

»Da hast du recht.«

»Woher weißt du das denn?«

»Sie ist meine Schwester. Also kenne ich sie sehr, sehr gut.«

»Wir kennen sie auch sehr gut.« Das kleine Mädchen stemmte die Arme in die Seiten. »Und sie mag uns, obwohl wir ein Defit haben.«

»Was habt ihr?«

»Ein Defit.«

»Das heißt Defizit, du dummes Ding.« Der etwa Siebenjährige stieß seine Schwester in die Seite. »Hab ich dir doch schon mal gesagt.«

»Ja, ja, du weißt immer alles besser.« Die Kleine machte einen Schmollmund, der sie unwiderstehlich süß aussehen ließ.

»Also gut, ihr Kinder mit einem Defizit.« Susanne lachte. »Wo kommt ihr denn her?«

»Von da drüben. Wir sind jetzt Nachbarn.«

»Aha. Dann sagt mir noch, wie ihr heißt, dann schreibe ich es für Katrin auf.«

»Ich bin Alex.«

»Und ich Mia.« Das Mädchen zwängte sich an Susanne vorbei. »Ich hole Wotan. Der liegt sicher wieder auf dem Sofa«, erklärte die Kleine.

»Dann kriegt Katrin einen Schreikrampf«, bemerkte Susanne.

»Warum?« Alex sah sie kopfschüttelnd an. »Da liegt Wotan doch immer!«

»Ach so! Dann seid ihr wohl häufiger hier?«

»Ja. Schon vier Mal.« Mia hielt vier Finger in die Höhe.

»Wann ist Katrin wieder da?«, wollte ihr Bruder wissen.

»Morgen Abend, glaube ich.«

»Dann kommen wir morgen wieder.« Alex pfiff laut und durchdringend, und wie der Blitz kam Wotan um die Ecke geschossen. »Tschüss.«

»Tschüss, ihr beiden.« Etwas irritiert sah Susanne den dreien nach. »Ich glaube, meine Schwester muss mir einiges erklären«, murmelte sie, ehe sie zu Florian zurückging, der in der Küche gerade ein paar Scherben aufkehrte. »Was ist denn hier passiert?«

Florian grinste. »Das graue Untier, das sich hier schon so heimisch fühlt, hat sich an unserem letzten Brötchen gütlich getan. Leider lag das auf einem Teller auf der Anrichte.«

»Der Hund heißt Wotan.« Susanne grinste. »Nomen est omen.«

10

Auf der *Donauperle* herrschte wieder einmal Hektik, so wie immer, wenn in Passau neue Passagiere aufs Schiff kamen und die letzten Vorräte an Bord gebracht wurden. Diesmal trafen außerdem ein paar neue Besatzungsmitglieder ein.

Susanne war vor allem auf den neuen Patissier gespannt, der schon etliche Auszeichnungen gewonnen hatte. Insgeheim fragte sie sich, was Thomas Helmig wohl bewogen haben mochte, auf der *Donauperle* anzuheuern. Er hatte, wie sie wusste, in einigen sehr bekannten Hotels gearbeitet. Sogar in Paris und Barcelona war er für jeweils ein halbes Jahr gewesen. Was trieb ihn jetzt auf ein Flussschiff?

Auch auf Jeanette Berger war sie gespannt. Die bekannte Wiener Chansonsängerin war von der Reederei für einen Monat als Unterhaltungskünstlerin auf der *Donauperle* engagiert worden. Zuvor hatte sie zwei Monate lang auf anderen Schiffen der Flotte gearbeitet.

Noch vor dem Ablegen hatte die Kapitänin Gelegenheit, Jeanette zu begrüßen. Die zierliche Sängerin mit dem langen dunklen Haar stand an der Reling und schaute zu, wie sich die letzten Passagiere an Bord begaben.

»Hallo, Frau Berger.« Susanne stellte sich schräg hinter sie. »Ich bin Susanne Mattner, die Kapitänin der *Donauperle*. Ich freue mich, Sie an Bord willkommen zu heißen. Sind Sie mit Ihrer Kabine zufrieden?«

»Ja, sehr. Danke.« Jeanette nickte lächelnd. »Es ist ein sehr schönes Schiff, und ich hoffe, dass ich Ihre Gäste gut unterhalten kann.« Sie zögerte und schaute wieder hinunter zur Gangway.

»Gibt es ein Problem?«

»Hoffentlich nicht.« Jeanette biss sich kurz auf die Lippen. »Ich warte noch auf Horst van Houven, meinen musikalischen Begleiter am Klavier.«

»Ja, stimmt, er ist ja auch angekündigt.« Susanne runzelte die Stirn. »Wir legen in einer Viertelstunde ab«, sagte sie. »Und warten können wir nicht auf ihn.«

Die junge Sängerin seufzte. »Er ist chronisch unpünktlich«, gestand sie. »Bei unserem vorletzten Engagement in Berlin hat er mich zweimal versetzt. Es war zu ärgerlich.«

Susanne sah auf ihre Uhr. »Was machen Sie denn, wenn er nicht kommt?«

»Dann muss ich improvisieren. Und hoffen, dass er irgendwann zusteigt.« Wieder beugte Jeanette sich vor, schaute nach unten, wo die Besatzungsmitglieder damit begannen, die Gangway einzufahren. »Oh nein, das tut er mir doch nicht schon wieder an«, schimpfte sie.

»Vielleicht schafft er es dann, in Linz oder Melk zuzusteigen.«

»Bis dahin werde ich mich selbst am Klavier begleiten

müssen.« Jeanette hielt ihre linke Hand hoch. »Ziemlich kompliziert mit zwei geprellten Fingern, glauben Sie nicht?«

»Was ist denn da passiert?« Susanne griff spontan nach Jeanettes linker Hand, an der sowohl der Ring- als auch der Mittelfinger dick geschwollen und blutunterlaufen waren.

»Ein Reitunfall.« Die junge Sängerin verzog leicht den Mund. »Ich bin selbst schuld. Als ich mein Pferd auf die Weide führen wollte, hat es wegen irgendwas gescheut, ich hab die Zügel falsch gehalten – und es gab zwei Kapselabrisse.«

»Dumm gelaufen«, kommentierte Susanne lakonisch. »Aber wir haben ja zum Glück eine Combo an Bord, die Männer werden Sie begleiten können. Also brauchen Sie nicht selbst zu spielen.«

»Das wäre Glück im Unglück.« Jeanette stöhnte unterdrückt auf. »Bei zwei, drei Liedern wäre es allerdings notwendig, dass es zu meinem Gesang nur leise Klavierbegleitung gibt.«

»Ich bin ganz optimistisch, dass Sie mit den Musikern die Situation meistern werden.« Susanne lächelte der Künstlerin, die ihr nur bis zur Schulter reichte, aufmunternd zu. »Ich muss jetzt zur Brücke. Sie entschuldigen mich.«

»Selbstverständlich. Und danke, dass Sie sich meine Sorgen überhaupt angehört haben.«

»Dafür bin ich da.«

Diesmal ging die Reise bis Budapest, und Susanne hoffte, dass sie auf dieser Tour Zeit finden würde, einen ausgiebigen Stadtbummel zu machen. Doch zunächst passierte die *Donauperle* die Orte Linz und Melk, und jedes Mal stand

Jeanette Berger an der Reling und hoffte darauf, dass ihr Klavierbegleiter endlich doch noch an Bord käme.

Aber Horst van Houven ließ sich nicht blicken, und so absolvierte die junge Sängerin am zweiten Abend der Reise ihren Auftritt in Begleitung der Combo. Das Publikum war begeistert, niemand schien den Klavierspieler zu vermissen – von Jeanette abgesehen.

Susanne, die etwas abseits stand und den letzten beiden Liedern zugehört hatte, zuckte zusammen, als sie plötzlich von Dorothee Koller angesprochen wurde.

»Ich muss mit Ihnen reden«, erklärte die Restaurantleiterin kurz und knapp.

»Ja bitte. Wollen wir nach draußen gehen oder ...«

»Im Restaurant bitte.«

In dem großen Raum war es still, fürs Frühstück war schon eingedeckt. In der Mitte stand ein runder Tisch, auf dem ein wunderschönes Blumengesteck prangte.

Auf dieses Arrangement wies Dorothee und stieß erregt hervor. »Sie müssen diesem Menschen sagen, dass es so nicht geht. Ich weigere mich, hier morgen alles umzuräumen.«

Susanne runzelte die Stirn. »Ich verstehe noch nicht, worum es geht – und worüber Sie so verärgert sind.«

»Dieser Typ hat die verrücktesten Ideen! Ein Nachtischbüfett mitten im Raum! Unmöglich! Wie sollen wir das denn schaffen?«

»Also ehrlich gesagt finde ich die Idee gar nicht schlecht.« Susanne sah sich um. »Der zentrale Punkt lässt sich von allen Tischen aus gut anlaufen, und die Gäste können beim Hereinkommen erst mal das Kunstwerk bestaunen. Ich bin mir nämlich sicher, dass Herr Helmig etwas Besonderes für uns zaubern wird. Schließlich ist er ein Künstler seines Fachs.«

»Klar! Das hätte ich mir ja denken können, dass Sie keine Ahnung haben, was hier abgeht!« Dorothee Kollers Gesicht rötete sich.

»In diesem Ton bitte nicht.« Auch Susanne wurde zornig. Es war nicht das erste Mal, dass sich die Restaurantleiterin so respektlos zeigte, und Susanne war entschlossen, dies nicht länger zu dulden. »Ich finde, Sie sollten sich noch einmal genau überlegen, ob Sie dem Wunsch des Patissiers nicht doch entsprechen können.« Sie drehte sich um. »Das war's dann wohl.«

»Keine Ahnung! Wieder mal keine Ahnung hat sie«, murmelte Dorothee vor sich hin, doch so deutlich, dass Susanne es noch hören konnte. »Wolfgang hat es ja gleich gesagt, dass sie den Job hier nicht kann.«

Langsam ging Susanne weiter, doch an der Tür drehte sie sich noch einmal um. »Sie sollten sich besser überlegen, was Sie sagen.« Sie gab Dorothee Koller keine Gelegenheit, zu antworten, sondern ging rasch weiter zur Brücke. Wie erwartet, traf sie dort den Ersten Offizier an.

»Herr Wallburger, auf ein Wort.« Mit einer knappen Handbewegung bat sie den Maschinisten, der gerade auch auf der Brücke war, sie mit dem Ersten allein zu lassen.

»Bitte, was liegt an?« Nur kurz nahm Wolfgang Wallburger das Fernglas vom Gesicht.

»Ich möchte Ihnen mitteilen, dass es heute das letzte

Mal war, dass ich mir durch Sie direkt oder indirekt Inkompetenz habe vorwerfen lassen. Wenn Sie nicht mit mir arbeiten wollen – bitte sehr, es braucht nur einen Anruf bei der Reederei und Sie können an Land gehen.«

»Was soll das denn? Soll das vielleicht eine Drohung sein?«

Susanne zwang sich zur Ruhe. »Ich bin es einfach leid, dass Sie mehr oder weniger offen gegen mich intrigieren. Überlegen Sie es sich.« Damit ließ sie ihn stehen.

Draußen, nur zwei Meter entfernt, stand der Maschinist. Es war klar, dass er jedes Wort gehört hatte.

»Kein Wort davon zu irgendwem«, sagte Susanne nur, als sie an ihm vorüberging.

In ihrer Kabine atmete sie ein paarmal tief durch. Es war ihr nicht leichtgefallen, so mit Wolfgang Wallburger zu sprechen. Doch sie hatte keine Lust, dass ihr ständig von irgendjemandem ihre vermeintliche Inkompetenz vorgeworfen wurde.

Am nächsten Tag gingen ihr sowohl die Restaurantleiterin als auch der Erste Offizier aus dem Weg. Susanne war es nicht unrecht, sie hasste Ärger und Streit. Lieber kümmerte sie sich um die neuen Passagiere, die am Morgen eines jeden Tages von Christian Pichler, dem Hotelmanager, über alles Interessante, was am Tag auf sie wartete, informiert wurden.

An diesem Morgen würden sie, kurz nachdem sie Melk verlassen hatten, die Burgruine Aggstein passieren. Susanne war früher schon mehrfach dort oben gewesen, und in der kleinen Kapelle der Burg hatte vor Jahren eine Schulfreundin von ihr geheiratet.

Kurz bevor das Schiff die Stelle erreichte, ging Susanne hoch zur Brücke, wo Christian schon seinen Platz vor dem Mikrofon eingenommen hatte und sich darauf vorbereitete, die Passagiere mit allem Wissenswerten über Burg Aggstein zu versorgen. Neben ihm lagen zwei Schokoriegel. Einen davon schob er Susanne zu.

»Iss ihn gleich, bitte. Diese Dinger machen mich richtig süchtig.«

»Dann muss ich mich wohl opfern.« Lächelnd steckte sich Susanne einen der kleinen Riegel ein, dann hörte sie zu, wie Christian die Gäste über den heutigen Reiseabschnitt informierte.

Freundlich und mit seiner sympathischen, sonoren Stimme machte er seine Ansage und erklärte dann: »Die Burg Aggstein, liebe Gäste, hat eine ganz besondere Geschichte. Sie wurde zu Beginn des zwölften Jahrhunderts errichtet und befindet sich auf einem Felssporn in etwa dreihundert Meter über dem rechten Donauufer. Diese Lage machte es den Burgherren möglich, die Schiffer auf der Donau mit Zöllen zu belegen – oder sie sogar auszurauben.«

Er führte die Geschichte der Burg recht genau aus, denn unter anderem befanden sich, wie er wusste, ein paar Gäste an Bord, die sich in Regensburg zu einem Geschichtsverein zusammengefunden hatten.

Als er seine Ausführungen gerade beenden wollte, gab ihm Susanne ein Zeichen.

»Liebe Gäste«, sagte er daraufhin, »unsere Kapitänin

möchte Ihnen, glaube ich, auch noch etwas über die Burgruine erzählen. Ich gebe das Mikrofon also gleich weiter.«

»So ist es, meine Damen und Herren«, sagte Susanne. »Ich denke, niemand von Ihnen kennt die Geschichte des grausamen Ritters Jörg Scheck von Wald. Er war einer der berüchtigtsten Raubritter der Gegend, kaperte Schiffe, bemächtigte sich der Ladung und nahm die Besatzung gefangen. Etliche Flussschiffer ertränkte er auch gleich in der Donau, doch wer zur Burg hochgebracht wurde, den steckte er in sein ganz besonderes Gefängnis, das unentrinnbar war. Er nannte es sein ›Rosengärtlein‹ – und es handelte sich dabei um einen kleinen Erker, der über einem Abgrund schwebte. Jörg Scheck von Wald stieß seine Feinde von dort oben gnadenlos in den Tod. Aber nicht nur sie. Auch die Damen, derer er überdrüssig geworden war, führte er zum ›Rosengärtlein‹. Wenn die einst Umworbenen nun glaubten, zu einem duftenden Rosenbeet geführt zu werden, wurden sie aufs Bitterste enttäuscht. Der Raubritter stieß auch sie gnadenlos in die Tiefe.« Sie machte eine kleine Pause. »Doch lassen Sie sich durch diese alten Geschichten aus dem Mittelalter nicht die Stimmung trüben, genießen Sie den herrlichen Blick auf die Burgruine – und später dann wünsche ich Ihnen besonders viel Vergnügen beim Galabüfett unseres bekannten Patissiers Thomas Helmig.«

Von überallher erklang Applaus, und Susanne zwinkerte Christian zu. »Hoffen wir, dass die Gäste Interesse an der Burg – und vor allem an Thomas' Kreationen finden werden.«

»Da bin ich ganz sicher.« Er hielt sie kurz am Arm fest.

»Übrigens, die schöne Dorothee blickt heute noch verkniffener drein als sonst. Weißt du, warum?«

Susanne nickte. »Ich kann's mir jedenfalls denken. Na ja. Sie wird sich mit mir arrangieren müssen. Andernfalls muss ich ihr raten, die Konsequenzen zu ziehen.«

»Wow!« Christian pfiff leise durch die Zähne, sagte aber nichts mehr, sondern verließ die Brücke mit einem kurzen »Servus«.

Den halben Tag verbrachte Susanne auf der Brücke. Wenn sie hier oben stand, zusammen mit zwei oder drei Kollegen, war sie restlos glücklich. Hier, genau hier war ihr Platz im Leben.

Erst nach zwei Stunden, der Navigationsoffizier hatte sich zur Pause verabschiedet, fiel ihr auf, dass sie Wolfgang Wallburger heute noch gar nicht gesehen hatte, doch dem maß sie erst einmal keine Bedeutung bei.

Am Nachmittag ging sie hinunter zur Bar. Dort gab es den besten Espresso, und sicher konnte sie auch noch zwei oder drei Stückchen vom Dessertbüfett ergattern.

Wie erwartet war es ruhig in der Bar. Ein Steward stand gelangweilt hinter der Theke, doch als er Susanne sah, griff er gleich nach einer Espressotasse und machte die Maschine an. Er kannte inzwischen die Gewohnheiten der Kapitänin.

Susanne setzte sich in einen der bequemen Sessel, streckte die Beine weit von sich und schloss für ein paar Sekunden die Augen. Außer dem leisen Klirren, das erklang, als der Steward die Espressotasse auf eine Untertasse stellte und auf einem zweiten Teller noch zwei kleine Kuchenstücke servierte, war nichts zu hören.

Susanne genoss die Stille ebenso wie die süßen Köstlichkeiten. Doch dann erklang ganz in der Nähe Klavierspiel. Sie erkannte Mozarts *Kleine Nachtmusik* und hörte fasziniert zu. Wer mochte da so gekonnt spielen? Ein Gast vielleicht?

Leise stand sie auf, durchquerte die Bar und ging durch einen schmalen Gang hinüber zum Theater. Dort stand der schwarze Flügel, und an dem saß – ganz ins Spiel versunken – kein anderer als Thomas Helmig!

An der Tür blieb Susanne stehen und hörte zu. Der Patissier spielte ausgezeichnet, und erst als der letzte Ton verklungen war, sah er hoch. Als er Susanne bemerkte, schloss er den Flügel und kam ein paar Schritte auf sie zu.

»Verzeihung, ich wollte Sie nicht stören.« Susanne lächelte ihn an. »Das war wunderschön. Sie spielen ganz ausgezeichnet.«

»Danke. Für den Hausgebrauch reicht's.«

»Nun stellen Sie Ihr Licht mal nicht unter den Scheffel. Das war echt gut. Beinahe professionell.« Noch während sie es sagte, schoss ihr ein Gedanke durch den Kopf. »Sagen Sie … haben Sie die Sängerin schon gehört, die an Bord ist?«, fragte sie nach kurzem Zögern.

»Ja. Jeanette Berger. Ich war schon mal auf einem ihrer Konzerte. Sie ist hervorragend. Vor allem, wenn sie die alten französischen Chansons singt. Édith Piaf, Juliette Gréco und so weiter.«

»Das stimmt.« Susanne nahm ihn am Arm und dirigierte ihn zu der Sesselgruppe, wo sie eben noch gesessen hatte.

»Setzen Sie sich bitte kurz. Mögen Sie auch einen Espresso?«

Doch Thomas wehrte ab. »Danke, für heute hatte ich schon reichlich Koffein.« Er sah Susanne lächelnd an. »Kann ich etwas für Sie tun?«

»Ja.« Susanne nickte, um in der nächsten Sekunde den Kopf zu schütteln. »Sie haben sicher bemerkt, dass Jeanette ohne ihren Klavierbegleiter an Bord ist«, begann sie.

»Stimmt. Die beiden treten normalerweise immer zusammen auf.«

»Horst van Houven hat seine Partnerin versetzt – und das nicht zum ersten Mal«, erzählte Susanne. »Jeanette kommt zwar ohne ihn klar, aber sie bedauert, dass sie etliche Chansons nicht präsentieren kann. Dazu gehört, hat sie mir erklärt, nun einmal reine Klavierbegleitung.«

»Und da meinen Sie, ich könnte einspringen?« Thomas schüttelte den Kopf. »Nein, das ist unmöglich.«

»Da bin ich ganz anderer Ansicht.« Susanne beugte sich vor und legte die Hand auf seinen Arm. »Versuchen Sie es doch wenigstens einmal. Bitte.«

Er zögerte, dann nickte er. »Einverstanden. Aber nur, wenn Jeanette es auch wirklich will.«

»Das lässt sich leicht herausfinden. Ich werde unsere Sängerin suchen lassen und gleich hierherschicken.«

»Ihnen kann man nur schlecht etwas abschlagen. Aber das alles geschieht auf Ihre Verantwortung.« Er winkte dem Steward. »Dann bringen Sie mir doch bitte eine Weinschorle. Damit kann ich mir ohne schlechtes Gewissen die Wartezeit verkürzen.«

11

Schon am folgenden Abend erlebten die Gäste der *Donauperle* eine Premiere: Jeanette Berger sang, kurz bevor das Schiff in Budapest vor Anker ging, ihre drei erfolgreichsten Chansons mit Klavierbegleitung!

»Ich bin mindestens so aufgeregt wie bei meinem ersten Wettbewerb vor fünfzehn Jahren«, gestand Thomas.

»Du schaffst das locker.« Jeanette stellte sich auf die Zehenspitzen und hauchte ihm einen Kuss auf die Wange. »Toi, toi, toi«, wünschte sie dabei.

Thomas griff nach ihren Händen und drückte sie kurz an die Lippen. »Danke«, murmelte er.

»Du, ich hab dir zu danken. Du bist der perfekte Begleiter.«

»Ich meinte für die Stunden, die wir zusammen verbringen können.«

Jeanette antwortete nicht. Ihr Herz klopfte ein wenig schneller, aber jetzt war nicht der richtige Moment, näher auf die Bemerkung einzugehen. Sanft, aber entschlossen zog sie den Patissier mit sich zur Bühne. »Komm, wir zeigen es jetzt allen.«

Es war ein fantastischer Auftritt, und Susanne, die in einer Nische stand und zuhörte, war beinahe so aufgeregt wie Thomas. Doch der Applaus, der nach dem ersten Stück aufbrandete, ließ alle Zweifel schwinden.

Jeanette sang noch drei Lieder, bei der die Combo sie begleitete, dann folgte ein letztes Chanson. Thomas und sie hatten sich auf das berühmte *Non, je ne regrette rien* von Édith Piaf geeinigt, und der Applaus des Publikums wollte schier nicht enden.

»Du warst ganz, ganz toll! Danke!« Hinter der Bühne fiel Jeanette Thomas glücklich um den Hals. »Sie waren alle begeistert.«

»Du warst fantastisch.« Thomas zog die zarte Sängerin ein wenig fester an sich. »Nein, du *bist* fantastisch«, raunte er ihr zu.

Jeanette lehnte sich in seiner Umarmung zurück und strahlte ihn an. »Wir haben es super hingekriegt.« Sie lachte leise auf. »Dass Horst so leicht zu ersetzen ist, hätte ich nie gedacht.«

»Es gibt so viele gute Klavierspieler …«

»Ja. Aber nicht alle haben so viel Einfühlungsvermögen wie du. Außerdem …« Sie biss sich auf die Lippen.

»Ja?« Thomas hielt sie immer noch im Arm.

»Ach nichts. Es war einfach schön mit dir.«

Sein Griff wurde fester. »Es muss nicht vorbei sein«, raunte er dicht an ihrem Ohr. »Auch nicht nach dieser Reise.«

Jeanette sah ihn nur kurz an, dann hob sie sich noch ein wenig mehr auf die Zehenspitzen. »Dagegen ist nichts einzuwenden«, flüsterte sie dicht an seinen Lippen. »Wir haben ja noch viel Zeit.«

»Dafür aber nicht mehr«, murmelte Thomas, doch als er sie küssen wollte, wandte Jeanette sich rasch ab und zog ihn mit sich in Richtung Deck.

Draußen senkte sich die Dämmerung übers Land. Wie dunkle Wächter standen die Berge rechts und links am Flussufer.

Gemächlich setzte die *Donauperle* ihre Fahrt in Richtung Budapest fort, die meisten der Passagiere gingen nach dem Konzert zu Bett, um am Morgen das Einlaufen in Ungarns Hauptstadt nicht zu verpassen.

In einer Nische an Deck saßen Jeanette und Thomas noch lange zusammen. Sie sprachen nicht viel, es war einfach schön, zusammen zu sein, in die Dunkelheit hinauszuschauen, dem Mond und den Sternen zuzusehen, die am Himmel leuchteten.

»Ist dir nicht zu kalt?« Thomas legte eine warme Decke um Jeanettes Schultern. »Du darfst dich nicht erkälten.«

»Du dich auch nicht.« Sie lachte leise und lehnte den Kopf an seine Schulter. »Du wirst nicht nur als mein neuer Klavierbegleiter gebraucht. Ich bin mir sicher, dass die meisten Passagiere deine Künste in der Küche mindestens ebenso wertschätzen wie dein Klavierspiel.«

»Und was ist mit dir? Womit kann ich dich verwöhnen? Magst du bittere Schokolade oder lieber die ganz süße?«

»Halbbitter wäre gut.«

»Schade, die hab ich gerade nicht bei mir.« Er legte

sachte den Arm um ihre Schultern. »Was kann ich als Ersatz anbieten?« Mit zärtlichem Blick sah er sie an.

»Du kannst mich gleich zu meiner Kabine bringen. Ich bin ein bisschen müde. Und du hast recht – es wird kalt.«

»Einverstanden.« Er stand auf. »Obwohl ich noch gern mit dir hier oben sitzen geblieben wäre.«

»Es kommen noch mehr Abende.« Jeanette strich ihm zärtlich über die Wange.

»Na gut, dann lass uns gehen. Soll ich dich wecken, wenn wir in Budapest angelegt haben?«

»Gern. Ich kenne die Stadt noch gar nicht.«

»Ich war zwar schon einige Male dort, aber immer nur in diversen Hotels und da in der Küche.« Thomas lachte leise. »Also können wir die Stadt gemeinsam erobern.«

»Ich freu mich drauf.« Jeanette hauchte ihm einen Luftkuss zu, ehe sie die Tür hinter sich schloss.

Ein leichter Dunstschleier lag über Budapest, als die ersten Passagiere zu einer Stadtrundfahrt aufbrachen.

Susanne stand auf der Brückennock und sah hinunter zum Kai, als Christian Pichler neben sie trat. Unten gingen Melanie und Vanessa gerade eingehakt in Richtung der wartenden Busse.

»Du bist heute nicht beim Ausflug dabei?« Fragend drehte Susanne sich zu Christian um. »Enttäuscht, dass du Dienst hast?«

»Nur ein bisschen. Aber ich kann ja nicht immer mit an Land gehen. Zumal der Erste auch nicht da ist. Und der Zweite Offizier war noch nie in Budapest, da hab ich ihm gern den Vortritt gelassen.« Er machte eine kleine Pause. »Sag mal, glaubst du eigentlich daran, dass der Wallburger wieder bei seinem kranken Kind ist? Oder war es eine Ausrede, weil er sauer auf dich ist?«

»Nein.« Susanne schüttelte entschieden den Kopf. »Das glaube ich nicht. Er war echt geschockt, als er mir von der schweren Komplikation berichtete, die sich bei seiner Tochter eingestellt hat. Die Kleine liegt im Koma, und da ist es verständlich, dass er um ein paar freie Tage gebeten hat.«

»Da hast du recht.« Christian beugte sich ein wenig nach vorn. »Das ist doch ... Ich glaub es ja nicht! Da, sieh mal nach links zu den beiden roten Bussen. Könnte das nicht Melanies Stalker sein?«

»Wo?« Susanne beugte sich auch vor, dabei streifte ihr Gesicht Christians Wange, da er sich im gleichen Moment halb zu ihr umdrehte. Sie atmete seinen ganz typischen Duft ein, diese Mischung aus Sandelholz, Leder und Limetten, und schloss für einen Moment die Augen.

Es war verrückt, sie liebte Florian, und doch faszinierte Christian sie immer wieder aufs Neue. Sie fühlte sich sehr von ihm angezogen – außerdem war er humorvoll, freundlich, charmant ... Sie musste sich zusammennehmen, um nicht den Kopf an seine Schulter zu lehnen.

»Siehst du ihn? Da, er geht Melanie und Vanessa tatsächlich nach!« Christian machte einen halben Schritt zur Seite und griff nach seinem Handy. »Ich rufe Vanessa an und warne sie. So ein verdammter Mistkerl!«

Susanne nickte. »Willst du nicht schnell von Bord gehen und ihm folgen? Wer weiß, was der Typ vorhat.«

»Du meinst, das geht?«

»Aber ja.« Susanne sah auf die Uhr. »Wenn du zu Mittag wieder da bist, reicht das aus.«

»Ja dann ... Den schnappe ich mir, sollte er sich Melanie wirklich nähern.« Schon hastete Christian davon.

Susanne blieb noch eine Weile an der Nock stehen, so konnte sie beobachten, dass Vanessa und Melanie Halt machten, sich suchend umschauten – und der Stalker, der eben noch zu sehen gewesen war, sich wie eine Spukgestalt in Luft aufgelöst hatte.

Seufzend drehte sich Susanne um und ging hinunter in ihre Kabine. Dort probierte sie, Florian zu erreichen. Es würde guttun, seine Stimme zu hören.

Doch sie musste es mehrfach versuchen, ehe sie endlich zu ihm durchkam, und dann war die Verbindung auch noch sehr schlecht.

»Wo bist du gerade? Ich versteh dich kaum«, sagte sie.

Florians warmes Lachen war im nächsten Moment wieder ganz deutlich zu hören. »Ganz in deiner Nähe«, verkündete er geheimnisvoll.

»Du bist – wo?«

»Nur noch zwanzig Kilometer von Budapest entfernt.« Wieder lachte er, dieses zärtliche, jungenhafte Lachen, das Susanne so an ihm liebte und das sie in den letzten Jahren so sehr vermisst hatte. »Ich hatte Sehnsucht nach dir, da hab ich mich frühmorgens in den Wagen gesetzt – und bin gleich da.«

»Flori!« Susanne sprang auf und trat ans Fenster, als könnte sie ihn jetzt schon sehen. »Du bist verrückt!«

»Nach dir. Also – bis gleich. Ich kann es kaum erwarten.« Sie hörte noch, dass er einen Kuss hauchte, dann brach die Verbindung ab.

Nur noch zwanzig Kilometer ... Susanne ging ins Bad und prüfte ihr Aussehen. Die Haare hatte sie zum Glück gestern schon gewaschen. Jetzt löste sie das Gummiband, mit dem sie die blonde Fülle im Nacken zusammengefasst hatte, und kämmte die Locken, bis sie ihr in weichen Wellen weit über die Schultern fielen.

Kurz überlegte sie, ob sie sich umziehen sollte, verwarf die Idee aber gleich wieder. Nein, das war unmöglich. Sie war zurzeit der einzige Offizier an Bord, und da konnte sie sich nicht erlauben, Freizeitkleidung zu tragen. Das offene Haar war und blieb die einzige Konzession an ihre weibliche Eitelkeit.

Das Schiff hatte sich inzwischen fast vollständig geleert. Die meisten Passagiere schlenderten durch die Stadt, und auch die Besatzungsmitglieder, die nicht unbedingt Dienst tun mussten, hatten sich auf den Weg in Budapests Zentrum gemacht.

Susanne stand im Sonnenschein an der Reling und hielt Ausschau nach Florian. Aber da ... Sie zuckte zusammen. Das war doch dieser Typ, der Melanie verfolgt hatte! Er betrat gerade die Gangway.

»Hallo, Sie da!« Susanne hob winkend die Hand.

Der Mann mit der schiefen Nase drehte sich, wie von einem Blitzschlag getroffen, um und rannte davon.

»Verflixt, das ist blöd gelaufen«, murmelte Susanne leise vor sich hin. Es wäre wohl besser gewesen, wenn sie gewartet hätte, bis der Stalker an Bord gekommen war. Dann hätte sie jedes Recht gehabt, ihn zur Rede zu stellen.

»Hallo! Susanne!« Nur kurz war sie abgelenkt gewesen – und hatte prompt Florians Ankunft verpasst. Strahlend stand er jetzt ein paar Meter von der Gangway entfernt und winkte ihr zu.

»Komm hoch, Flori!« Auch sie winkte, dann hastete sie nach unten.

Gleichzeitig mit ihm traf sie an der Gangway ein. Sie ignorierte den Steward, der an dem kleinen Schalter im Innenbereich stand und das Kommen und Gehen der Passagiere überwachte, und fiel Florian ungeniert um den Hals.

»Du bist verrückt. Herrlich verrückt«, murmelte sie zwischen zwei Küssen. »Und ich freu mich riesig, dass du hier bist.«

»Du bist schließlich noch fünf Tage unterwegs, und das hätte ich nicht mehr ausgehalten.« Sein Griff um ihre Taille wurde fester. »Zeigst du mir deine Kabine?«, murmelte er und hauchte dabei kleine verliebte Küsse auf ihre Augen, auf ihre Wange, dann wieder auf die Lippen.

»Komm mit.« Sie wand sich aus seiner Umarmung, griff nach seiner Hand und zog ihn mit sich in die Tiefe des Schiffes.

Ihre Kabine war nicht allzu groß, doch sie hatte sie sich so wohnlich wie eben möglich eingerichtet. Neben dem Bett, das links vom Fenster stand, befand sich ein kleines Schränkchen, auf dem drei Fotos standen. Das eine zeigte Florian und sie, auf dem anderen war Gut Mattner zu sehen. Das dritte Foto zeigte ihren Großvater in Kapitänsuniform.

Er hielt Katrin und sie selbst, damals höchstens acht Jahre alt, an den Händen.

Am Kleiderschrank hing eine frisch gewaschene weiße Uniformbluse, und auf dem schmalen Schreibtisch stand ein Laptop, daneben ein Strauß nicht mehr allzu frischer gelber Rosen.

»Ich hätte dir Blumen mitbringen sollen«, sagte Florian ein wenig schuldbewusst. »Aber ehrlich gesagt hab ich daran nicht gedacht.«

»Du bist da, das reicht mir vollkommen.« Susanne legte die Arme um seinen Nacken und küsste ihn zärtlich.

Florian zog sie sanft in Richtung Bett. Dabei nestelte er an ihrer Bluse und versuchte, die viel zu kleinen Knöpfe zu öffnen.

Susanne schüttelte den Kopf und wehrte ihn sanft ab. »Das geht nicht. Nicht jetzt«, sagte sie, und ihrer Stimme war anzuhören, dass sie es bedauerte. »Ich bin im Dienst.«

»Aber es ist doch kaum jemand an Bord. Du wirst bestimmt nicht gebraucht.« Florian küsste sie erneut, lang und leidenschaftlich.

»Flori, ich kann nicht ...«, murmelte Susanne, aber da lag sie schon auf dem Bett, und Florians leidenschaftlichen Zärtlichkeiten konnte sie einfach nicht länger widerstehen. In den nächsten zehn Minuten vergaß sie ihre Verantwortung und das Schiff, auf dem sie waren, es gab nur sie und Florian. Den Mann, der sie auf den Gipfel des Glücks brachte und der ihr dabei tausend verrückte, zärtliche und unsinnige Liebesworte zuraunte.

»Was machst du nur mit mir.« Mit schuldbewusstem Lächeln richtete sich Susanne nach einer Weile auf und zog sich die Uniform, die Florian achtlos auf den Boden geworfen hatte, wieder an. Doch bevor sie das Haar kämmte und zu einem Pferdeschwanz zusammenband, beugte sie sich noch einmal über ihn und küsste ihn.

Florian streckte die Hand nach ihr aus. »Bleib noch. Wenigstens fünf Minuten.«

Susanne schüttelte den Kopf. »Ich weiß, wie das dann endet.«

»Ich auch.« Er grinste, zog sie mit einem Ruck über sich und küsste sie ausgiebig. Dann schob er sie sanft von sich. »Also gut, Frau Kapitän, ich beuge mich deinem Pflichtbewusstsein.«

»Danke.« Lachend trat sie vor den Spiegel, der im Innenteil des Kleiderschranks angebracht war, und kontrollierte ihr Aussehen. Dabei blinzelte sie hinüber zu Florian, der sich auch wieder anzog.

Wie gut er aussah! Der Oberkörper war gebräunt, die ausgeprägten Muskeln seiner Arme zeigten, dass er viel körperliche Arbeit verrichtete. Das dunkle Haar war noch zerzaust, und jetzt bemerkte sie sein amüsiertes Grinsen.

»Wenn du mich so ansiehst, muss ich mich wohl gleich wieder ausziehen«, sagte er.

»Auf keinen Fall!« Susanne schloss die Schranktür und drehte sich zu ihm um. »Ich bin im Dienst. Und das so lange, bis ein anderer Offizier vom Landgang zurückkommt.«

»Das ist hoffentlich bald.«

Susanne zuckte mit den Schultern. »Darauf vertrau mal

lieber nicht. Das Schiff liegt noch die ganze Nacht hier vor Anker.«

»Ich weiß.« Florian schlüpfte in seine Schuhe. »Und ich hoffe, dass zumindest der größte Teil der Nacht uns gehören wird.«

Die Bemerkung wurde von Susanne geflissentlich überhört. »Komm, wir gehen in die Bar und trinken einen Kaffee«, sagte sie. »Oder hast du Hunger?«

»Jetzt noch nicht. Aber Kaffee ist immer gut.«

»Dann komm.«

Als sie in Richtung Bar gingen, kam ihnen der Zweite Nautische Offizier entgegen. Er war ein stiller, etwa fünfunddreißig Jahre alter Mann aus Würzburg, mit dem Susanne außer Dienstlichem noch nicht viel gesprochen hatte. Jetzt grüßte er freundlich. »Wenn Sie mögen, kann ich die Wache für den Rest des Tages übernehmen. Ich war nur kurz in der Stadt was besorgen.« Er lachte leise. »Meine Verlobte wollte unbedingt noch eine Herend-Vase haben. Zum Glück hab ich die sofort bekommen. Sie liebt dieses teure ungarische Porzellan.«

»Ja dann …« Susanne nickte ihm zu. »Danke fürs Angebot. Ich nehm's gerne an.«

»Viel Spaß an Land.« Er tippte sich an die Stirn, dann verschwand er in seiner Kabine, um kurz darauf – und wieder in Uniform – Richtung Brücke zu gehen.

»Das nenne ich Glück.« Florian legte den Arm um Susannes Schultern. »Jetzt können wir unseren Kaffee irgendwo in der Stadt trinken.«

»Ich möchte unbedingt mal ins *Café New York*«, sagte Susanne. »Ich habe in einem Reiseführer gelesen, dass es das schönste Café der Welt sein soll. Bisher hatte ich noch keine Gelegenheit, nachzuprüfen, ob das auch stimmt.«

»Dann los, erobern wir Budapest!«

»Aber nicht in Uniform.« Susanne öffnete die Tür ihrer Kabine. »Geh schon vor, ich bin in fünf Minuten fertig.«

»Ich schau dir aber gern beim Umziehen zu.« Florian grinste.

»Nix da, wenn ich dich mitnehme, kommen wir nie zu unserem Stadtbummel.« Energisch schob sie ihn in Richtung Treppe.

Tatsächlich benötigte sie nur wenige Minuten, bis sie fertig war. Zur hellgelben Jeans trug sie eine nachtblaue Leinenbluse, die blauen Sneakers waren ebenso bequem wie passend.

Sie begannen ihren Stadtbummel mit dem Besuch des legendären *Café New York*, das sich in einem der prunkvollsten Gebäude von Budapest befand und dessen Innenausstattung so üppig war, dass man sich in die Kaiserzeit zurückversetzt fühlen konnte.

»Wow, das ist wirklich beeindruckend.« Florian sah sich in der hohen Halle um, während er seinen Kaffee trank. Die stuckverzierte Decke war mit Blattgold belegt, und auch die Marmorsäulen und gigantischen Deckenleuchter bewunderte er fasziniert – so wie es die vielen anderen Besucher des Cafés auch taten. »Aber jetzt muss ich wieder an die frische Luft. Ein bisschen fühle ich mich von der Pracht hier erschlagen.«

Hand in Hand verließen sie das Café und schlenderten

zur Fischerbastei, die sich oberhalb der Donau auf einem Hügel erhob und mit ihren steinernen Türmen weithin sichtbar war.

»Weißt du, dass dieses wehrhafte Gebäude zu Ehren der Gilde der Fischer errichtet wurde?« Susanne schwang sich auf einen Mauervorsprung und sah hinunter zur Donau. »Die Fischer mussten damals diesen Flussabschnitt bewachen und die Stadtmauer verteidigen.«

»Was hat es bloß mit diesen Türmen auf sich?« Florian sah zu den konischen Gebäudeteilen hin, die sich an beiden Seiten der Bastei gen Himmel reckten.

»Ich hab's mal gewusst«, sagte Susanne, »aber ich erinnere mich nicht mehr. Sie haben auf jeden Fall eine besondere Bedeutung.«

»Die Türme sollen an die Zelte der alten Magyaren erinnern«, erklärte ein älterer Herr, der ganz in ihrer Nähe stand und sie lächelnd ansah. »Es sind insgesamt sieben, sie symbolisieren die sieben Stämme.«

»Stimmt. Jetzt fällt es mir wieder ein.« Susanne lächelte dem Fremden zu. »Danke.«

»Gerne.« Er nickte ihr zu. »Und wenn Sie gleich hinüber zur Matthiaskirche gehen, werden Sie erkennen, dass sie vom selben Baumeister gestaltet wurde.« Er zog kurz seinen alten Strohhut. »Noch viel Vergnügen in meiner Heimatstadt.«

»Danke. Wir sind jetzt schon beeindruckt.«

Sie verabschiedeten sich und schlenderten dann wirklich weiter zu der wunderschönen neugotischen Kirche, die zum Gesamtensemble des Burgbergs gehörte. Im Sonnenlicht leuchteten die farbig glasierten Ziegel, die ein wenig an das Dach des Stephansdoms in Wien erinnerten.

»Wollen wir hineingehen?«, fragte Susanne.

Kurz zögerte Florian, dann schüttelte er den Kopf. »Ehrlich gesagt hab ich genug Kultur für heute genossen. Ich hätte gern was zu essen.«

»Du Ärmster!« Lachend hob sich Susanne auf die Zehenspitzen und küsste ihn.

»Als Vorspeise nicht schlecht«, murmelte Florian und zog sie an sich. »Aber ein Steak oder ein echtes ungarisches Gulasch wären mir noch lieber.«

»Als weitere Küsse? Das deprimiert mich jetzt aber sehr.« Susanne lachte und zog ihn weiter. »Komm, hier in der Nähe finden wir sicher ein gutes Lokal.«

»Und wenn wir dann gestärkt sind ...« Florian drückte zärtlich ihren Arm.

»... gehen wir auf den Gellértberg und schauen uns die Zitadelle an.«

»Oh nein, auf keinen Fall!«, widersprach Florian. »Danach gehen wir zurück zum Schiff, Frau Kapitän.«

»Hab ich eventuell meinen Dienst vernachlässigt?« In Susannes Augen blitzte der Übermut auf.

»Nein. Aber mich. Und das musst du jetzt bald ändern.« Florians Stimme bekam einen zärtlichen Klang. »Ich will dich endlich ganz ungestört küssen können.«

»Tja, dann ... Dann müssen wir wohl zurück zum Schiff.«

»Nach dem Essen.«

»Einverstanden.«

Sie mussten nicht lange suchen, bis sie ein gemütliches

Lokal in der Innenstadt fanden, und nachdem sie gestärkt waren, gingen sie eng umschlungen zurück in Richtung Ankerplatz der *Donauperle*. Erst als sie sich dem Schiff näherten, löste sich Susanne aus Florians Arm.

»Ich will nicht, dass die Besatzung was zu reden hat«, sagte sie entschuldigend.

»Versteh ich.« Florian grinste. »Soll ich mich heimlich in deine Kabine schleichen, oder nimmst du mich einfach so mit?«

»Das überleg ich mir noch«, meinte Susanne augenzwinkernd.

An Bord begegneten sie zum Glück nur einem älteren Maschinisten, bevor sie sich in die Kabine zurückziehen konnten.

Kaum hatte sich die Tür hinter ihnen geschlossen, zog Florian Susanne auch schon an sich und küsste sie leidenschaftlich. Und Susanne vergaß für eine geraume Weile alle Pflichten, alle Anforderungen, die an sie als Schiffsführerin gestellt wurden. Jetzt, in Florians Armen, war sie nur eine junge Frau, die liebte – und ebenso zärtlich zurückgeliebt wurde.

Florians Lippen küssten jeden Zentimeter ihrer Haut, und seine Hände streichelten sie genau da, wo er ihre Lust noch mehr wecken konnte.

Mit geschlossenen Augen lag Susanne auf dem schmalen Bett und ließ sich mitreißen von seinem Verlangen. Fest presste sie die Lippen zusammen, um den kleinen lustvollen Schrei zu unterdrücken, der in ihrer Kehle brannte, als Florian sie zum ersten Mal zum Höhepunkt brachte.

Schwer atmend, doch überglücklich lagen sie eng umschlungen auf dem weißen Laken. Susannes Finger glitten über Florians muskulöse Brust, während er sacht ihre Schultern und ihre kleinen festen Brüste streichelte – so lange und intensiv, bis die Lust sie erneut überwältigte.

Die Dämmerung legte sich schon über die Donaulandschaft, als Florian sich verabschieden musste. In anderthalb Stunden ging die Reise der *Donauperle* weiter, er selbst musste zurück zum Gut Mattner.

Und während die Passagiere nach und nach aufs Schiff zurückkehrten, stand Susanne am hinteren Deck und winkte Florian ein letztes Mal nach.

12

»Ich freu mich drauf, mal wieder ein paar Tage in den eigenen vier Wänden sein zu können. Ihr nicht auch?« Vanessa schulterte ihren Rucksack.

»Unbedingt.« Melanie sah Susanne an. »Und was ist mit dir? Fährst du zurück nach Dürnstein?«

»Nein, ich bleibe ein paar Tage bei meiner Schwester hier in Passau.«

»Dann viel Spaß!« Melanie drehte sich noch einmal um, ehe auch sie nach ihrer Reisetasche griff.

»Was ist los?« Auch Susanne schaute sich um. »Ist er wieder da?«

»Ich weiß es nicht. Aber eben dachte ich, ich hätte ihn gesehen.« Sie biss sich auf die Lippen. »Manchmal fürchte ich, es ist der reine Verfolgungswahn, unter dem ich inzwischen leide. Aber ihr habt ja selbst mitgekriegt, dass er immer wieder auftaucht.«

»Soll ich dich heimfahren?«, bot Vanessa an.

»Nein, nein, danke. Ich nehme den Bus. Das klappt schon.« Melanie hob kurz die Hand. »Eine schöne Zeit euch beiden.«

»Werden wir sicher haben.« Susanne drehte sich kurz um. »Wo bleibt Christian denn?«

Vanessa zuckte mit den Schultern. »Der ist sauer, weil ich ihn nicht mit zu mir nach Hause nehmen will.«

»Und wieso das nicht?«, erkundigte Susanne sich neugierig.

Vanessa zuckte mit den Schultern. »Es ist noch zu früh. Ich ... ich muss mir noch über so einiges klar werden. Und Christian sicher auch.« Sie zögerte, dann fuhr sie fort: »Ich mag ihn sehr, aber ob es für ihn mehr als nur ein Flirt ist, muss sich noch herausstellen. Jedenfalls werde ich die nächsten beiden Tage zum Ausschlafen nutzen. Und vielleicht zu einem ausgiebigen Einkaufsbummel.«

»Nicht die schlechteste Idee.« Auch Susanne griff nach dem schwarzen Trolley, in dem sie die nötigen Dinge für den Aufenthalt bei ihrer Schwester hatte. Sie freute sich darauf, Katrin wiederzusehen. Es gab so viel zu erzählen! Von den Reisen, den Passagieren und Kollegen – und natürlich von Florian ...

Katrin öffnete die Haustür, kaum dass Susanne ihren Wagen in die Einfahrt gelenkt hatte. In der nächsten Sekunde tauchte ein riesiges graues Ungetüm neben ihr auf und rannte bellend auf den Wagen zu.

»Wotan! Komm zurück!« Katrin eilte dem Hund hinterher und hielt ihn am Halsband fest, als Susanne ausstieg.

»Sag mal, ist das Untier jetzt bei dir eingezogen?« Susanne ging zögernd auf ihre Schwester zu.

»Das ist Wotan.«

»Hab ihn schon kennengelernt«, murmelte Susanne.

Katrin ließ den Hund los und umarmte ihre Schwester. »Er sieht gefährlicher aus, als er ist.«

»Und den hast du dir also jetzt zugelegt?« Susanne streckte die Hand aus, ließ Wotan daran schnuppern, und als er friedlich blieb, streichelte sie ihm kurz über den Kopf. »Du wolltest doch nie ein Tier haben.«

Katrin grinste. »Ich wollte so vieles nicht – und jetzt ... Aber komm erst mal rein!«

Langsam folgte Susanne ihr ins Innere – und stieß ein überraschtes »Wow« aus. »Was ist denn hier passiert?« Über dem weißen Sofa lag eine dunkle Decke, und an der Längsseite des Raums stand ein Käfig mit einem grauen Kaninchen, das gerade hingebungsvoll an einer Möhre knabberte. Kurz beugte sich Susanne zu dem Langohr hinunter.

»Das ist Henry – dachten zumindest die Kinder meines Nachbarn.« Katrin strich dem Hund, der sich an sie schmiegte, über den Kopf. »Aber in Wirklichkeit ist es eine Henrike, die bald Junge bekommen wird. Und damit sie ihre Ruhe hat, lebt sie vorübergehend hier.«

»So wie der Hund?«

Katrin nickte und griff nach Susannes Trolley. »Geh erst mal in dein Zimmer und räum alles ein, ich setze Kaffeewasser auf. Kuchen ist auch da. Frisch gebacken.«

»Aber doch wohl nicht von dir!« Susanne schwankte zwischen Entsetzen und Amüsement. Ihre Schwester war wirklich alles, nur keine Köchin oder gar eine Bäckerin.

»Nein, keine Sorge. Aber das erzähle ich dir gleich.«

Zwanzig Minuten später saßen die Schwestern auf der

Terrasse, die mit Bruchsteinen gepflastert war. Am Rand standen drei große Kübel, in denen Fuchsien, Geranien und kleinwüchsiger Jasmin blühten.

»Immer, wenn ich hier sitze, denke ich, dass mir Passau zu Füßen liegt.« Susanne lächelte die Schwester an. »Du hast aus unserem Häuschen ein kleines Paradies gemacht.«

»Ich lebe auch wirklich gern hier.«

»Vor allem jetzt, wo du neue Nachbarn hast«, neckte Susanne sie.

Wie nicht anders zu erwarten, war Wotan den beiden Frauen gefolgt und ließ sich schwanzwedelnd vor Katrin nieder.

»Der himmelt dich ja förmlich an!«

»Tja, und nicht nur er.« Leichte Röte stieg in Katrins Wangen, als sie von den neuen Nachbarn erzählte. »Die Kinder sind wirklich nett. Aufgeweckt und fröhlich. Sie kommen fast jeden Tag herüber.«

»Aha. Und die Kinder lassen dich jetzt verlegen werden.« Susanne lachte leise auf. »Los, erzähl. Ich will alles wissen. Dass die Kinder ein Defizit haben, weiß ich aber schon. Das haben sie mir gestanden, als ich mit Florian hier war.« Sie grinste. »Sie waren nett und wirkten gut erzogen.«

»Ja. Das sind sie.« Ein verträumtes Lächeln glitt über Katrins Gesicht.

»Auweia, das sieht ja wirklich so aus, als hätte es dich hundertprozentig erwischt. Du magst nicht nur die Kinder, nicht wahr?«

Katrin biss sich auf die Lippen und räusperte sich. »Ralf ist Tierarzt, er ist allein mit seinen Kindern drüben eingezogen. Seine Praxis läuft gut, glaube ich.« Sie beugte sich vor und legte Susanne ein Stück Nusskuchen auf den Teller. »Hier, probier mal. Den hat seine Haushälterin gebacken. Sie war es übrigens auch, die gesagt hat, Alex und Mia hätten ein Defizit. Das haben sich die beiden gemerkt und fanden es wohl aufregend, so etwas Unbekanntes zu haben.«

»Lenk nicht ab.« Susanne ignorierte den Kuchen. »Erzähl lieber mehr von diesem Ralf.«

Wieder stieg leichte Röte in Katrins Wangen. »Er ist Witwer, Tierarzt, wie schon gesagt, und ungemein sympathisch.« Ein kleiner Seufzer folgte. »Aber irgendwie hab ich das Gefühl, dass er mich zwar mag, aber nicht so richtig weiß, was er will.«

»Und du würdest ihn wollen?«

Katrin zögerte, dann nickte sie. »Ja. Er ist genau so, wie ich mir einen Lebenspartner vorstelle. Aber außer dass wir über die Tiere und die Kinder geredet haben, ist nichts passiert zwischen uns.«

Susanne drückte ihren Arm. »Warte nur, das kommt schon noch«, sagte sie tröstend.

»Optimistin!«

»Immer doch!« Aus dem Wohnzimmer war durch die offene Terrassentür ein leises Fiepen zu hören. Susanne stand auf und sah nach. »Komm mal her!«, rief sie ihrer Schwester zu und hockte sich vor den Käfig. »Schau nur, der Nachwuchs ist gerade zur Welt gekommen.«

»Ach du je, das ist aber schade!« Auch Katrin beugte sich über den Käfig, in dem die Mutter gerade damit begann, ihre zwei Jungen sauber zu lecken. »Alex und Mia wollten doch unbedingt bei der Geburt dabei sein!«

»Sie werden sich auch in zwei oder drei Stunden noch über die Tierchen freuen.«

Die beiden Schwestern sahen eine Weile zu, wie sich die Häsin um ihre Jungen kümmerte, dann gingen sie zurück zur Terrasse.

»Musst du deinen Nachbarn nicht anrufen und ihn über den Familienzuwachs informieren?«, fragte Susanne, während sie nun endlich den Kuchen aß.

»Du willst ihn doch nur kennenlernen.« Katrin wurde prompt wieder rot.

»Unbedingt!«

»Später. Jetzt hat er Sprechstunde. Und Alex ist in der Schule, Mia noch im Kindergarten.«

Susanne schmunzelte leise vor sich hin. Katrin kannte sich ja schon sehr gut aus!

»Du, ich muss noch mal in die Stadt und was besorgen. Und zum Friseur will ich auch mal wieder. Keiner schneidet meine Haare so gut wie Lucca.«

»Zu dem gehe ich auch noch immer. Er hat ein wenig vergrößert. Aber wenn du kommst, wird er sich sicher persönlich um dich kümmern.« Katrin zwinkerte. »Er ist zwar stockschwul, aber er mag und bewundert dich sehr. Ich musste ihm sogar mal ein Bild von dir in Uniform überlassen.«

Susanne lachte. »Da wird er enttäuscht gewesen sein. Meistens trag ich da meine Haare straff zurückgebunden.«

Sie trank noch einen Schluck Kaffee, ehe sie aufstand. »Soll ich einkaufen gehen?«

»Danke nein. Ich hab alles da.«

»Dann bis später.«

Während Susanne in die Stadt fuhr und versuchte, auf die Schnelle noch einen Friseurtermin zu bekommen, räumte Katrin ein wenig auf, dann schickte sie Ralf eine Mail, in der sie ihm vom Kaninchennachwuchs Mitteilung machte.

Es dauerte keine zehn Minuten, da stand der Tierarzt vor der Tür.

»Hallo, komm rein.« Katrin sah lächelnd zu ihm hoch. »Du willst sicher nach Henrike sehen.«

»Unter anderem.« Ralf ging durch die geräumige Diele weiter zum Wohnzimmer. »Heute konnte ich ganz pünktlich Schluss machen, und da dachte ich, ich schau mal bei dir rein – ohne dass die Kinder stören.«

»Deine Kinder stören mich aber nie.«

»Mich hin und wieder schon.«

»Rabenvater!« Katrin lachte, dann zog sie ihn zum Kaninchenkäfig. »Schau nur, sind sie nicht süß?«

Nur kurz sah Ralf zu den Jungtieren hin, die sich eng an ihre Mutter drängten. »Ja, sie sind so niedlich wie alle Jungtiere.« Er seufzte leise auf. »Ich wünschte nur, wir hätten schon Abnehmer dafür. Die Kinder können auf keinen Fall auch noch mit einer Kaninchenzucht beginnen.«

»Das musst du ihnen dann beibringen.« Katrin richtete sich auf, und im selben Moment hob auch Ralf den Kopf. Sacht stießen sie zusammen.

»Sorry, hab ich dir wehgetan?« Sanft strich er ihr über die Wange, dann zog er sie am Arm dicht zu sich. »Dann wäre ich untröstlich …« Seine Lippen legten sich zart auf Katrins Lippen, doch als er merkte, dass sie ihn nicht zurückstieß, sondern, ganz im Gegenteil, sich näher an ihn schmiegte, wurde der Kuss leidenschaftlicher.

Katrin schloss die Augen und genoss die Nähe des Mannes, den sie vom ersten Moment an höchst attraktiv gefunden hatte. Leicht öffnete sie die Lippen, sie schloss die Augen und gab sich ganz dem berauschenden Glücksgefühl hin, das sie erfüllte.

Der Kuss endete erst, als sie beide keine Luft mehr bekamen. Doch noch immer hielt Ralf Katrin in seinen Armen. In seinen Augen lag ein zärtlicher Glanz, als er sacht ihr Haar streichelte und seine Hand dann in ihrem Nacken liegen ließ.

»Davon träume ich seit Tagen«, flüsterte er. »Genau genommen seit dem Moment, in dem ich dich zum ersten Mal gesehen habe.«

Katrin erwiderte nichts, sie legte nur den Kopf an seine Schulter und genoss die Nähe des Mannes, der sie ebenso faszinierte wie sie ihn. Die traute Zweisamkeit wurde allerdings in der nächsten Sekunde durch Wotan gestört, der sich energisch zwischen die beiden Menschen drängte, die rechte Pfote hob und damit an Katrins Bein kratzte.

»Lass das«, rügte sie ihn halbherzig.

»Aus, Wotan!« Ralfs Stimme klang energischer, und der Hund verzog sich zurück aufs Sofa.

»Ein eifersüchtiger Hund fehlt mir gerade noch«, murmelte Ralf, ehe er Katrin wieder küsste.

Das leise Summen seines Handys unterbrach jetzt die Zärtlichkeit.

»Oh nein, nicht das noch«, fluchte Ralf. Er ließ Katrin nicht los, als er das Smartphone ans Ohr hob. »Ich bin gleich da«, sagte er nur knapp.

»Ein Notfall, ich muss rüber.« Bedauernd sah er Katrin an. »Ein Hund ist angefahren worden.« Noch ein rascher, viel zu flüchtiger Kuss, dann hastete er durch den Garten hinüber zur Praxis.

Ein Glück, dass wir vor einer Woche ein Loch in die Hecke geschnitten haben, schoss es Katrin durch den Kopf. Alex und Mia hatten sich bereits ein paarmal durch die Buchenhecke gedrückt, um so auf kurzem Weg zu Katrin zu gelangen, und bevor Ralf deshalb mit ihnen schimpfen konnte, hatte Katrin vorgeschlagen, eine größere Öffnung in die Hecke zu schlagen, um den Weg zum Nachbargrundstück frci zu machen.

Katrin sah ihm nach, bis Ralf hinter der grünen Wand verschwunden war. Ihr Herz pochte immer noch aufgeregt, aber nie zuvor hatte sie sich so gut gefühlt wie jetzt. Ob das Glück endlich auch zu ihr gekommen war?

Lächelnd beugte sie sich zu Wotan hinunter, der sich wieder dicht an sie drängte.

»So, mein Guter, jetzt werde ich ein bisschen arbeiten.« Sie tätschelte seinen Kopf. »Du und deine Familie, ihr habt mich auf eine Idee gebracht.«

Noch lag Morgentau auf den Wiesen, die sich rechts und links des Donauufers ausbreiteten. Die ersten Vögel begannen, zu zwitschern, und von der Stiftskirche in Dürnstein herüber erklang Glockengeläut. Weithin drangen die dunklen Töne durch das Donautal.

»Aufstehen, Flori, wir werden in ein paar Minuten anlegen, und ich muss auf die Brücke.« Susanne beugte sich über Florian, der noch tief und fest zu schlafen schien. Sie hauchte ihm einen Kuss auf die leicht geöffneten Lippen – und fand sich im nächsten Augenblick in seinen Armen wieder.

»Sei nicht so pflichtbewusst«, murmelte er zwischen verliebten kleinen Küssen. »Du hast doch keinen Dienst, oder?«

»Nein, hab ich nicht. Aber dem Wallburger ging es gestern Abend schon nicht gut. Ich will zumindest nachsehen, ob er diensttauglich ist heute Morgen.« Sanft schob sie ihn von sich und stand auf.

Florian seufzte übertrieben tief auf, doch auch er erhob sich und sah für einen Moment aus dem Fenster. »Das wird ein schöner Tag«, stellte er fest. »Wir können also wieder in die Reben.«

»Ich denke auch, dass wir ein gutes Weinjahr haben werden.«

»Vor allem der Veltliner wird super«, stimmte ihr Florian zu. »Markus überlässt mir von Woche zu Woche mehr Aufgaben. Zunächst hatte ich befürchtet, er wäre krank, aber er genießt es wohl einfach, mal nicht mit den Hühnern aufstehen zu müssen und mehr Zeit für sich oder für Beate zu haben.«

»Sie haben es sich beide verdient.« Susanne zog sich das kurze Sleepshirt aus und ging unter die Dusche. In aller Eile machte sie sich frisch und zog die Uniform an.

»Fesch«, kommentierte Florian. »Zum Anbeißen förmlich.«

»Wag es ja nicht!« Susanne lachte und gab ihm einen Kuss. »Es war schön mit dir heute Nacht«, raunte sie dicht an seinen Lippen.

»Sehr, sehr schön.« Florian hielt sie zurück und sah ihr tief in die Augen. »Ich liebe dich. Und ich gehe sehr ungern gleich vom Schiff.«

»Das finde ich auch sehr schade. Aber wir haben beide unsere Pflichten. Grüß mir Mutsch und Onkel Markus.« Noch einen raschen Kuss hauchte sie ihm auf die Lippen. »Ich muss los.« Und schon war sie durch die Tür.

Auf der Brücke standen neben dem Ersten Offizier noch zwei Matrosen, die sich aber mit einem kurzen Gruß zurückzogen, als Susanne hereinkam.

In der Ferne waren die blau-weißen Türme der Dürnsteiner Stiftskirche schon zu erkennen, in wenigen Minuten würde sie die *Donauperle* am Anleger vertäuen.

»Wie geht es Ihrer Tochter, Herr Wallburger?« Sie schaute den Ersten Offizier von der Seite an. Blass war er, die Augen lagen tief in den Höhlen, und man sah ihm an, dass er in den vergangenen Nächten nicht viel Schlaf bekommen hatte.

»Danke, ein wenig besser.« Kurz drehte er den Kopf und blickte zu Susanne. Sie erschrak vor der Trauer, die in seinen Augen zu lesen war. »Es ist nur ...« Er biss sich auf die Lippen. »Man kann so gar nichts tun. Man ist so verdammt ohnmächtig! Und dieses Warten, dieses schreckliche Warten zerrt an den Nerven.«

»Ja, das ist schlimm.« Für einen Moment legte Susanne ihm die Hand auf den Arm. »Warum sind Sie denn schon wieder zum Dienst gekommen? Sie hätten doch noch länger in der Klinik bleiben können. Ich hätte vollstes Verständnis dafür gehabt.«

Wolfgang Wallburger schüttelte den Kopf. »Nein. Das ... das ging einfach nicht. Meine Ex-Frau weint ununterbrochen, das halte ich nicht aus.« Er seufzte. »Sie wollte noch nicht mal, dass ich meine Kleine sehe. Aber das läuft so nicht. Ich bin so lange bei Johanna geblieben, bis die Ärzte mir versichert haben, dass sie über den Berg ist. Jetzt liegt sie zwar noch im Koma, aber das ist zu ihrem Besten. Wenn alles gut geht, kann sie in wenigen Tagen aus dem künstlichen Schlaf herausgeholt werden.«

»Ich wünsche Ihnen und der Kleinen nur das Beste.« Susanne räusperte sich. »Wenn ich übernehmen soll ...«

»Nein, nein, ich mache meinen Dienst, keine Angst.« Wieder klang seine alte Aggressivität durch, doch im nächsten Moment sagte er: »Sorry. Ich weiß, Sie meinen es gut. Aber ich brauche jetzt diese Konzentration, muss mich ablenken. Sonst werde ich noch verrückt.«

»Verstehe.« Susanne wandte sich ab und sah aus dem Fenster, doch sie behielt die Anzeigen der nautischen Geräte durch die Spiegelung im Auge. Wolfgang Wallburger war jedoch voll konzentriert, und er blieb es auch den Rest der Reise über.

Die Fahrt endete diesmal wieder in Budapest. Zwei Tage lang blieb die *Donauperle* in Ungarns Hauptstadt vor Anker. Während sie durch das bewaldete Donautal auf Budapest zusteuerten, erläuterte Christian den Reisenden über Lautsprecher die verschiedensten Ausflugsziele.

Wie erwartet, interessierten sich die meisten Gäste für eine Stadtrundfahrt, aber auch der Ausflug nach Schloss Gödöllő wurde gut gebucht.

»Sie wissen sicher schon, liebe Gäste«, sagte Christian, »dass Schloss Gödöllő einer der Lieblingsorte der Kaiserin Sisi war. Aus Anlass der Krönung Elisabeths und Kaiser Franz Josephs zu Königin und König von Ungarn schenkte Graf Andrássy dem Herrscherpaar im Namen des Volkes dieses Schloss als Landsitz. Hierher flüchtete die unglückliche Kaiserin sehr oft, ritt aus oder traf sich mit Freunden, die am Kaiserhof in Wien nicht gern gesehen waren. Also tauchen Sie ein in die Vergangenheit – und genießen Sie die herrliche Landschaft, in die das Schloss eingebettet ist.«

Susanne hörte seinen Ausführungen ebenso fasziniert zu wie die Gäste, und spontan beschloss sie, ebenfalls zu dem Schloss zu fahren. In Budapest war sie schon mehrfach gewesen, in Gödöllő erst einmal, und das war viele Jahre her.

Auf dem Weg zu einem der Ausflugsbusse traf sie Melanie. Die junge Kellnerin wirkte sehr angespannt, und Susanne fiel gleich auf, dass sie sich oft umdrehte und verängstigt umschaute.

»Sag jetzt nicht, dass du ihn wieder hier entdeckt hast, diesen Rasinsky.« Auch sie sah sich forschend um, konnte aber den Stalker, der Melanie in Angst und Schrecken versetzte, nicht entdecken.

»Ich weiß es nicht. Tut mir leid, ich werde noch wahnsinnig.« Melanies Augen schimmerten feucht. »Immerzu sehe ich ihn – und das, obwohl er nicht da ist. Zumindest macht er sich nicht bemerkbar.«

»Komm, wir gehen dort hinten in den Bus. Der ist schon fast komplett besetzt, da kann er nicht zusteigen.« Rasch zog Susanne die Jüngere mit sich.

Während der Fahrt entspannte sich Melanie. Sie saß mit Susanne in der letzten Reihe des Wagens und hörte der ungarischen Reiseleiterin zu, die ausführlich über das Schloss, seine Geschichte und die Liebe Kaiserin Elisabeths zu diesem Landstrich erzählte.

»Ich bin so froh, dass du mitfährst.« Melanie lehnte den Kopf an die Fensterscheibe. »Fast wäre ich zurück zum Schiff gelaufen. Dabei hab ich mich so auf diesen Ausflug gefreut.«

»Dann werden wir ihn zusammen auch genießen.« Susanne fiel ein, dass vor einigen Wochen die reizende Ellen Kornacker und ihre Enkelin diesen Ausflug hatten unternehmen wollen. Wie sehr hatte sich die alte Dame auf Budapest und die Umgebung der Hauptstadt gefreut! Sie hatte es kaum erwarten können, die Orte wiederzusehen, die sie einst mit ihrem Mann besucht hatte.

Aber dann war sie kurz nach der Ankunft in Budapest zusammengebrochen. Die Aufregung, die Vorfreude auf alles, das sie so schön in Erinnerung hatte, war zu viel für die alte Dame gewesen. Sie musste ins Krankenhaus gebracht werden.

Susanne wusste nur, dass sie einen leichten Herzinfarkt erlitten hatte, wie ihr Befinden nach der Behandlung war, entzog sich ihrer Kenntnis. Doch sie hoffte für die liebenswerte alte Dame, dass sie rasch wieder gesund geworden war.

Während sie an Ellen und ihre Enkelin dachte, zog draußen die wunderschöne Landschaft an ihnen vorbei.

Das große Barockschloss lag inmitten von Wiesen und kleineren Waldstücken. Seit der Restaurierung erstrahlten die Wände in hellem Weiß, und auch die prunkvollen Räume waren exzellent erneuert worden, wie Susanne ein paar Minuten später anerkennend feststellte.

Susanne blieb während der Führung für ein paar Minuten in dem Raum zurück, in dem kostbares Porzellan ausgestellt war. Melanie und die anderen gingen bereits weiter und bewunderten die prachtvollen kaiserlichen Räume. Vor allem die privaten Gemächer der Kaiserin, die nach ihren Wünschen in einem zarten Veilchenton gestrichen waren, begeisterten Melanie. Staunend sah sie zu der Wachsfigur hinüber, die naturgetreu die Kaiserin darstellte.

Gerade als sie sich nach Susanne umschauen wollte, trat ein Mann hinter sie und flüsterte: »Wenn wir erst zusammen sind, kannst du dir dein Zimmerchen auch so ausmalen. Ich komme dich dort besuchen, meine kleine süße Kaiserin.

Aber du brauchst dann kein Kleid anzuhaben.« Ein heiseres Lachen folgte.

Mit einem Ruck drehte sich Melanie um. Ihre Augen waren vor Entsetzen geweitet, doch noch ehe sie schreien konnte, war Burkhard Rasinsky wie vom Erdboden verschluckt. So, als hätte sie ihn sich nur eingebildet. Aber da war eine Rose, die vor ihren Füßen lag … Beinahe wäre sie auf die kleine rote Blüte getreten.

»Was ist los?« Susanne stellte sich neben Melanie, die wie erstarrt dastand und auf die Rose starrte.

»Er … er war da«, stammelte sie und wies auf die Blume.

»Verdammt.« Susanne bückte sich und hob die Rose auf, während sie sich suchend umschaute.

»Er hat gesagt, dass er mir auch so ein violettes Zimmer einrichten wird, wenn wir erst zusammen sind.« Melanies Stimme kippte, sie war offenbar kurz davor, die Nerven zu verlieren.

»Ruhig, ganz ruhig, ich bin ja da, er kann dir nichts anhaben.« Susanne legte den Arm um Melanie, die am ganzen Körper zitterte. »Wir gehen mal an die Luft.«

»Wenn da nicht die Blume wäre, könnte man glauben, ich sei verrückt geworden.« Melanie hob das Gesicht der Sonne entgegen. »Wenn ich doch nur den Mut gehabt hätte, ihn festzuhalten. Aber ich war so perplex … und ehe ich reagieren konnte, war er schon wieder in der Menge verschwunden. Wie ein Phantom.«

»Er ist kein Phantom, sondern ein gestörter Mensch, den man dingfest machen muss.«

»Aber wie soll das gehen? Er ist ja nicht zu fassen!«

»Oh doch, das ist er! Irgendwann auf jeden Fall. Und dann muss er sich verantworten.« Susanne wies auf eine Bank, die im Schatten von ein paar alten Platanen stand. »Komm, wir setzen uns dahin und warten ab, bis die Führung zu Ende ist. Und dann schauen wir, in welchen Bus er einsteigt. Den Kerl schnappe ich mir und stelle ihn zur Rede, versprochen!«

Aber Burkhard Rasinsky tauchte nicht mehr auf. Wie vom Erdboden verschluckt schien er zu sein, und auch in Budapest, direkt vor dem Schiff, wo sie später auf ihn warteten, erschien er nicht.

»Er ist sicher mit dem eigenen Wagen unterwegs«, sagte Melanie.

»Wieso hat er so viel Freizeit? Muss er nicht arbeiten?«

Melanie zuckte mit den Schultern. »Ich weiß es nicht. Vielleicht hat er einen Job, bei dem er viel unterwegs sein kann. Oder er arbeitet gar nicht. Ich hab keine Ahnung, was er jetzt macht. Damals, als ich ihn kennenlernte, hat er erzählt, er sei Pharmavertreter.«

»Das erklärt, warum er so viel in Deutschland herumreisen kann. Aber hier in Ungarn kann er keine Geschäfte machen.«

»Stimmt. Nur leider hilft mir die Erkenntnis auch nicht weiter.« Melanie seufzte auf. »Ich geh auf meine Kabine, wenn du nichts dagegen hast.«

»Soll ich mitkommen?«

»Nein, nein, bleib du noch ein bisschen in der Stadt, wenn du magst. Tut mir eh leid, dass ich dir die Besichtigung von Gödöllő versaut habe.«

»Das hole ich irgendwann nach, kein Problem.« Susanne lächelte sie aufmunternd an. »Das Schloss steht schon seit dem achtzehnten Jahrhundert, da wird es auch noch länger stehen und auf meinen Besuch warten können. Ich geh jetzt da drüben ins Café und genehmige mir ein Stück Torte.« Sie wies auf ein kleines, schmalbrüstiges Haus, in dem eine Konditorei untergebracht war. Drei Tische standen vor dem Schaufenster, und Susanne bekam noch einen freien Platz im Halbschatten.

Ein alter grauhaariger Kellner servierte ihr gerade den Kaffee und ein viel zu großes Stück Käsekuchen, als ihr Handy summte.

Entschuldigend lächelte sie den alten Mann an, ehe sie sich meldete.

»Hallo, Schönheit.« Florians Stimme klang wie immer warm und zärtlich. »Wo steckst du gerade?«

»In Budapest.« Rasch berichtete sie ihm von dem Vorfall mit Melanies Stalker.

»Irgendwann kriegt ihr ihn«, versicherte ihr Florian.

»Und was machst du heute?« Sie lehnte sich zurück und schloss die Augen, so fühlte sie sich ihm ein wenig näher.

»Dein Onkel und ich fahren gleich zur Winzergenossenschaft. Danach schau ich mal nach der Abfüllanlage. Die macht uns schon seit Tagen Probleme.«

»Es wäre übel, wenn die defekt wäre.«

»Vielleicht hakt nur was. Mal sehen.« Er machte eine kleine Pause, dann sagte er mit zärtlicher Stimme: »Du, ich hab wahnsinnige Sehnsucht nach dir. Ich kann es kaum erwarten, dich wieder in den Armen zu halten.«

»In zehn Tagen hab ich ja fast eine Woche frei. Dann komme ich heim aufs Gut.«

»Ich freu mich schon jetzt darauf, meine Süße. Ich vermisse dich.«

»Ich vermisse dich auch.«

»Vielleicht können wir uns sehen, wenn du auf der Rückfahrt in Dürnstein bist.«

»Das wäre schön.« Sehnsucht schwang in Susannes Stimme mit. »Bis dahin.«

»Ich liebe dich.«

Im Hintergrund erklang lautes Hundegebell.

»Was ist denn mit Nick los?«

Florian lachte. »Er jagt Tauben. Ebenso leidenschaftlich wie erfolglos.«

»Das kann ich mir vorstellen.« Susanne seufzte auf. »Ich wäre jetzt so gern bei dir.«

»Und ich würde dich gern in den Armen halten.« Florians Stimme wurde ganz dunkel, und Susanne schloss die Augen in der Erinnerung an all die leidenschaftlichen und zärtlichen Worte, die er ihr mit dieser dunklen Stimme erst vor Kurzem zugeraunt hatte.

13

Während der Reise von Budapest über Bratislava und Wien war herrliches Wetter gewesen, die Stimmung der Gäste an Bord ausgezeichnet. Doch nun, da sich das Schiff Krems näherte, setzte plötzlich wolkenbruchartiger Regen ein. Wie dünne graue Fäden fiel das Wasser aufs Deck des Schiffes, und die reizvolle Landschaft, gestern noch von vielen bewundert, war kaum noch auszumachen.

In der Bordküche ging es an diesem Tag besonders hoch her – wie immer an Regentagen. Da mussten die Passagiere mit ausgefallenen Schmankerln bei Laune gehalten werden, und so waren Küche und Service eifrig bei der Sache.

Auch Thomas Helmig, der Patissier, hatte sich etwas Außergewöhnliches einfallen lassen. Am frühen Nachmittag lud er die interessierten Passagiere in die Küche ein, wo sie unter seiner Anleitung selbst Pralinen herstellen konnten.

Sein Angebot wurde von vielen Gästen der *Donauperle* freudig angenommen. Thomas musste sich zusammenreißen, um seine Nervosität zu verbergen. Gegen siebzehn Uhr war er mit Jeanette in der Bar verabredet, sie wollten das neue Programm, das sie gemeinsam konzipiert hatten, proben.

Doch obwohl er so angespannt war, arbeitete er konzentriert und mit viel Engagement. Die Damen, die sich in der Küche aufhielten und versuchten, unter seiner Anleitung kleine süße Köstlichkeiten zu zaubern, waren von ihm begeistert. Zumal es zwischendurch immer wieder ein Gläschen Sekt gab, das die Stimmung noch mehr hob.

Als die außergewöhnliche Küchenshow endlich beendet war, atmete Thomas auf. Rasch half er den drei Küchenhilfen, alles aufzuräumen, dann hastete er in seine Kabine, duschte und zog sich den schwarzen Smoking an, den er zu tragen pflegte, wenn er Jeanette am Flügel begleitete.

»Wow, du bist ja schon umgezogen!« Jeanette begrüßte ihn mit einem Kuss. Sie selbst trug zur dunklen Jeans einen locker fallenden hellroten Pulli.

»Ich weiß nicht, ob ich später noch Zeit dazu habe.«

»Immer noch nervös?« Jeanette strich ihm liebevoll über die Wange. »Wir sind gut, das hast du doch von so vielen Seiten gehört. Also entspann dich.«

»Du hast gut reden! Du bist Profi!«

»Ich hab auch jedes Mal wieder Lampenfieber. Das gehört einfach dazu.« Jeanette stellte sich neben den Flügel. »Womit wollen wir anfangen?«

»Am besten mit drei von deinen bekanntesten Liedern. Danach würde ich gern noch die beiden Piaf-Songs probieren, da hatte ich so meine Schwierigkeiten.«

Eine knappe Stunde lang übten sie konzentriert, dann begann Jeanette plötzlich, den Lovesong aus *Bodyguard* zu summen, den Whitney Houston weltberühmt gemacht hatte: »I will always love you«, sang sie und traf dabei jeden Ton. Bei der Liedzeile sah sie Thomas unverwandt an.

»Das willst du auch noch ins Repertoire aufnehmen?« Er ließ die Hände auf den Tasten liegen und sah sie fragend an.

»Was denkst du denn?« In ihren großen Augen blitzte es schelmisch auf.

»Na ja ... Wenn du meinst ...«

»Mir gefällt der Song. Und der Text hat was.« Sie ging zu ihm, beugte sich über ihn und küsste ihn zärtlich.

Thomas erwiderte den langen Kuss leidenschaftlich, dann zog er Jeanette neben sich. »So war das also gemeint.« Er blickte ihr tief in die Augen.

»Unter anderem.« Verliebt sah sie ihn an. »Oder gefällt er dir nicht?«

»Der Song ist gut.« Thomas nahm ihr Gesicht in beide Hände. »Ich fürchte nur, dass ich keinen Ton richtig treffe, wenn ich dir dabei beim Spielen in die Augen sehe.«

»Och, da mache ich mir keine Sorgen.« Jeanette zwinkerte übermütig. »Wir üben erst mal ohne Klavierbegleitung. Was meinst du?«

»Aber nicht hier.« Er sprang auf und zog sie hoch. »Komm mit.«

Auch beim Anlegen in Krems regnete es noch, und nur wenige Gäste verließen das Schiff, um die Stadt zu besichtigen.

Wolfgang Wallburger hatte sich für diesen Tag vom Dienst abgemeldet, um seine Tochter in der Klinik zu besuchen.

»Ich wünsche Ihnen und Ihrer Kleinen alles Gute«, sagte Susanne, die ihm und Dorothee Koller begegnete, kurz bevor das Schiff festmachte. Der Erste war schon in Zivilkleidung, und auch die Restaurantleiterin trug statt ihrer Uniform zur dunkelroten Hose einen hellen Trench.

»Danke, nett von Ihnen.« Wolfgang Wallburger nickte Susanne zu.

»Wow, ihr macht jetzt einen auf Kuschelkurs«, mokierte sich Dorothee und presste die Lippen zusammen, während sie Wolfgang zur Gangway folgte. »Sie gefällt dir wohl inzwischen, unsere junge Kapitänin.«

»So ein Unsinn! Sie war einfach höflich, warum soll ich darauf patzig reagieren?« Er legte den Arm um ihre Taille. »Oder bist du gar eifersüchtig?«

»Pah!« Dorothee warf den Kopf mit dem nachtschwarzen Haar in den Nacken. »Ich bin ja noch nicht mal auf deine Ex eifersüchtig!«

»Dazu besteht schließlich auch nicht der geringste Grund.«

»Ja, ja, schon gut.« Wieder presste sie die Lippen zusammen. »Lass uns losfahren, wir haben sowieso viel zu wenig Zeit für uns allein, seit deine Tochter verunglückt ist.«

»Daraus willst du mir doch wohl keinen Vorwurf machen!«, erwiderte Wolfgang Wallburger zornig. »Ich habe nie einen Zweifel daran gelassen, dass ich meine Kinder sehr liebe. Ihr Wohl geht mir über alles. Und dass ich in die

Klinik will, wann immer es möglich ist, erklärt sich ja wohl von selbst.«

»Nein, ich mach dir keinen Vorwurf. Natürlich nicht. Aber wir haben sowieso kaum Zeit füreinander, und wenn du jetzt in jeder freien Minute in die Klinik fährst ...« Sie brach ab.

»Himmel noch mal, Dorothee, meine Kleine hat tagelang zwischen Leben und Tod geschwebt, nachdem sie zu allem Übrigen nun auch noch eine Lungenembolie bekommen hat. Dass sie jetzt wieder einigermaßen stabil ist, ist ein kleines Wunder.« Er beschleunigte seinen Schritt und hastete auf den Taxistand zu, der sich ganz in der Nähe der Anlegestelle befand.

»Schon gut. Ich sag ja nichts mehr.« Dorothee blieb zögernd neben dem ersten Taxi stehen.

Er hielt ihr die Tür auf.

Sekundenlang zögerte Dorothee, dann schüttelte sie den Kopf. »Weißt du was? Fahr allein in die Klinik. Ich ... ich mache einen Stadtbummel.«

»Ja, aber ...« Kopfschüttelnd sah er sie an. »Wir waren uns doch einig, dass du mitkommst, wenn Johanna wieder bei Bewusstsein ist.«

»Ich hab's mir eben anders überlegt. Mach du einen auf liebenden Vater, ich entspanne mich in der Stadt.«

»Ich muss nicht spielen, dass ich meine Kinder liebe!« An Wolfgang Wallburgers Stirn schwoll eine Ader. »Aber wie du willst. Wir sehen uns dann auf dem Schiff wieder.«

»Genau.« Ohne sich von ihm zu verabschieden, drehte sich Dorothee um und ging davon.

Für einen Moment sah ihr Wolfgang Wallburger nach, dann stieg er ins Taxi und ließ sich zu seinem Kind bringen. So leidenschaftlich er sich auch in Dorothee verliebt hatte – manchmal verstand er sie einfach nicht. Und dass sie so wenig Verständnis dafür hatte, dass er seine Kinder nach wie vor innig liebte, stieß ihn regelrecht ab.

Dorothee ihrerseits kochte vor Zorn. Sie war, gestand sie sich offen ein, wirklich eifersüchtig. Auf Wolfgangs Kinder, seine Freunde, seine ganze Vergangenheit, in der sie noch keine Rolle gespielt hatte.

In der Stadt kaufte sie sich aus Frust eine viel zu teure Handtasche, dann ging sie zurück zum Schiff. Die Lust zu einem ausgiebigen Stadtbummel war ihr vergangen.

In der Lobby traf sie auf die Kapitänin, die sich gerade mit Vanessa Ellermann unterhielt. Ohne Gruß eilte sie an den beiden vorbei, rempelte dabei die Zahlmeisterin an, die ihr kopfschüttelnd nachschaute, da Dorothee sich nicht einmal entschuldigte.

»Wow, der ist aber eine gewaltige Laus über die Leber gelaufen«, kommentierte Vanessa.

»Sie benimmt sich unmöglich.« Susanne sah Dorothee stirnrunzelnd nach. »Wenn sie sich nicht langsam zusammenreißt, werde ich sie mir vorknöpfen. Gestern haben sich ein paar Gäste über sie beschwert.«

»Bei dir?«

»Nein, beim Barkeeper. Ich war zufällig in der Nähe und hab's gehört. Wollte im ersten Moment eingreifen, aber Uwe hat die Situation mit einem großen Drink entspannt.«

»Drink … Das ist ein gutes Stichwort. Was hältst du von einem kleinen Cocktail? Viel Maracujasaft und wenig Gin … danach wäre mir jetzt.«

»Da bin ich dabei.«

14

Samtblau spannte sich der Himmel über Gut Mattner. Die Sonne stand schon tief im Westen, und nach und nach kehrten Florian und seine Mitarbeiter von den sechs verschiedenen Weingärten, die zum Gut gehörten, nach Hause zurück. Seit Tagen waren alle damit beschäftigt, die Reben zu säubern, das heißt, etliche Triebe abzuschneiden und die stärksten hochzubinden. Es war eine anstrengende, schweißtreibende Arbeit, doch sie gehörte nun einmal dazu, wenn man eine gute Ernte einbringen wollte.

Mit einem kleinen Seufzer ließ sich Florian auf die alte Bank sinken, die vor seinem Häuschen stand, und streifte sich die schweren, schmutzigen Schuhe ab. Für einen Moment schloss er die Augen und hielt das Gesicht in die Sonne.

Plötzlich spürte er weiche Lippen auf seinem Mund – und zuckte zusammen. Reflexartig schob er die Frau, die sich tief über ihn gebeugt hatte, von sich.

»Was machst du denn hier?« Unwillig sah er Anette Reschbach an, deren Gesicht immer noch wenige Zentimeter über seinem war. In ihren grünen Augen blitzte es auf, und ihr Mund, blutrot geschminkt wie so oft, kam seinem wieder nahe.

»Ich hatte Sehnsucht nach dir.« Leise lachte sie auf. »Und ich hoffe, du freust dich, mich zu sehen.«

»Absolut nicht.« Er wollte aufstehen, doch sie setzte sich so schnell auf seinen Schoß, dass er nicht reagieren konnte.

»Ich hab's kaum erwarten können, dich wiederzusehen«, raunte sie, legte die Arme um seinen Nacken und versuchte, ihn erneut zu küssen.

»Verdammt, Anette, lass das!« Hart umklammerte Florian ihre Arme und schob sie von sich.

»Aber ich liebe dich! Nur dich! Das weiß ich jetzt genau. Und du hast mich doch sicher auch noch nicht vergessen, oder?« Sie drängte sich so fest an ihn, dass er ihre kleinen festen Brüste spüren konnte. »Ich weiß, dass du nicht vergessen kannst, wie toll wir es miteinander hatten.« Ein kehliges Lachen folgte. »Im Bett haben wir uns so gut verstanden …«

»Schluss! Steh endlich auf!« Er schob sie so energisch von sich, dass sie beinahe gefallen wäre. Auch er erhob sich und hielt Anette, die sich gleich wieder an ihn schmiegen wollte, auf Abstand.

»Lass es endlich!« Kopfschüttelnd sah er sie an. »Ich will nicht unfreundlich werden, aber es ist wirklich besser, wenn du jetzt gehst.«

»Nein!« Wütend stampfte sie auf. »Ich kann nicht gehen! Ich brauche dich!«

»Quatsch.«

»Doch. Sehr sogar.« Von einer Sekunde zur anderen änderte sich ihr Gesichtsausdruck. Ihre Lippen zitterten, und die Augen schwammen in Tränen. »Mein Vater hat … er ist …« Schwer atmete sie ein und aus. »Er hat einen Herzinfarkt erlitten. Liegt schon seit Tagen auf der Intensivstation.«

»Das tut mir leid.«

»Ja. Mir auch. Aber der Betrieb … du musst zurückkommen, Florian. Unbedingt.«

Er schüttelte den Kopf und betrachtete sie. Auch jetzt noch, da ihre Augen tränenverhangen waren und die schwarze Wimperntusche kleine dunkle Bahnen auf ihre Wangen gemalt hatte, war sie wunderschön. Ihre Mundwinkel zuckten, und sie biss sich immer wieder kurz auf die Unterlippe – so, wie sie es früher schon getan hatte, wenn sie ihm das hilflose, schutzbedürftige Frauchen vorgespielt hatte.

Aber Anette war alles andere als das!

»Lass gut sein, Anette. Du brauchst nicht so zu tun, als kämt ihr nicht allein zurecht, du und deine Mutter. Ihr seid beide Winzerinnen, könnt den Betrieb auch eine Weile ohne deinen Vater leiten.«

»Nein! Können wir nicht!« Mit einer knappen Bewegung wischte sie sich die Tränen ab. »Meine Mutter ist von vorgestern in ihren Ansichten, sie versteht vom Weinmachen so gut wie gar nichts mehr. Außerdem sitzt sie ununterbrochen in der Klinik, heult und hält bei meinem Vater Händchen.«

»Ist verständlich, oder?«

»Ja, ja, stimmt schon. Hilft aber nicht weiter.«

»Dann musst du eben ran.« Er ging auf die Haustür zu.

»Ich muss jetzt erst mal duschen. Warte hier auf mich. Wir können dann gern besprechen, was zu tun ist.« Er zuckte leicht mit den Schultern. »Obwohl ich mir sicher bin, dass du es genau weißt. Und euer alter Kellermeister erst recht.«

»Ach, der ...« Sie begleitete ihre Worte mit einer wegwerfenden Handbewegung. »Der ist auch total von der Rolle, seit Vater krank ist.«

»Das ist doch nachzuvollziehen, oder? Schließlich haben die beiden mehr als dreißig Jahre lang zusammengearbeitet, sind Freunde geworden.« Florian ging zur Tür. »Ich mach mich erst einmal frisch. Seit früh um sechs stecke ich in den Klamotten.« Energisch zog er die Tür hinter sich zu.

Für ein paar Minuten blieb Anette auf der Bank sitzen. Sie lehnte den Kopf mit dem roten Haar an die Hauswand und sah hinüber zum Gutshaus, das um etliches kleiner war als ihr Elternhaus. Aber es war ein gepflegtes Anwesen, das erkannte sie genau, und auch die Weinhänge, die sich rechts und links vom Gutshof erstreckten, wirkten sehr ordentlich.

Sie sah, dass ein Auto über den breiten Weg hin zu den Hofgebäuden fuhr, jemand hupte laut, woraufhin Hundegebell ertönte.

Nur noch kurz zögerte Anette, dann ging sie ins Haus. Aus dem hinteren Bereich hörte sie das Rauschen der Dusche. Ein ironisches Lächeln glitt über ihr Gesicht, während sie die Knöpfe der grünen Seidenbluse öffnete und mit katzenartiger Geschmeidigkeit aus der hellen Hose stieg.

Die champagnerfarbene Spitzenunterwäsche fiel dicht vor der Badezimmertür zu Boden.

Leise trat sie ein – und war bei Florian unter der Dusche, ehe der reagieren konnte.

»Verdammt noch mal, Anette!« Unter halb geschlossenen Augen, in denen noch ein Rest des Duschschaums brannte, sah er sie an, während er versuchte, sie von sich zu stoßen.

In der kleinen Duschkabine war das schlichtweg unmöglich, Anette drängte sich immer wieder an ihn, legte die Arme um seinen Nacken und ließ ihn ihre Rundungen spüren.

»Raus!« Entschlossen griff er nach ihren Händen, stieß mit einem Fuß die Kabinentür auf und schob Anette hinaus. »Du hast sie ja nicht mehr alle!«

»Aber ich …« Anette taumelte, glitt auf dem nassen Kachelboden aus und fiel hin. Einmal schrie sie kurz auf, dann war es still.

Besorgniserregend still.

»Anette?« Mechanisch griff Florian das Duschtuch, das auf einem kleinen Hocker links von der Dusche hing, schlang es sich um die Hüften und kniete sich neben Anette, die wie leblos vor ihm lag. Ihre kleinen Brüste, die sich noch vor drei Minuten so fest an ihn gepresst hatten, bewegten sich kaum bei ihren flachen Atemzügen, sodass Florian Angst bekam.

Vorsichtig hob er ihren Kopf ein wenig an, schaute nach etwaigen Verletzungen – nichts war zu erkennen.

»Anette, mach keinen Blödsinn!« Angst schwang in seiner Stimme mit. Er beugte sich tiefer über sie, versuchte, ihren Atem zu spüren – und wurde im nächsten Moment von Anette zu Boden gezogen.

Halb lag er über ihr, spürte ihre Finger, die an dem feuchten Duschtuch nestelten, und fühlte ihre Lippen an seinem Hals.

»Verdammt noch mal, was soll das? Ich hab schon Angst gehabt, du hättest dich verletzt.« Er wollte sich aufrichten, doch Anette hielt ihn mit aller Kraft fest.

»Oh, Verzeihung, ich …« Markus Mattner stand an der Tür und sah stirnrunzelnd auf das verschlungen auf dem Boden liegende Paar.

»Markus, ich …« Florian versuchte, sich aus ihrer Umarmung zu lösen. »Es ist alles ganz anders.« Wasser tropfte aus seinen Haaren, und er blickte abwechselnd von seinem Chef zu Anette, die sich ungeniert auf dem Boden rekelte und keinerlei Anstalten machte, ihre Blöße zu bedecken. »Markus, bitte warte!«

Noch zwei, drei Herzschläge lang blieb der Winzer an der Tür stehen, dann drehte er sich um und ging.

»Du gemeines, hinterhältiges Miststück!« Mit einem Satz sprang Florian auf. »Raus! Verschwinde, ehe ich mich vergesse!«

»Aber Darling … was ist denn schon dabei?« Anette stand aufreizend langsam auf. »Jeder kann sehen, dass wir uns lieben und …«

»Raus!« Ohne Rücksicht darauf zu nehmen, dass Anette nackt war, zog Florian sie mit sich. Im Vorbeigehen hob er ihre Kleider auf.

In der kleinen Diele hielt er sie ihr hin. »Los, zieh dich

an, wenn du nicht willst, dass ich dich so, wie du bist, rauswerfe.«

Kalte Wut schwang in seiner Stimme mit, und Anette erkannte, dass sie jetzt und hier keine Chance mehr hatte, ihn für sich zu gewinnen.

»Du bist ein Idiot«, fauchte sie. »Hast du immer noch nicht kapiert, was du verlierst?«

»Ich weiß, was ich hier gewonnen habe. Und jetzt geh endlich!«

»Du bist verrückt!« Anette zog sich betont langsam und aufreizend an, doch Florian würdigte sie keines Blickes mehr. Starr sah er geradeaus, während er die Eingangstür offen hielt.

Kaum war Anette draußen, schlug er die Tür mit lautem Knall hinter ihr zu. Das Herz klopfte ihm vor Zorn hoch im Hals, während er sich anzog.

Er nahm sich nicht die Zeit, seine Haare zu trocknen. So schnell als irgend möglich wollte er zu Markus Mattner, um ihm alles zu erklären.

»Dieses Miststück! Dieses hinterhältige Biest!«, schimpfte er leise vor sich hin, während er hinüber zum Gutshaus hastete. An der Haustür, die nur angelehnt war, zögerte er kurz, aber dann ging er hinein.

»Markus!« Zögernd blieb er in der weitläufigen Diele stehen. Wie immer war ein Krug mit frischen Blumen auf der alten Kommode links von der Tür platziert, die zum Esszimmer führte. Und auch die geschnitzte Bank, an deren Rücken die Jahreszahl 1883 angebracht war, stand an ihrem Platz.

Und doch ... etwas irritierte Florian. War es die fast geisterhafte Stille? Oder ... Er sah sich um. Die Tür zum Büro des Winzers war geöffnet, was ungewöhnlich war.

»Markus! Beate! Hallo!«

Als er immer noch keine Antwort bekam, ging er auf die Bürotür zu – und stieß in der nächsten Sekunde einen unterdrückten Schreckensschrei aus.

Markus Mattner saß mit schmerzverzerrtem Gesicht auf seinem Bürostuhl, der Oberkörper hing zur Seite, die linke Hand hatte der Winzer in den Stoff seines Hemdes gekrallt. Etliche der auf dem Schreibtisch gestapelten Papiere waren zu Boden gefallen.

Dies alles registrierte Florian eher beiläufig, seine ganze Aufmerksamkeit war auf Markus gerichtet.

»Markus!« Mit zwei langen Schritten war er bei seinem Chef, kontrollierte den Puls und versuchte dann, den halb Ohnmächtigen aufzurichten.

Markus Mattner reagierte nicht, nur drei schmerzvolle Laute kamen über seine Lippen, als Florian ihn kurz entschlossen hochhob und dann vorsichtig auf die Erde bettete. Gleich danach wählte er den Notruf.

Verdammt, Anette, das ist deine Schuld, schoss es ihm durch den Kopf, als er sich neben den Ohnmächtigen kniete. Mit der einen Hand tastete er zaghaft nach Markus' Puls, mit der anderen tippte er Beates Nummer in sein Handy.

»Hey, Florian, was ist los? Ich bin gerade mit Nick unterwegs, aber wir sind schon auf dem Rückweg. Wir waren oben bei der alten Kapelle.«

»Dann beeil dich bitte. Markus ist zusammengebrochen, die Rettung ist unterwegs, mach dir keine zu großen Sorgen.«

Im gleichen Moment, in dem er es aussprach, wurde ihm die Absurdität der Worte klar. Natürlich würde Beate sich Sorgen machen!

»Du, ich glaube, da ist schon der Notarztwagen. Ich muss auflegen.«

Beates Antwort hörte er nicht mehr, nur Nicks lautes, übermütiges Bellen.

Leise plätscherte der dünne Wasserstrahl von einer Steinsäule aus in den Brunnen, den Katrin sich vor einer Woche hatte installieren lassen. Das ovale Steingefäß war nicht groß, doch eine hellrote Seerose konnte darin ihre wunderschöne Blüte entfalten.

In einer Gartenausstellung hatte Katrin dieses Arrangement gesehen und sich sofort verliebt. Ebenso in den auf alt getrimmten Eisentisch, zu dem zwei zierliche Stühle aus dem gleichen Material gehörten.

In der Ausstellung hatte ein altes Mokkaservice auf dem Tischchen gestanden, doch das gefiel Katrin nicht. Sie hatte einen Bastkorb, gefüllt mit rosafarbenen Minirosen, dazu noch ein Windlicht, auf dem Tisch arrangiert. Immer wieder schaute sie von ihrem Arbeitsplatz, den sie extra ein Stück weit verrückt hatte, hinüber zu der neuen Deko in ihrem Garten.

Gerade hatte sich eine Amsel am Brunnen niedergelassen und trank das frische Wasser.

Es war ein harmonisches, friedliches Bild – bis Wotan durch das Loch in der Hecke kam, die Amsel erblickte und mit drei Sätzen an der Vogeltränke war.

»Ach Wotan, das ist doch nicht für dich gedacht!« Katrin stand auf und ging zur Terrasse, wo Wotan es sich schon auf ihrer Liege gemütlich gemacht hatte. Auf der hellen Auflage zeigte sich ein großer Wasserfleck, und für einen Moment war Katrin versucht, den Hund von der Liege zu scheuchen.

Aber da hob Wotan eine Pfote, gerade so, als wolle er sie begrüßen. Dabei bellte er zweimal kurz und ließ dann sowohl den großen Kopf als auch die Pfote wieder auf die bequeme Unterlage sinken.

»Du bist unmöglich, aber ich kann dir einfach nicht böse sein«, murmelte Katrin. »Sicher bist du Frau Heuberger wieder entwischt.« Sie strich Wotan über den Kopf, dann ging sie zurück an ihren Schreibtisch. Mit der Arbeit an ihrem neuen Buch kam sie gut voran, denn immer wieder ließ sie Szenen, die sie mit Alex und Mia erlebt hatte, einfließen. Die quirligen Nachbarskinder waren ein Quell der Inspiration.

Heute allerdings war es nebenan ungewöhnlich still. Es war Mittwoch, die Praxis hatte geschlossen, und Ralf war auf Hausbesuchsrunde. Seine Kinder waren auf einem Kindergeburtstag eingeladen, und Frau Heuberger, die Haushälterin, hatte Waschtag, wie sie es immer noch nannte. So wie stets bei schönem Wetter hingen große Laken auf der Leine im Garten.

Etwa eine halbe Stunde arbeitete Katrin konzentriert weiter an ihrem Manuskript, dann wurde sie durch Wotans aufgeregtes Bellen aufgeschreckt. Sie blickte auf – und ein Lächeln glitt über ihr Gesicht.

»Aus, Wotan. Und bleib!« Ralfs Stimme klang energisch wie selten, und sofort legte sich Wotan wieder hin.

»Du bist schon da!« Katrin ging zur Terrassentür und empfing Ralf mit einem innigen Kuss. »Wie wunderbar! Ich freu mich.«

Zum Antworten kam Ralf erst einmal nicht, er musste Katrin mit weiteren langen und zärtlichen Küssen begrüßen.

»Ich hab mich beeilt«, murmelte er zwischendurch. »Schließlich haben wir nicht sehr oft sturmfreie Bude.« Zärtlich sah er sie an, wobei er sanft ihren Rücken streichelte. »Hast du mich vermisst?«

»Sehr.«

»Ich dich auch. Aber jetzt bist du endlich da.« Er nestelte am Verschluss ihres Kleides.

»Und Frau Heuberger?« Katrin lehnte sich in seinen Armen zurück. »Was soll die von uns denken?«

»Die ist vor wenigen Minuten nach Hause gefahren.« Er grinste übermütig. »Ich habe ihr versprochen, die Wäsche später zusammen mit dir zu falten und ins Haus zu bringen.«

»Was du so alles versprichst …«

»Was soll ich dir versprechen?«, murmelte er dicht an ihren Lippen.

»Gar nichts. Mir genügt, dass du da bist.« Katrin wühlte ihre Finger in sein dichtes dunkles Haar. Seit sie Ralf kannte, hatte sich ihr ruhiges, beschauliches Leben von Grund auf verändert. Seine Liebe, seine Leidenschaft waren überwältigend, und Katrin gestand sich ein, dass sie nie zuvor so empfunden hatte wie für ihn.

Und auch jetzt ließ er sie in wenigen Minuten alles um sich herum vergessen, denn er hob sie hoch, als sei sie ein Fliegengewicht, und trug sie hinüber in ihr Schlafzimmer.

Immer wieder hauchte er kleine Küsse auf ihre Wangen, ihre Stirn, ihre Lippen, während er sie zärtlich auszog. Dann, nach einem langen, leidenschaftlichen Kuss, entledigte er sich der eigenen Kleidung, beugte sich langsam über sie und küsste jeden Zentimeter ihrer Haut.

Katrin musste sich zusammennehmen, um nicht vor Lust laut aufzuseufzen. Seine Lippen hinterließen eine heiße Spur auf ihrer Haut, und seine Hände, die nicht aufhören wollten, sie zu streicheln, entfachten ein loderndes Feuer in ihr.

Sie legte ihre Hände fester um seinen Nacken, drängte sich ihm entgegen und flüsterte: »Komm. Komm endlich zu mir. Ich halt's nicht mehr aus!«

Ein leises, kehliges Lachen kam über seine Lippen. Noch einmal küsste er sie lange, seine Zunge spielte mit ihrer, was Katrins Leidenschaft noch mehr anstachelte.

Langsam, ganz langsam bewegte er sich zunächst in ihr und fachte ihre Lust ins schier Unerträgliche an, bis er auch noch seinen Rhythmus steigerte. Immer wieder küsste er Katrin, murmelte tausend verrückte Zärtlichkeiten in ihr Ohr und er hörte erst auf, als sie beide gemeinsam den Höhepunkt erreichten.

Leise lachend und mit strahlenden Augen lagen sie dann dicht beieinander und sahen sich nur an, während sie die Finger ineinander verflochten hielten.

Ralf zog ihre Hand an seine Lippen. »Weißt du, dass du einen anderen Menschen aus mir gemacht hast?«

»Hab ich das?«

»Ja. Ich hätte nie an ein zweites, noch viel größeres Glück geglaubt. Ich liebe dich, Katrin.«

»Ich liebe dich auch. Sehr.«

Das leise Summen ihres Handys zerriss die romantische Stimmung.

»Ich geh nicht dran.« Katrin legte den Kopf an seine Brust.

»Braves Mädchen.« Sachte streichelte er ihren Nacken, ließ dann die Finger tiefer gleiten, so, als wollte er jeden ihrer Wirbel stimulieren.

»Nein! Was ist denn nur los?« Mit einem Ruck richtete sich Katrin auf, denn das durchdringende Läuten des Telefons, das auf ihrem Schreibtisch stand, zerstörte den Kokon aus Liebe und Leidenschaft, der sie für eine Weile eingehüllt hatte.

Nackt, wie sie war, ging sie zum Nebenzimmer und hob den Hörer ans Ohr.

»Mattner«, meldete sie sich, ohne aufs Display zu schauen, was sie sonst immer tat. Sekundenlang hörte sie zu, dann kam ein unterdrückter Schrei, der mehr ein Schluchzen war, aus ihrer Kehle. Langsam drehte sie sich schließlich zu Ralf um, der hinter sie getreten war. Tränen standen in ihren Augen, und ihre Stimme zitterte.

»Ich komme. Ich komme, so schnell es geht«, sagte sie nur mehrmals ins Telefon, ehe sie wie in Trance den Hörer zurücklegte.

»Was ist passiert?« Ralf schlang vorsichtig den Arm um ihre zuckenden Schultern.

Katrin presste sekundenlang die Lippen zusammen. Mit einem Ruck löste sie sich aus seinen Armen.

»Ich muss heim. Sofort«, stieß sie hervor. »Onkel Markus hatte einen Herzinfarkt.«

»Oh, das tut mir leid. Was hat denn deine Tante noch gesagt?«

»Nichts. Sie ist auf dem Weg zu Onkel Markus in die Klinik. Das jetzt war Florian. Er ist völlig fertig.« Sie biss sich auf die Lippen. »Er sagt, er sei an allem schuld ...« Kopfschüttelnd sah sie zu Ralf hoch. »Warum sagt er so was? Was ist da nur passiert?«

»Stimmt es, dass Jeanette Berger ihr Engagement um zehn Tage verlängert hat?« Wolfgang Wallburger schaute Susanne fragend an. Sie standen beide an Deck und sahen dem Einladen der neuen Vorräte zu. In Kisten und auf Paletten wurden sowohl Getränke, Konserven als auch Frischware angeliefert.

»Das stimmt.« Ein Lächeln glitt über Susannes angespanntes Gesicht. Sie fühlte sich schon seit dem frühen Morgen nicht wohl, in ihrem Kopf war ein dumpfer Druck, der auch nicht gewichen war, nachdem sie eine Tablette genommen hatte. »Sie hätte nach dem Engagement auf unserem Schiff drei Wochen Urlaub gehabt, den will sie jetzt zeitweise auf der *Donauperle* verbringen.«

Der Erste runzelte die Stirn. »Einfach so? Unbegreiflich.«

»Finden Sie denn nicht, dass man auf unserem Schiff gut entspannen kann?«

»Na ja, das ist Ansichtssache.« Wolfgang Wallburger strich sich über die Stirn. »Entschuldigen Sie mich, ich will noch mal kurz in der Klinik anrufen, ehe wir ablegen.«

»Wie geht es denn Ihrer Tochter?«

Sekundenlang presste Wolfgang die Lippen zusammen. »Sie ist wieder wach«, entgegnete er dann. »Aber sie spricht nicht. Und sie hat auch noch viele motorische Probleme. Wenigstens erkennt sie mich, das merkt man. Und sie versteht das meiste von dem, was man ihr sagt.«

»Das ist ja schon ein kleiner Lichtblick. Ich wünsche Ihnen und Ihrer Kleinen, dass es bald noch weiter aufwärtsgeht. Die Medizin hat so große Fortschritte gemacht ...«

»Danke.« Kurz nickte ihr der Erste zu, und Susanne fiel auf, dass seine Schläfen in den letzten Wochen weiß geworden waren. Sie hatte Mitleid mit ihm. Wenn er ihr auch am Anfang immer wieder Steine in den Weg gelegt hatte – als Vater war er offensichtlich ebenso engagiert wie liebevoll.

Sie schaute auf die Uhr. Noch drei Stunden bis zum Ablegen. Also genug Zeit, bei Florian anzurufen und eventuell noch bei ihrer Schwester.

Auf dem Weg zu ihrer Kabine kam ihr Thomas Helmig entgegen, er trug seine Arbeitskleidung, hielt aber eine rote Rose in der Hand, die er leicht verlegen vor Susanne zu verbergen suchte.

»Na, freuen Sie sich, dass Jeanette noch ein wenig länger an Bord bleibt?«

»Sehr.« Eine leichte Röte flog über sein Gesicht. »Es ist sehr nett, dass Sie ihr die Kabine weiterhin überlassen.«

»Sehr gern. Schließlich wird sie während dieser Reise ohne Gage auftreten, da ist das nur fair. Und sollte es zu einem Engpass kommen ...« Sie zwinkerte Thomas freundschaftlich zu, »dann muss sie eben noch einmal umziehen. Und ich denke, dass Sie sie dann gern bei sich aufnehmen werden.«

»Frau Kapitän, ich muss doch sehr bitten!« Thomas lachte laut los. »Wollen Sie sich einen Kuppelpelz verdienen? So hätte es zumindest meine Großmutter früher gesagt.«

»Stimmt. Den Begriff kenne ich auch noch.« Susanne lachte mit. »Na ja, wenn es sein muss, können Sie ja selbst umziehen. Und jetzt muss ich weiter. Schönen Tag noch.«

»Ebenfalls.« Thomas nickte ihr zu, dann eilte er weiter zu Jeanettes Kabine. Die junge Sängerin hatte noch etliche Male versucht, ihren Pianisten anzurufen, doch ohne Erfolg.

»Weiß der Kuckuck, was in ihn gefahren ist«, schimpfte sie, als sie Thomas von ihrem letzten, wieder vergeblichen Versuch erzählte, den Kollegen zu kontaktieren. »Ich fürchte fast, dass er wieder spielt. Das war vor drei Jahren auch so, kurz nach meinem Durchbruch. Beinahe hätte er meine ersten großen Auftritte verpatzt, weil er entweder zu spät kam oder unkonzentriert war.«

»Warum arbeitest du denn noch mit ihm zusammen? Das muss doch gar nicht sein.«

Jeanette hatte mit den schmalen Schultern gezuckt. »Wir haben denselben Agenten, da ist das einfach naheliegend. Aber nach dem, was er sich jetzt geleistet hat, ist endgültig Schluss. Irgendeinen anderen guten Klavierbegleiter werde ich schon finden.«

»Da bin ich ganz deiner Meinung. Und hier auf dem Schiff kann ich dich weiterhin begleiten. Wenn du magst.«

»Darauf bestehe ich.«

Susanne sprach auf dem Weg zu ihrer Kabine noch kurz mit Melanie, die wieder einmal das Gefühl hatte, dass der Stalker ihr auflauerte. Doch gesehen hatte sie ihn nicht, und er hatte sich bislang auch noch nicht bemerkbar gemacht.

»Aber ich bin mir sicher, dass er in meiner Kabine war. Ein paar Schubladen stehen ein wenig offen, und im Bad war er auch. Ein angebrochenes Parfümfläschchen fehlt.« Sie zögerte und fügte dann leise hinzu: »Auch der BH, den ich gestern getragen habe.«

»Das ist ein starkes Stück.« Susanne legte Melanie den Arm um die Schultern. »Ich lasse das Schiff noch einmal durchsuchen.«

»Nein, nein, das muss nicht sein. Ich möchte kein Aufsehen.«

»Aber er muss doch endlich dingfest gemacht werden, dieser Kerl.«

»Ich passe noch mehr auf als bisher.« Melanie versuchte ein Lächeln, das ihr jedoch misslang. »Er kriegt mich nicht klein.«

»Wenn du doch Hilfe brauchen solltest – sag sofort Bescheid.«

»Mach ich.«

»Dann sehen wir uns später.« Noch einmal nickte Susanne der Jüngeren zu, ehe sie weiterging zu ihrer Kabine. Dabei überlegte sie, ob sie ein frühes Mittagessen einnehmen oder erst einmal versuchen sollte, Florian zu erreichen. Gestern Abend war es spät geworden, das Abschiedsdinner mit den eben ausgecheckten Passagieren hatte sich bis weit nach Mitternacht hingezogen.

Sie ging rasch zu ihrer Kabine und drückte im Handy auf Florians eingespeicherte Nummer – keine Reaktion. Nicht einmal die Mailbox war eingeschaltet.

Sie versuchte es auf dem Gut. Wenn Florian in der Nähe war, würde sie eben da mit ihm telefonieren, oder mit Mutsch oder Onkel Markus.

Aber auch hier erreichte sie niemanden, nur die Mailbox sprang an. Susanne richtete Grüße an alle aus, dann nahm sie sich einen Apfel aus der dunkelblauen Glasschale, die auf dem kleinen Tisch unter dem Fenster stand, und ging damit hoch zur Brücke.

Christian Pichler saß, über einige Papiere gebeugt, links vom Kommandostand und studierte die Unterlagen. Als er

Susanne bemerkte, schloss er die Mappe und stand auf. Er war ungewöhnlich ernst, als er sie ansah.

»Was ist los? Gibt es Probleme?« Susanne schaute ihn fragend an.

»Ich will's nicht hoffen.« Christian machte einen Schritt auf sie zu. »Melanie glaubt, dass der Stalker wieder an Bord ist, aber ich finde keine Buchung von ihm.« Er hielt die Mappe ein wenig von sich ab, dabei fielen einige der Papiere zu Boden.

Susanne und er bückten sich gleichzeitig nach den Unterlagen. Dabei stießen ihre Köpfe leicht zusammen.

»Autsch.« Susanne griff sich an die Stirn, sah hoch – direkt in Christians Augen.

»Sorry. Hat's sehr wehgetan?« Noch immer knieten sie beide auf der Erde. Sacht strich Christian über Susannes Stirn.

Die Berührung seiner Finger, hauchzart im Grunde nur, empfand Susanne wie einen Feuerstrahl. Für zwei, drei Herzschläge lang hielt sie still, sah Christian weiterhin an, der ebenfalls wie gebannt in ihre Augen schaute.

»So, das ist jetzt genug.« Gewaltsam befreite sich Susanne aus dem Zauber, der sie umfangen gehalten hatte. »Du hast keine heilenden Hände, mein Lieber.«

»Woher willst du das wissen?« Christians Stimme klang belegt, und als er aufstand, vermied er es, Susanne noch einmal anzusehen. Er sortierte die Papiere und erklärte: »Ich geh dann mal runter und begrüße ein paar Stammgäste.«

»Tu das.«

Als sie allein war, presste sie die Lippen zusammen. Es

war nicht ganz einfach, die Gefühle wieder unter Kontrolle zu bringen. Christian hatte etwas an sich, das sie immer noch ein wenig verwirrte. Er ist einfach ein Bündel Charme, sagte sie sich. Man kann sich dieser Ausstrahlung gar nicht entziehen.

»Entschuldigung, Frau Kapitän, aber wir haben ein Problem mit der Klimaanlage.« Der Technische Offizier war nach kurzem Klopfen eingetreten und erstattete Meldung über den aufgetretenen Schaden.

»Bekommen Sie noch hier und heute die benötigten Ersatzteile?«

»Ich hoffe es sehr. Wenn nicht …« Er zuckte mit den Schultern.

»Tun Sie alles, was möglich ist. Zur Not müssen wir die Abfahrt verschieben.«

Doch das war zum Glück nicht notwendig, die Ersatzteile trafen ein, und die *Donauperle* verließ Passau auf die Minute pünktlich.

Susanne hatte Wolfgang Wallburger das Kommando übertragen, sie selbst stand mit Melanie an einem geschützten Platz an Deck und genoss den Blick auf Passau. Weithin sichtbar war außerdem die Veste Oberhaus oberhalb der Stadt, eine Festung aus dem dreizehnten Jahrhundert, und auch die Zwiebeltürme des Doms grüßten die Reisenden noch eine Weile.

»So, jetzt muss ich gleich los und die Passagiere mit dem ersten Drink empfangen.« Susanne setzte sich die Mütze auf die blonden Haare, die sie heute ausnahmsweise einmal offen trug. Sie war schon ein paar Schritte gegangen, als sie sich erneut umschaute.

»Melanie, hast du diesen Rasinsky eigentlich noch einmal bemerkt?«

»Nein, zum Glück nicht. Und Christian sagt, dass es keinen einzigen allein reisenden Passagier gibt auf dieser Tour.«

»Dann können wir uns also auf eine entspannte Fahrt freuen.« Susanne schlug den Weg zur Bar ein, wo sich die meisten der Passagiere zum Begrüßungsdrink zusammengefunden hatten.

Sie war kaum zehn Meter entfernt, als ihr privates Handy leise summte.

Susannes Finger zitterten leicht, während sie das kleine Gerät aus der Hosentasche zog. Der dumpfe Druck in ihrem Kopf verstärkte sich, und die Ahnung von drohendem Unheil wurde fast greifbar.

»Flori? Was ist los? Ist etwas passiert?« Sie hatte seine Nummer auf dem Display erkannt.

»Liebes ... Ja, es ist etwas passiert. Markus ist in der Klinik.« Florians Stimme klang belegt, doch er bemühte sich, so sachlich wie eben möglich zu berichten, was geschehen war.

Susannes Knie wurden weich. Für einen Moment musste sie sich an die Schiffswand anlehnen. Ihr Herz klopfte hoch im Hals, und sekundenlang hatte sie das Gefühl, keinen Ton von sich geben zu können.

»Und? Geht es ihm gut?«, presste sie schließlich hervor.

»Er ist zum Glück rasch versorgt worden und, soweit ich weiß, schon wieder bei Bewusstsein.«

Einen Augenblick lang presste Susanne die Lippen so fest zusammen, dass es schmerzte. Dann sagte sie: »Ich komme, so rasch es geht.«

»Du musst nichts überstürzen. Wie gesagt: Markus ist schon wieder halbwegs in Ordnung. Ich wollte dir nur Bescheid sagen.«

»Danke.« Susanne zögerte. Sie wartete auf ein liebes Wort von Florian, doch er sagte nur: »Dann bis bald.«

»Bis bald. Flori?«

»Ja?«

»Ist noch etwas? Du bist so ... so seltsam.«

»Nein, nein, gar nichts ist. Wir sehen uns dann auf dem Gut. Bis dahin.« Schon hatte er das Gespräch beendet.

»Da ist doch noch was«, murmelte Susanne. Sekundenlang war sie versucht, ihn zurückzurufen. Doch da hörte sie Christians Stimme, der die Gäste mit launigen Worten willkommen hieß. Leise seufzte sie auf. Die Pflicht rief, und für eine Weile mussten die privaten Sorgen zurückstehen.

Tief hingen die Wolken über dem Donautal, und die Weinberge, die sich scheinbar bis ins Unendliche erstreckten, wurden von einem heftigen, kaum enden wollenden Landregen berieselt. Millionen von kleinen Tropfen fielen von den Reben auf den Boden, bildeten kleine Rinnsale, die sich, wie magisch angezogen, ihren Weg auf vielen Umwegen hinunter zum großen Strom suchten.

Die Scheibenwischer von Susannes Wagen wurden den Wassermassen kaum Herr, die Sicht war ausgesprochen schlecht, doch um nichts in der Welt wäre Susanne noch länger auf dem Schiff geblieben.

Bis Dürnstein hatte sie die Schiffsführung innegehabt, dann das Kommando an Wolfgang Wallburger abgegeben. Der Erste Offizier war ausgesprochen verständnisvoll gewesen und hatte, nach Rücksprache mit der Reederei, das Kommando auf der *Donauperle* übernommen.

Zweimal hatte Susanne mit daheim telefoniert. Einmal war Beate am Apparat gewesen, doch sie hatte mehr geweint als konkrete Auskünfte geben können.

Das andere Mal war Katrin ans Telefon gegangen. Sie hatte Susanne beruhigt und versichert, dass für Markus keine Lebensgefahr mehr bestand.

»Aber es wäre gut, wenn du kommen könntest«, hatte sie hinzugefügt. »Mutsch braucht uns mehr als Onkel Markus, fürchte ich. Sie ist total fertig.«

»Ich komme, so rasch es geht. Aber ich kann nicht einfach weg vom Schiff.«

»Klar, das weiß ich doch. Also – bis bald.«

Das war gestern um diese Zeit gewesen. Heute war Susanne nach der Übergabe des Kommandos sofort losgefahren. Während der anstrengenden Fahrt auf der regennassen, zum Teil überfluteten Fahrbahn hatte sie nicht mehr auf ihr Handy geschaut, sondern sich ganz aufs Fahren konzentriert.

Auf dem langen Flur, der zur Intensivstation führte, war es beinahe gespenstisch still an diesem frühen Vormittag. Zwei Schwestern und ein junger Arzt grüßten knapp, als Susanne an ihnen vorüberging, dann hasteten sie weiter zu einem Zimmer, aus dem ein durchdringender Alarmton kam.

Susannes Herz klopfte vor Angst hoch im Hals, als sie endlich vor dem schmalen Intensivzimmer stand, in dem Markus Mattner lag.

Auf ihr Klopfen erhielt sie keine Antwort, so drückte sie vorsichtig die Klinke herunter und trat ein.

»Hallo, Onkel Markus, ich bin's, Susanne.« Behutsam nahm sie die Hand des Kranken, die schlaff auf der Bettdecke lag, in beide Hände und drückte sie sanft.

»Sanne ...« Mühsam, so, als sei es ein Kraftakt ohnegleichen, öffnete Markus die Augen. Ein Lächeln glitt über sein Gesicht, als er Susanne anschaute.

Vorsichtig beugte sie sich über ihn und hauchte ihm einen Kuss auf die Wange. »Wie geht es dir, Onkel Markus?«

»Besser. Viel besser.« Er hob die andere Hand und strich Susanne über das leicht feuchte Haar. »Du musst dir keine Sorgen machen, mein Sonnenschein, ich bin bald wieder fit. Und dann hole ihn der Teufel, diesen Mistkerl.«

Das Kontrollgerät neben dem Bett zeigte an, dass sich sein Pulsschlag erhöht hatte.

»Nicht aufregen. Bitte nicht aufregen.« Susanne, die auf die Anzeigetafel geschaut hatte, drückte seine Hand. »Bleib ruhig, sonst kommt noch eine Schwester und wirft mich raus. Sie haben mir sowieso nur ein paar Minuten bei dir gestattet.«

»Da soll man sich nicht aufregen!«

»Worüber denn, um Himmels willen? Hast du geschäftlichen Ärger? Mit einem Kunden? Kann ich mir eigentlich nicht vorstellen. Und auf dem Gut läuft doch alles prima, seit Florian dich unterstützt.«

»Den werf ich raus!« Markus Mattner atmete heftig. »Da treibt dieser Mistkerl es doch mit einer anderen. Und das bei uns daheim auf dem Gut!«

»Flori war mit einer anderen zusammen? Wirklich?« Zweifelnd schüttelte Susanne den Kopf. »Das glaub ich einfach nicht. Du irrst dich, Onkel Markus.«

»Ich hab's gesehen! Ich hab die beiden ertappt!« Markus zog Susanne am Arm näher zu sich. »Sei nicht traurig, Sonnenscheinchen, ich entlasse ihn, sobald ich hier rauskomme. Dann siehst du ihn nie wieder und kannst ihn schnell vergessen.«

»Aber ... das kann nicht sein!« Tränen schwammen in Susannes Augen. »Hast du dich deshalb so aufgeregt, Onkel Markus?«

»Ja.« Der Kranke schloss die Augen. Die wenigen Sätze hatten ihn angestrengt.

Ehe Susanne etwas erwidern konnte, kam eine Schwester und forderte sie auf: »Sie müssen jetzt wieder gehen, bitte. Der Patient braucht Ruhe.«

»Ist gut.« Susanne drückte noch einmal Markus Mattners Hand. »Ich komme morgen wieder. Schlaf ein bisschen, das tut dir gut.«

Leise verließ Susanne das kleine Zimmer. Draußen hielt sie die Krankenschwester kurz zurück.

»Bitte, Schwester, wie steht es um meinen Onkel? Er wird doch wieder gesund werden?«

»Wenn er sich schont, hat er gute Chancen. Aber er braucht jetzt erst einmal Ruhe. Viel Ruhe.«

»Wir werden alles tun, damit er sich nicht aufregt. Danke.«

Draußen vor der Klinik atmete Susanne ein paarmal tief durch, ehe sie zum Parkplatz ging. Der Regen prasselte mit unverminderter Macht aus den dunklen Wolken. Regentropfen vermischten sich mit Susannes Tränen.

Im Wagen musste sie sich erst einmal sammeln, ehe sie die Fahrt zum Gut antrat.

Florian hatte sie betrogen! Das konnte, das durfte nicht wahr sein! Aber wenn Onkel Markus es gesehen hatte, gab es wohl keinen Zweifel. Nicht umsonst hatte ihr Onkel sich so aufgeregt, dass er einen Herzanfall bekommen hatte!

»Das büßt du mir, Florian«, murmelte Susanne, während sie den Motor des Wagens startete. »Das werde ich dir nie, niemals verzeihen!«

Tausend Gedanken gingen ihr auf dem Weg zum Gut durch den Kopf, dazu kamen Bilder, die ihr jedes Mal Tränen in die Augen trieben. Sie sah Florian vor sich, der eine andere Frau küsste und liebte. Sie hörte ihn all die Koseworte flüstern, die er vor Kurzem noch ihr ins Ohr geraunt hatte.

Der Regen, der für eine Weile schwächer geworden war, prasselte jetzt mit unverminderter Stärke aufs Wagendach und gegen die Windschutzscheibe.

Obwohl Susanne die Scheibenwischer auf die höchste

Stufe einstellte, konnte sie die Straße kaum sehen. Immer wieder trübten Tränen ihren Blick.

Dass sie auf dem Gut ankam, ohne einen Unfall zu verursachen, war ein kleines Wunder.

Mit knirschenden Reifen stoppte sie ihren Wagen vor dem schmucken Verwalterhaus. Ohne darauf zu achten, dass sie erneut vom Regen durchweicht wurde, lief sie zur Haustür und klingelte Sturm.

Es blieb still in dem kleinen Gebäude, dessen unterer Bereich aus grob gehauenem Stein bestand. Darüber erhoben sich weiß gekalkte Wände. An den Fenstern blühten hellrote Geranien, und neben der alten, grün gestrichenen Haustür stand ein altes Weinfass, in dem ein alter Oleanderbusch wuchs. Die weißen Blüten hingen, schwer vom Regen, traurig herab.

»Florian!« Susannes Stimme überschlug sich beinahe. Doch aus dem Haus war nichts zu hören.

Kurz sah sie sich um, dann lief sie hinüber zum Gutshaus. Wie so oft war die Haustür nicht verschlossen. Susanne drückte die Messingklinke herunter und stand gleich darauf in der geräumigen Halle.

Sekundenlang zögerte sie, dann machte sie ein paar Schritte auf die Wohnzimmertür zu. Doch ehe sie die Klinke niederdrücken konnte, wurde von innen geöffnet.

»Hab ich doch richtig gehört.« Katrin ging rasch zu Susanne hinüber und zog sie in die Arme. »Sag mal, du bist ja klitschnass!« Sie trat einen Schritt zurück und musterte Susanne sorgenvoll. »Was ist passiert?«

»Das fragst du noch?« Susanne schob Katrin zur Seite

und ging die ersten beiden Schritte zum Wohnraum. »Wo ist Florian?«

»Ich bin hier.« Aus dem Esszimmer, das sich direkt ans Wohnzimmer anschloss, kam Florian. Er hielt eine Wasserkaraffe in der Hand, stellte die aber gleich auf einem Sideboard ab, um Susanne in den Arm zu nehmen.

»Wag es nicht«, zischte sie und zuckte zurück. »Rühr mich nur ja nicht an!«

Irritiert runzelte Florian die Stirn. »Was ist denn mit dir los?« Wieder streckte er die Arme nach Susanne aus, doch sie wich ihm noch einmal aus.

»Das weißt du ganz genau! Du bist schuld daran, dass Onkel Markus in der Klinik liegt.«

»So ein Unsinn! Ich kann doch nichts dafür.«

Wütend sah sie ihn an. »Lüg nicht auch noch! Wenn du dich nicht so unmöglich benommen hättest ...«

»Was redest du denn da?« Er kam auf sie zu und griff nach ihrem Arm. »Was soll ich denn getan haben?«

»Jetzt spielst du auch noch das Unschuldslamm! Lass mich in Ruhe.« Als er sie, ungeachtet des Protestes, nicht losließ, stieß sie ihn zur Seite und hastete ins Wohnzimmer. Dort saßen Beate und Katrin, der Bernhardiner hatte sich zu Beates Füßen niedergelassen. Er schien ihre Trauer zu spüren.

»Mutsch!« Susanne hockte sich auf Beates Sessellehne und legte die Arme um die zuckenden Schultern ihrer Ziehmutter.

»Wie geht es ihm?«, fragte ihre Tante matt.

»Besser. Zumindest besteht keine Lebensgefahr.«

Katrin sah zu Florian hoch, der Susanne langsam nachgekommen war. »Wenn Florian nicht so rasch reagiert und den Notarzt gerufen hätte, wären Markus' Chancen schlechter.«

»Florian ist doch an allem schuld!« Susanne drehte sich halb nach Florian um. »Onkel Markus hat dich mit dieser Frau ertappt. Darüber hat er sich so aufgeregt, dass er einen Herzinfarkt bekommen hat!«

»So ein Quatsch!« Florian schüttelte den Kopf. »Das stimmt nicht. So jedenfalls nicht.«

»Wie denn? Anders stimmen kann es ja nicht.« Susanne musste sich mit aller Macht zusammenreißen, um nicht in Tränen auszubrechen. Florian zu sehen, seine warme Stimme zu hören tat beinahe körperlich weh. Und dann waren da seine Blicke – einerseits sah er sie zärtlich an, doch auch Zorn und Verunsicherung waren darin zu lesen.

»Anette hat mich überrumpelt. Und dann ist Markus dazugekommen und hat die Situation vollkommen missverstanden.« Florian sah erst Susanne, dann Beate an, die sich auch zu ihm umwandte. »Glaubt mir bitte.«

»Wie einfach machst du es dir denn?« Susanne stand auf und trat dicht vor ihn hin. Sie roch sein Aftershave, das ihr inzwischen schon so vertraut war, sie spürte seinen Atem – und wandte sich ruckartig ab. Seine Nähe war einfach unerträglich!

»Ich habe dich nicht betrogen – falls es das ist, was Markus denkt.«

»Glaubst du wirklich, er saugt sich so was aus den Fingern – und fällt dann halb tot um?« Susanne ging zum Fenster und sah hinaus in den Regen. Ihr Herz klopfte wie verrückt, und am liebsten hätte sie wild gegen Florians Brust getrommelt. Oder ihn so lange geküsst, bis er diese Anette ein für alle Mal vergessen hätte.

Sie zuckte zusammen, als sich Nick an sie drängte. Sein großer Kopf schmiegte sich an ihre Hand, die locker herunterhing. Das Tier schien ihren Schmerz zu spüren.

»Ist schon gut, Nick.« Kurz tätschelte sie ihn, dann drehte sie sich wieder um. »Geh mir aus den Augen, Florian.«

»Bitte, Schatz, sei vernünftig. Lass dir doch in Ruhe erklären, was passiert ist!«

»Ich will nichts hören! Und schon gar nicht deine Lügengeschichten.«

»Du bist verbohrt und kindisch.« Jetzt wurde auch Florian zornig. »Wenn du mir nicht zuhören willst – bitte. Dann kann ich ja gehen.«

»Bitte. Ich halte dich sicher nicht.«

Noch einmal sah Florian sie lange an, doch da sie sich nicht rührte, sondern mit gesenktem Kopf und zusammengepressten Lippen stur am Fenster stehen blieb, ging er mit einem letzten Blick auf Beate und Katrin aus dem Zimmer.

Eine Weile blieb es still zwischen den drei Frauen. Katrin, die immer wieder beruhigend Beates Arm gestreichelt hatte, stand schließlich auf und trat zu ihrer Schwester ans Fenster. Behutsam legte sie den Arm um Susannes zuckende Schultern.

»Glaubst du denn wirklich, dass er dich betrogen hat?«

Sie schüttelte den Kopf. »Das ist doch nicht der Flori, den wir kennen.«

»Aber wir kennen Onkel Markus. Und er hat die beiden doch ertappt!« Sie schluchzte auf.

Beate Mattner, die bisher nichts gesagt hatte, streckte die Hand nach Susanne aus. »Komm her, Kind«, bat sie leise.

Susanne hockte sich wieder neben sie auf die breite Sessellehne, schmiegte den Kopf an Beates Wange und streichelte mit der Hand tröstend die Schulter ihrer Tante.

»Markus schafft es. Ganz bestimmt schafft er es.«

»Hoffentlich.« Beate hob den Kopf. »Ich wüsste nicht, wie ich ohne ihn weiterleben sollte.«

»Er kommt bald wieder heim. Ganz bestimmt. Onkel Markus ist stark. Und wenn er zurück ist ...«, Susanne presste die Lippen zusammen, »... dann wird er Florian entlassen. Bestimmt.«

»Das ist furchtbar. Alles ist ganz furchtbar.« Wieder begann Beate, zu weinen, und Susanne konnte nichts anderes tun, als sie fest im Arm zu halten.

Katrin war unterdessen hinausgegangen und suchte nach Florian.

Sie fand ihn im Vorraum des Weinkellers. Dort wurden an anderen Tagen kleine Weinproben abgehalten. Drei alte Fässer dienten als Tische, und in einem schmalen Eichenschrank standen etliche Flaschen und Gläser bereit.

Florian goss sich gerade ein Glas Wein ein, als Katrin zu ihm trat.

»Ich möchte auch eins«, sagte sie und setzte sich auf einen der lederbezogenen Hocker.

Schweigend nahm Florian ein zweites Glas aus dem Schrank und schenkte ihr ein.

Katrin trank einen Schluck, dann drehte sie das Glas auf dem alten Fass hin und her, ohne etwas zu sagen.

»Nun sag es schon.« Florian hatte sein Glas in einem einzigen Zug geleert. »Glaubst du auch, dass ich Susanne betrogen habe?«

»Nein. Das denke ich nicht.« Sie nahm einen zweiten Schluck. »Erzähl mal, was wirklich passiert ist.«

»Das sollte ich deiner Schwester erklären.« Florian goss sich das Glas wieder voll. »Aber sie will ja nichts hören.« Er trank erneut einen langen Schluck.

»Sie beruhigt sich schon. Bestimmt.« Katrin drehte weiter an ihrem Glas. »Und auch Onkel Markus kriegt sich wieder ein, wenn er erst einmal die Wahrheit kennt.« Sie sah Florian an. »Los, sag mir, was wirklich passiert ist.«

Florian musste noch einen tiefen Schluck trinken, ehe er berichtete, was im Verwalterhaus vorgefallen war.

»So ein raffiniertes Biest«, kommentierte Katrin. »Es ist einer der ältesten Tricks, aber immer noch wirkungsvoll.« Sie sah Florian eindringlich an. »Und du bist tatsächlich nicht schwach geworden unter der Dusche?«

»Nein, bin ich nicht! Ich hab sie rausgeworfen. Sofort, als ich merkte, was sie vorhat. Und wenn sie sich nicht in der Diele angezogen hätte … ich schwöre, ich hätte sie auch nackt aus dem Haus geschmissen.«

Katrins Mundwinkel begannen, zu zucken, als sie sich

die Szene vorstellte. Und nur die Tatsache, welche Konsequenzen sich aus alledem ergeben hatten, hinderte sie daran, amüsiert loszukichern.

Langsam trank sie ihr Glas aus und stand auf. »Ich rede mit Susanne«, sagte sie.

»Musst du nicht.« Florian presste die Lippen zu einem schmalen Strich zusammen. »Wenn sie mir nicht einfach vertrauen kann, sollten wir überlegen, ob unsere Beziehung wirklich was wert ist.«

»Ach Florian, nun sei du wenigstens vernünftig. Warte ab, in ein, zwei Stunden feiert ihr Versöhnung.«

Florian antwortete nicht. Stattdessen schenkte er sich noch einmal Wein nach.

»Keine gute Lösung«, murmelte Katrin, ehe sie den halbdunklen Raum verließ.

15

Die Mittagssonne ließ die glasierten Schindeln der Domtürme von Sankt Stephan, einem der schönsten Wahrzeichen Wiens, hell aufleuchten. In dem gegenüberliegenden Gebäude spiegelte sich der größte Teil des prächtigen Gotteshauses – ein Bild, das viele Touristen begeisterte. Immer wieder blieben die Menschen stehen, bewunderten den Dom und versuchten dann, ein besonders spektakuläres Foto zu schießen.

Auch Melanie Tauber war von dem Anblick fasziniert. Sie hatte die *Donauperle* zu einem Landgang verlassen. Da sie noch nicht dort gewesen ist, gehörte heute ein Kaffeehausbesuch im Café Demel zum Pflichtprogramm. Das jedenfalls hatte sie Vanessa erklärt, bevor sie sich von der Freundin verabschiedet hatte.

»Zu schade, dass du nicht mitkommen kannst.«

»Iss ein Stück Torte für mich mit.«

»Mach ich. Obwohl … lieber hätte ich eine Portion vom berühmten Veilcheneis, das schon Kaiserin Sisi so geliebt hat.« Sie lachte. »Ich bin eine verrückte Romantikerin, sorry.«

»Kann ich gut verstehen. Ich würde es auch probieren, wenn ich da wäre.«

»Ich werde dir alles erzählen.« Kurz hatte Melanie die Freundin umarmt, dann ging sie rasch hinter den letzten Passagieren vom Schiff.

Zunächst suchte sie die Domgasse auf, wo im Haus Nummer 5 der berühmteste Sohn Wiens, Wolfgang Amadeus Mozart, jahrelang gewohnt hatte. Die Zimmer im ersten Stock des altehrwürdigen Hauses waren elegant eingerichtet, und Melanie erfuhr bei der Führung, dass dies die vornehmste und letzte Wohnung des Komponisten in Wien gewesen war. Hier hatte er auch seine berühmte Oper »Die Hochzeit des Figaro« komponiert.

Am frühen Mittag machte Melanie sich auf den Weg zum Café Demel. Sie hatte die Eingangstür, über der ein schwarzes Schild mit der goldenen Aufschrift »Demel – K. & K. Hofzuckerbäcker und Chocoladenfabrikant« hing, gerade erreicht, als ihr von hinten jemand die Arme um die Taille legte.

»Wie schön, dass wir uns hier treffen, mein Engelchen. Ich habe schon große Sehnsucht nach dir gehabt.«

Diese verhasste Stimme! Melanie zuckte zusammen und drehte sich mit einem Ruck um. »Was soll das, Burkhard? Lass mich endlich in Frieden.«

Sie machte Anstalten, das Café zu betreten, doch der Mann hielt sie am Arm zurück. Sein Griff war schmerzhaft fest, und in seinen Augen blitzte es gefährlich auf. »Niemals«, murmelte er.

»Du tust mir weh!« Mit einem Ruck riss sich Melanie los.

»Wenn du nicht sofort verschwindest, schreie ich«, drohte sie.

Burkhard Rasinsky lachte hämisch auf. »Engelchen, was sagst du da? Wir lieben uns doch, und da ist es nur natürlich, dass ich Sehnsucht nach dir habe.« Wieder wollte er nach ihr greifen, aber Melanie entzog sich ihm im letzten Moment. Ehe er sie hindern konnte, betrat sie das Café. Sie war sich sicher, dass Burkhard ihr nicht folgen würde. So dominant er sich auch gern gab – er hatte Angst davor, Aufsehen zu erregen.

Für das elegante Ambiente im Innern des Cafés hatte sie keinen Blick. Vorsichtig wartete sie hinter einem Kleiderständer, an dem zum Glück drei helle Wettermäntel hingen und ihr daher Schutz boten, ob Burkhard wirklich draußen blieb.

Ja, er stand immer noch an der Tür und spähte ins Café.

Suchend sah sich Melanie um. Wo oder von wem konnte sie Hilfe erwarten? Für einen Moment war sie versucht, drei Herren anzusprechen, die gerade aufstanden und Anstalten machten, das Café zu verlassen, aber dann scheute sie doch davor zurück. Auch sie wollte kein Aufsehen erregen.

Kurz entschlossen setzte sie sich an den frei gewordenen Tisch und bestellte sich, so wie sie es sich vorgenommen hatte, eine Portion Veilcheneis.

Während sie wartete, dass die Bedienung zurückkam, sah sie immer wieder nach draußen – von Burkhard war nichts mehr zu sehen. Das hieß aber nicht, dass er ihr nicht ein paar Meter vom Haus entfernt auflauern konnte.

An der großen Verkaufstheke stand gerade eine größere

Touristengruppe aus Fernost und bestaunte die vielen Köstlichkeiten, ehe ihr Reiseführer sie aufforderte, an zwei großen Tischen Platz zu nehmen.

Melanie konnte ihr Eis nicht wirklich genießen, obwohl es köstlich war. Kaum hatte sie aufgegessen, bezahlte sie, stand auf und trat vorsichtig aus der Tür. Suchend sah sie sich um – Burkhard war nirgends zu entdecken.

Doch die Freude an einem Stadtbummel war ihr vergangen. Sie kaufte sich noch in einer Drogerie ein paar Toilettenartikel, dann kehrte sie auf schnellstem Weg zum Schiff zurück.

An der Gangway stand Christian und unterhielt sich mit zwei älteren Damen, die schon zweimal auf der *Donauperle* zu Gast gewesen waren. Diesmal würden sie allerdings nur bis Budapest mitfahren.

»Es ist ein Geschenk meines Sohnes zum Geburtstag«, erzählte ihm die zierliche blonde Dame gerade, deren Kostüm ein erstklassiges Atelier verriet. »Er hat wieder ein schlechtes Gewissen, weil er nicht kommen und mit mir feiern kann.«

»Dann werden wir alles tun, um Ihnen einen wunderschönen Geburtstag auszurichten«, versicherte der Hotelmanager und lächelte den beiden Damen zu.

Melanie blieb in einiger Entfernung stehen und wartete, bis die Damen eingecheckt hatten.

»Es wäre ihr sicher lieber gewesen, der Sohn wäre mal gekommen, statt ihr wieder nur eine Reise zu schenken«, sagte sie leise. »Arme reiche Frau.«

Christian nickte. »Ich sag's ja immer: Geld macht nicht

unbedingt glücklich. Obwohl …« Er grinste jungenhaft. »Ohne ist das Leben auch nicht schön.«

»Stimmt auch wieder.«

»Sag mal, wolltest du nicht Wien erobern?« Erst jetzt bemerkte Christian, wie bedrückt Melanie war. »Ist dir nicht gut?«

»Er war wieder da.« Melanie biss sich auf die Lippen, um mit diesem kleinen Schmerz die Tränen zu unterdrücken, die ihr in die Augen stiegen. »Ich war gerade vor dem Demel, als er mich angesprochen hat.« Melanie schaute sich unruhig um. »Er ist doch hoffentlich nicht an Bord?«

»Nein. Ich hab eben noch mal die Gästeliste gecheckt, sein Name steht nicht drauf.«

»Puh, dann bin ich froh.« Ein kleines Lächeln huschte über Melanies Gesicht. »Beim nächsten Landausflug warte ich, bis einer von euch mitgehen kann. Auf keinen Fall ziehe ich wieder alleine los.«

»Tut mir echt leid für dich.« Für einen Augenblick zog Christian sie an sich. »Aber irgendwann kriegen wir den Typen, und dann gnade ihm Gott. Ich verspreche, dass ich ihn ganz persönlich der Polizei übergebe.«

»Du bist lieb. Danke.« Melanie ging drei Schritte weiter die Gangway hoch, drehte sich dann aber noch einmal um. »Hast du was von Susanne gehört? Wann kommt sie zurück an Bord?«

»Ich weiß es auch nicht. Hoffentlich bald. Der Erste ist mal wieder ziemlich mies drauf.«

»Ärger mit der schönen Dorothee, oder was?«

»Keine Ahnung. Aber ich werde aufatmen, sobald Susanne das Kommando übernimmt.«

Das Zimmer lag im frühen Dämmerlicht. Susanne und Katrin hockten wie in ihrer Jugend gemeinsam im Schneidersitz auf Susannes Bett. Vor wenigen Minuten hatten sie noch einmal mit der Klinik telefoniert und erfahren, dass Markus Mattner weiterhin stabil war.

»Du musst mit Florian reden«, sagte Katrin zum wiederholten Mal. »Er kann dir erklären, was wirklich passiert ist.«

»Lügen wird er.« Susanne hielt den Kopf gesenkt. »Du bist viel zu leichtgläubig.«

»Nein. Ich habe ihm gestern nur die Chance gegeben, alles zu erklären. Diese Anette hat ihn überrumpelt. Sie hat einen ganz miesen Trick angewandt, um ihn wieder für sich zu gewinnen. Onkel Markus ist nur im völlig falschen Moment dazugekommen. Und er hat Florian auch keine Möglichkeit gegeben, es richtigzustellen. Das ist einfach unfair.«

Susanne antwortete nicht. Mit zusammengepressten Lippen hockte sie auf ihrem Bett und wickelte gedankenverloren eine Haarsträhne nach der anderen um ihre Finger.

»Davon wird es nicht besser.« Katrin griff nach ihrer Hand. »Sei vernünftig und sprich dich mit Florian aus.«

»Aber ...«

»Da gibt es kein Aber.« Katrins Stimme klang ungewöhnlich energisch. »Du willst doch nicht wirklich dein

Glück riskieren, nur weil du jetzt trotzt wie ein kleines Kind.«

Susanne zuckte zusammen. So hatte Katrin noch nie mit ihr gesprochen. »Du glaubst ihm also wirklich?«

»Klar glaube ich ihm. Florian liebt dich. Nur dich.« Sie gab Susanne einen sanften Rippenstoß. »Nun steh schon auf, geh ins Bad und wasch dir das Gesicht. Und dann lauf rüber ins Verwalterhaus. Ich verwette mein letztes Buchhonorar, dass Florian auf dich wartet.«

Ehe Susanne antworten konnte, drang von unten ein lautes Hupen zu den Schwestern herauf. Gleich darauf bellten Hunde wild durcheinander.

»Was ist denn da los?« Susanne stand auf und ging zum Fenster.

»Ich ahne was.« Ein Leuchten glitt über Katrins Gesicht. »Das sind sicher Ralf und seine Kinder.« Sie kicherte, während sie vom Bett sprang und zur Tür lief. »Und Wotan, das Untier.«

»Das ist ein Wolf, kein Hund«, murmelte Susanne, aber auch sie ging hinunter ins Erdgeschoss des großen Gutshauses.

Katrin stand schon in der Tür, in je einem Arm hielt sie Mia und Alex. Während sie die Kinder drückte, sah sie zu Ralf, der gerade versuchte, Wotan und Nick zur Räson zu bringen, die sich bellend und knurrend gegenüberstanden.

Erst als er Wotan energisch zu sich rief, kam der Hund mit eingezogenem Schwanz auf ihn zu.

»Kommt rein. Nick beruhigt sich schon wieder.« Schnell zog Katrin ihre Besucher in die geräumige Eingangshalle.

Und hier konnte Ralf sie dann auch ausgiebig mit einem langen Kuss begrüßen.

»Ich hab mir Sorgen gemacht«, gestand er, ohne sie aus den Armen zu lassen. »Und die Kinder haben so gedrängt, da sind wir einfach gleich nach dem Frühstück losgefahren.«

»Und die Praxis?«

»Ist heute geschlossen. Ich habe einen Vertreter organisiert.« Wieder küsste er sie. »Du bist wichtiger.« Ohne sie aus den Armen zu lassen, erkundigte er sich nach Markus. »Wie geht es deinem Onkel?«

»Besser, Gott sei Dank. Beate ist vor einer Stunde wieder zu ihm in die Klinik gefahren.«

Susanne kam langsam auf die Gruppe zu. Um Wotan, der sie aus grüngelben Augen fixierte, machte sie einen kleinen Bogen.

Katrin löste sich aus Ralfs Armen und streckte die Hand nach Susanne aus. »Das ist meine Schwester Susanne«, stellte sie vor.

»Hallo zusammen.« Susanne begrüßte Ralf, dann lächelte sie die Kinder an. »Wir kennen uns ja schon.«

»Ach ja?« Ralf runzelte leicht die Stirn.

»Stimmt. Sie und ihr Freund waren bei uns.« Alex grinste. »Die haben genauso viel geknutscht wie ihr jetzt.«

»Vorlaute Kröte«, rügte sein Vater und gab ihm einen Nasenstüber.

»Ich geh dann mal.« Susanne biss sich auf die Lippen. Trotz ihrer Traurigkeit musste sie über Alex' Bemerkung schmunzeln.

»Tu das. Wir sehen inzwischen nach, ob es in der Küche

frischen Traubensaft gibt.« Katrin legte den Arm um Ralfs Taille.

»Und Wasser für Wotan.« Mia umarmte den Hals des Hundes. »Der hat sicher ganz großen Durst, wo er sich so über euren Hund aufgeregt hat.«

»Nick hat nur sein Haus verteidigt. Das kennst du doch«, meinte Katrin. »Aber was zu trinken kriegt ihr alle. Und bestimmt findet sich auch noch ein großes Stück Kuchen in der Speisekammer.«

Ralf sah Susanne nach, als sie quer über den Rasen hinüber zum Verwalterhaus ging. »Wir haben deine Schwester hoffentlich nicht vertrieben.«

»Aber nein. Sie hat nur was zu erledigen, was keinen Aufschub duldet.« Katrin griff nach seiner Hand. »Kommt mit in die Küche.« Strahlend sah sie zu Ralf hoch. »Ich freu mich so, dass ihr da seid.«

»Ich freu mich auch, dich zu sehen.« Er gab ihr noch einmal einen Kuss, dann forderten die Kinder ihre ganze Aufmerksamkeit.

Susannes Herz klopfte vor Aufregung bis zum Hals, als sie vor Florians Tür stand. Zögernd hob sie die Hand, um den alten Türklopfer zu betätigen. Der Löwenkopf aus poliertem Messing schien sie höhnisch anzugrinsen.

Gerade als sie sich umdrehen und wieder gehen wollte, öffnete sich die Tür.

»Flori, ich …« Susanne biss sich auf die Lippen. »Wir sollten reden.« Sie sah ihn bittend an. Schlecht sah er aus. Die Augen waren dunkel umrandet, das Hemd zerknittert, er schien darin geschlafen zu haben. Rasiert war er auch nicht – etwas, das so gar nicht zu ihm passte. Er achtete immer sehr darauf, gepflegt auszusehen. Jetzt waren die dunklen Haare zerzaust, und Susanne war versucht, ihm die einzelnen Strähnen aus der Stirn zu wischen.

»Sollten wir? Jetzt auf einmal?« Seine Stimme klang verletzt, und seine Augen sahen sie so kühl an, dass ihr gleich wieder die Tränen kamen. »Meinst du nicht, dass du es dir etwas zu leicht machst?« Er machte keine Anstalten, sie ins Haus zu lassen. »Erst beschimpfst du mich und verdächtigst mich, ich hätte mich wieder mit Anette eingelassen, obwohl das jeglicher Grundlage entbehrt, und jetzt willst du einfach nur Sorry sagen und mal eben reden.«

»Bitte.« Sie machte einen Schritt auf ihn zu. »Ich will mich wirklich entschuldigen. Es war so dumm von mir. Und so ungerecht.« Jetzt liefen ihr die ersten Tränen über die Wangen.

»Komm rein.« Er machte eine knappe Handbewegung.

Susanne folgte ihm zögernd ins Wohnzimmer. Als er ihr keinen Platz anbot, setzte sie sich einfach auf einen der hellbraunen Ledersessel, die sich um einen kleinen Glastisch gruppierten.

Doch da Florian keine Anstalten machte, sich ebenfalls zu setzen, stand sie direkt wieder auf und stellte sich dicht vor ihn. »Ich ... ich war wohl viel zu eifersüchtig«, begann sie. »Es tut mir leid. Aber ich war so verletzt ... Und Onkel Markus hat doch gedacht, dass du ...«

»Und du hast Gott weiß was angenommen, nur weil Markus sich irgendwas gedacht hat«, presste Florian hervor.

»Das ist doch verrückt. Er hat doch gar nicht wirklich mitbekommen, was passiert ist!« Er wandte sich ab und stellte sich mit dem Rücken zu Susanne ans Fenster. Starr sah er hinaus in den Garten, in dem drei Rosenstöcke und einige Ziersträucher blühten. »Schlimm genug, dass er sich so aufgeregt hat, dass er einen Infarkt erlitten hat«, sagte er. »Das tut mir unendlich leid. Aber es ist wahrhaftig nicht meine Schuld. Er wollte meine Erklärung ja nicht hören – so wie du.«

»Ich bin ja jetzt hier. Und ich möchte schon wissen, was wirklich passiert ist.« Susanne stellte sich hinter ihn und legte ihm die Hand auf die Schulter. »Bitte, Flori, schau mich an.«

Sie spürte, dass er bei der Berührung ihrer Hand zusammenzuckte, dann drehte er sich langsam um. Aus seinem Blick war alle Härte gewichen, nur traurig wirkte er noch.

Als sie die Arme hob und sie ihm um den Hals legte, seufzte er auf und zog sie so fest an sich, dass sie fast aufgeschrien hätte.

»So etwas darf nie wieder vorkommen«, stieß er hervor. »Das ertrag ich einfach nicht.«

»Nie wieder«, murmelte Susanne fast unhörbar in den Stoff des karierten Hemdes hinein.

Erst als er den Griff ein wenig lockerte, sah sie zu ihm auf – in seine dunklen Augen, die sie wieder zärtlich anschauten. Und dann, endlich, küsste er sie.

Eine kleine Ewigkeit verging, bis sie sich voneinander lösten.

»Glaubst du mir nun, dass du die Einzige bist, die ich liebe?« Florian strich sich mit beiden Händen durchs Haar.

»Ja. Verzeihst du mir? Ich verspreche, dir nie wieder zu misstrauen.«

»Muss ich ja wohl.« Endlich lachte er. Dieses dunkle, zärtliche Lachen, das Susanne so an ihm liebte. Sie schmiegte sich fest in seine Arme. Das hier, das war genau der Platz, an dem sie für immer sein wollte.

»Ich werde nachher zu Onkel Markus in die Klinik fahren und ihm alles erklären«, sagte sie, als sie sich von ihm löste.

»Später. Erst einmal bleibst du bei mir.« Zärtlich zog er sie an sich, und während er sie küsste, führte er sie ins Schlafzimmer. »Versöhnung sollte man ausgiebig feiern«, murmelte er.

Nur kurz gab er ihren Mund frei, gerade so lange, dass Susanne sagen konnte:

»Ganz deiner Meinung!«

16

Nach sonnigen Tagen herrschte seit dem frühen Morgen Regenwetter in der Wachau. Tief hingen die Wolken über den Rebhängen, und das Grau des Himmels verschmolz, wenn man von den Hügeln hinunter zum Fluss schaute, mit dem Donauwasser.

»Von wegen schöne blaue Donau«, kommentierte Steffen Kessler den Wetterbericht, der gerade durchs Radio kam.

»Die Landwirte und Winzer wird der Landregen freuen. Es war in den letzten beiden Monaten viel zu trocken. Und solange es nicht hagelt, ist ein Regentag für die Natur sehr gut.«

»Es dürften auch ruhig ein paar Tage mehr sein«, meinte Susanne, die zu dem Technischen Offizier und Christian Pichler auf die Brücke kam.

»Da spricht die Weingut-Besitzerin«, grinste Christian.

»Nun tu nur nicht so, als gehöre mir das Gut.« Susanne schüttelte lächelnd den Kopf. »Noch haben Beate und Markus das Sagen. Und das bleibt hoffentlich noch lange so.«

»Geht es deinem Onkel denn besser?«

»Zum Glück. Er ist schon aus der Klinik entlassen worden und sollte eigentlich zur Reha in die Nähe von Krems, aber das hat er abgelehnt. Er ist daheim und lässt sich jeden Tag zur ambulanten Reha fahren.« Sie lachte leise auf. »Da kommt er nicht drum herum, ihr kennt meine Mutsch nicht. Gegen ihr Regiment kann man sich nicht auflehnen.«

»Ihr Frauen beherrscht uns seit eh und je.« Christian Pichler zwinkerte ihr zu. »Und wir tun auch noch so, als gefiele es uns.«

»Tut es das denn nicht?« Auch Susanne lachte – und bemerkte, dass sogar der immer ernste Steffen Kessler schmunzelte. Sie wusste inzwischen vom Tod seiner Verlobten, den er lange Zeit nicht hatte verwinden können. Seit einiger Zeit aber wirkte er lockerer, was sie freute.

»Wer möchte einen Muntermacher?« Nach kurzem Anklopfen kam Melanie herein. »Unsere Kapitänin hat schon einen Cappuccino geordert, ich hätte noch einen doppelten Espresso und einen weiteren Cappuccino im Angebot. Und ein paar Leckereien aus der Patisserie.« Geschickt balancierte sie die Tassen auf einem kleinen Tablett und servierte erst Susanne, dann Christian den Cappuccino. Dann reichte sie Steffen wie selbstverständlich den doppelten Espresso.

»Danke.« Der Technische Offizier lächelte ihr zu, und Melanie erwiderte sein Lächeln.

»Für diese Petits Fours könnte ich sterben.« Christian nahm sich eines der leckeren Törtchen.

»Ich stehe eher auf die kleinen Mohnschnitten«, meinte Steffen und schielte aufs Tablett.

»Ich weiß. Es sind zwei dabei.« Melanie wurde ein wenig verlegen.

»Danke. Sehr nett von dir.«

Sieh mal an, dachte Susanne, da sind sich zwei wohl ein bisschen nähergekommen! Es freute sie aber sowohl für Melanie als auch für Steffen.

»Zu schade, dass Thomas Helmig bald wieder abmustern wird. Seine Desserts werden mir fehlen.«

»Sei froh, wenn er weg ist«, sagte Susanne. »Deine Uniform spannt jetzt schon ein bisschen.«

»Das ist nicht wahr!« Christian zog die Uniformjacke über der Brust zusammen. »Sitzt doch perfekt.«

»Noch!«

»Ich bin eben ein Genussmensch!« Christian biss mit geschlossenen Augen in das erste der delikaten Törtchen.

»Es hat sich rumgesprochen«, scherzte auch Steffen, der seinen Espresso sehr rasch ausgetrunken hatte und Melanie folgte, die die Brücke wieder verlassen hatte.

»Was ist denn mit dem los?« Christian wischte sich einen Krümel aus dem linken Mundwinkel. »Der ist ja wie ausgewechselt.«

»Er hat wohl die Trauer über den Unfalltod seiner Verlobten überwunden. Und daran scheint Melanie ihren Anteil zu haben.«

»Weißt du inzwischen, was genau passiert ist?« Christian nahm noch einen Schluck Kaffee.

»Nein. Und ich wollte ihn auch nicht fragen. Das ist Privatsache.«

»Mir hat er es vor einigen Tagen erzählt: Ein Betrunkener

ist ihm in den Wagen gerast. Steffen konnte nicht rechtzeitig ausweichen und ist gegen einen Alleebaum geknallt. Er selbst hat nur eine Schnittwunde im Gesicht davongetragen und eine Rippenquetschung. Seine Verlobte war auf der Stelle tot.«

»Dann wundert es mich nicht, dass er so lange Zeit deprimiert war. Aber vielleicht gelingt es Melanie wirklich, ihn wieder aufzuheitern. Es würde mich für beide freuen.« Susanne griff nach ihrer Dienstmütze, die sie neben sich auf einen freien Sessel gelegt hatte, und setzte sie auf. »Ich geh mal hoch an Deck.«

»Sehr wohl, Frau Kapitän.« Christian tippte sich lächelnd an die Stirn.

In Dürnstein hatten etliche Passagiere die *Donauperle* verlassen, das Schiff war bis nach Passau nur noch zu zwei Dritteln belegt.

Jeanette Berger war eine von denen, die die letzten Tage auf dem Schiff genießen konnten. Am heutigen Abend würde sie noch ein Konzert geben, danach konnte sie komplett ihre Freizeit auskosten.

Gleich nach dem Anlegen in Dürnstein war Jeanette vom Schiff gegangen, um einen Stadtbummel zu unternehmen. Zu ihrem Leidwesen konnte Thomas sie nicht begleiten, weil er für den Abend ein weiteres üppiges Dessertmenü vorbereiten musste.

Schon etliche Male hatte er dieses besondere Event den Passagieren geboten, und alle waren begeistert gewesen.

Nur Dorothee Koller ärgerte sich jedes Mal über die Extraarbeit, die ihr diese Abende machten. Doch da sie nicht einmal mehr auf die Unterstützung von Wolfgang Wallburger zählen konnte, hielt sie sich mit Kritik zurück.

Langsam schlenderte Jeanette durch die Straßen hinauf zum Schlosshotel. Es war auf einem Felsen erbaut worden, dessen steile Klippe bis hinunter zur Uferstraße reichte. Zwischen dem Gestein wuchsen nur ein paar Büsche und niedrige Bäume, sodass man von hier oben über die Donau hinweg bis zum anderen, bewaldeten Ufer schauen konnte.

Im Gastgarten bekam Jeanette den letzten freien Tisch, der zum Glück gleich an der steinernen Brüstung stand. So konnte sie den Blick weit schweifen lassen. Während sie auf den bestellten Kaffee wartete, schaute sie kurz auf ihr Handy. Seit zwei Tagen hatte sie sich nicht mehr mit ihren Mails befasst, und sie war sicher, dass ihr Agent sauer auf sie sein würde, da sie sich nicht auf seine letzte Nachricht gemeldet hatte.

Einen Fernsehauftritt in einer der vielen Musiksendungen hatte er verhandelt, zudem ein Privatkonzert in der Schweiz bei einem dort ansässigen russischen Oligarchen, dessen beide Töchter angeblich Fans von ihr waren.

Jeanette zögerte, dann tippte sie kurz ihre Zusagen für beide Auftritte ein. Sie konnte sich eine noch längere Pause als die jetzige auf dem Schiff einfach nicht leisten. Zu den drei, vier ganz Großen ihrer Branche gehörte sie nicht, es konnte zu leicht geschehen, dass sie von einem Tag auf den anderen vergessen wurde.

Mit einem kleinen Seufzer lehnte sich Jeanette zurück. Sosehr sie das Singen liebte und auch ihre vielen Fans, manchmal war ihr das alles zu viel, dann sehnte sie sich nach einem ruhigen, beschaulichen Leben auf dem Land.

Sie zuckte zusammen, als sich ein Mann an ihren Tisch stellte und fragte: »Kann ich mich kurz hersetzen?«

Jeanette zögerte, dann nickte sie zustimmend.

Der Fremde bestellte bei dem grauhaarigen Kellner, der sich sofort näherte, ein großes Bier, dann griff er in die Tasche seines braunen Parkas und zog ein Fernglas heraus. Angestrengt schaute er nach unten, fixierte einen ganz bestimmten Punkt.

Jeanette beobachtete ihn diskret. Der Mann war nicht allzu groß, seine braunen Haare waren ein bisschen zu lang, wirkten aber nicht ungepflegt. Was ihr auffiel, war die übergroße Nase, die das auffallend blasse Gesicht dominierte.

Jetzt bemerkte sie, dass seine Hände leicht zu zittern begannen. Noch fester drückte er das Fernglas an die Augen.

Der Fremde murmelte leise vor sich hin, doch Jeanette konnte nicht verstehen, was er sagte. Dennoch lief ihr ein leichter Schauer über den Rücken, als sie das fanatische Glitzern in seinen Augen bemerkte.

»Ist was?«, fauchte er sie im nächsten Moment an.

»Nein, wieso?«

»Weil du mich so anglotzt, dumme Kuh!« Mit einem Ruck sprang er auf, zog einen Geldschein aus der Hosentasche und warf ihn auf den Tisch.

»Also bitte, was erlauben Sie sich?« Empört sah Jeanette ihm nach, als er mit langen Schritten zum Ausgang hastete.

»Gab es ein Problem, gnädige Frau?« Der alte Kellner sah sie besorgt an.

»Nein, nein, schon gut. Ich bin nur froh, dass der Herr gegangen ist.« Jeanette zwang sich zu einem Lächeln. »Bitte bringen Sie mir die Rechnung.«

Ihr war die Freude am längeren Verweilen im Hotelgarten vergangen. Dieser Mann mit der großen Nase ... In diesem Moment fiel ihr ein, dass die sympathische Kellnerin Melanie von einem Stalker bedrängt wurde, der angeblich ebenfalls eine große Nase besaß. Thomas hatte ihr davon erzählt, denn in der Schiffsküche wurde seit Wochen darüber gemunkelt.

»Zwei der Jungköche warten nur darauf, dass der Typ ihnen mal begegnet«, hatte Thomas gesagt. »Dann kriegt er eine Abreibung, die ihm alle Gedanken an Melanie aus dem Kopf treibt.« Er hatte leise gelacht. »Die Jungs sind in die hübsche Kellnerin verliebt, die aber hat sichtlich kein Interesse an einem Flirt.«

»Das kann ich nachvollziehen. Wenn ich einen Stalker hätte ...«

»... bekäme der Kerl mit mir den Ärger seines Lebens.« Thomas hatte sie bei diesen Worten liebevoll in die Arme genommen und geküsst.

Ein Lächeln glitt über Jeanettes Gesicht, als sie sich an die Szene erinnerte. Während sie zurück zum Schiff ging, sah sie sich immer wieder forschend um, doch von dem Mann mit dem Fernglas und der großen Nase war nichts mehr zu sehen.

Vielleicht habe ich mir das alles auch nur eingebildet, sagte sie sich. Es wäre fatal, Melanie unnötig in Angst und Schrecken zu versetzen.

»Hallo, Jeanette, wie war der Landausflug?« Die Kapitänin kam ihr entgegen, kaum dass sie das Deck betreten hatte. »Waren Sie ein wenig shoppen?« Sie wies auf die Tüte, die Jeanette in der Hand hielt.

»Ja. Eine Kleinigkeit für Thomas.«

»Wird er Sie heute wieder begleiten bei Ihrem Konzert?«

»Erst ganz am Schluss, denke ich, wenn er in der Küche fertig ist.«

»Ach ja, heute ist ja Schlemmertag!« Susanne schob sich eine Haarlocke, die sich aus ihrem lockeren Knoten gelöst hatte, hinters Ohr. »Diese Dessertmenüs werden uns allen fehlen, wenn er nicht mehr an Bord ist.«

Ein Schatten glitt über Jeanettes Gesicht. »Mir auch«, flüsterte sie. »Mir wird er auch fehlen.«

Susanne legte ihr die Hand auf den Arm. »Ich bin ganz sicher, dass Sie beide sich nicht mehr aus den Augen verlieren«, sagte sie.

»Ich wünsche es mir sehr.« Jeanette seufzte unterdrückt auf. »Dabei haben wir zwei Berufe, die gar nicht miteinander zu vereinbaren sind.«

»Das ist alles eine Frage der Organisation.« Susanne schaute auf die Uhr. »Apropos Organisation – ich muss auf die Brücke. Sie entschuldigen mich bitte.«

»Natürlich.« Jeanette zögerte. »Nur noch eine Minute«, bat sie und erzählte Susanne rasch, was sie im Hotelgarten beobachtet hatte. »Irgendwie war mir der Typ unheimlich. Ich traue ihm zu, dass er eine Frau bedrängen und tyrannisieren könnte, wenn er sich von ihr ignoriert fühlt.«

»Wir werden auf jeden Fall doppelt achtsam sein.«

Auf der Brücke ließ sich Susanne per Funk vom Hafenmeister grünes Licht zum Ablegen geben. Erst als dies erledigt war, rief sie Steffen Kessler zu sich.

Der Technische Offizier musste, wie gewohnt, den Kopf einziehen, als er durch die Glastür trat.

»Hallo«, grüßte er knapp und tippte sich an die Stirn. »Gibt es ein Problem, Frau Kapitän?«

»Nichts, was unseren Job betrifft.« Susanne zögerte, dann erzählte sie ihm von Jeanette Bergers Beobachtung.

»Wenn das stimmt, sollten wir uns gleich mal die Passagierliste ansehen.«

»Das hab ich gerade schon gemacht.« Susanne bat ihn, sich zu setzen, es war ein wenig anstrengend, zu dem großen Steffen aufsehen zu müssen. »Ich fürchte aber, dass er unter anderem Namen eingecheckt hat.« Sie zögerte, dann fragte sie unumwunden: »Sie mögen Melanie doch auch, nicht wahr?«

»Ja. Sehr sogar.« Ein Lächeln glitt über Steffens sonst so ernstes Gesicht. »Sie ist ein liebenswertes Mädchen.«

»Genau. Und deshalb denke ich, dass Sie der Richtige sind, ein besonderes Auge auf sie zu haben – vor allem außerhalb der Dienstzeit. Wenn sie bedient, wird er sich ihr nicht zu nähern wagen – sollte er überhaupt irgendwie an Bord gekommen sein oder noch irgendwo zusteigen.«

»Ich werde tun, was ich kann.« Steffen stand auf. »Gibt es sonst noch etwas? Andernfalls müsste ich noch mal für eine Stunde in den Maschinenraum.«

»Danke, das war's auch schon.«

Als sie wieder allein war, kontrollierte Susanne erneut

die Passagierliste. Aber es blieb dabei: Nur zwei Damen und drei Ehepaare würden in Dürnstein an Bord kommen und die Strecke bis Passau mitreisen.

Sie war erleichtert, und das gute Gefühl blieb den ganzen Abend hindurch. Wie zu erwarten gewesen war, entsprachen das Abendmenü, vor allem aber das große Dessertbüfett ganz den Vorstellungen der Gäste.

Erst weit nach Mitternacht leerten sich die Säle und die Bar. Steffen Kessler hatte in einer Nische der Bar darauf gewartet, dass Melanie Dienstende hatte. Als sie sich von den Kollegen verabschiedete, trat er auf sie zu.

»Hallo, Melanie, hast du Lust, noch ein bisschen frische Luft zu schnappen? Ich bin sicher, Jo macht uns einen Spezialdrink, den wir mit nach oben nehmen können.« Er nickte dem Barkeeper auffordernd zu.

»Wie immer gern, Steffen.« Jo wandte sich an Melanie. »Möchtest du Wodka oder Sekt in dem Drink?«

»Ein bisschen Sekt bitte nur.«

»Mir einen Schuss Wodka, wie immer.« Steffen zwinkerte Jo zu, der ihnen die Gläser über den Tresen schob und noch einen schönen Abend wünschte.

»Der ist gut«, meinte Melanie lächelnd. »Jo kann morgen ausschlafen, aber ich hab Frühdienst.«

»Schön, dass du trotzdem mit mir gekommen bist.«

»Gern.« Melanie wies auf zwei Deckstühle, die in einer windgeschützten Ecke standen. »Die hat jemand vergessen abzuräumen«, sagte sie. »Wie praktisch.«

Steffen lachte leise. »Die hab ich hergestellt«, gestand er. »Ich hatte gehofft, dass du noch mitkommst.«

»Ach ja?« Melanies Herz klopfte ein wenig schneller. »Ich wollte eigentlich schlafen gehen, aber du hast recht, es ist immer noch warm, und die Nacht …«

»… ist viel zu schön, um sie allein zu verbringen.« Steffen strich ihr zärtlich über die Wange. »Darf ich dir gestehen, dass ich dich sehr mag?«

Melanie biss sich auf die Lippen. Wie gut, dass es schon dunkel war, so konnte Steffen nicht sehen, dass sie rot wurde.

»Ich … ich mag dich auch«, brachte sie hervor. »Aber ich weiß so gar nichts von dir.« Sie sah ihn offen an. »Du bist immer so ernst. Irgendwie … bedrückt.«

Steffen zögerte, dann griff er nach ihrer Hand. »Das stimmt«, sagte er. »Ich … ich habe lange Zeit um meine Verlobte getrauert. Sie ist tödlich verunglückt – sechs Wochen vor unserer Hochzeit.«

»Du Armer. Das tut mir schrecklich leid.«

»Es geht mir jetzt schon viel besser.« Sein Händedruck wurde fester. »Und das hab ich dir zu verdanken, Melanie.«

»Das ist gut.« Sie nahm seine Hände in ihre, und leichte Röte stieg in ihre Wangen, als sie gestand: »Du bist mir sehr wichtig, Steffen, und vielleicht …«

»Vielleicht können wir irgendwann mehr als Freunde werden«, vollendete er ihren Satz. Dann zog er ihre Hände an die Lippen und küsste sie. »Gib mir noch ein wenig Zeit«, bat er.

Melanie nickte nur, dann schloss sie für einen Moment die Augen. Das Glücksgefühl, das sie durchströmte, tat beinahe körperlich weh. So hatte sie noch nie empfunden.

Ein Windstoß zauste ihre Haare, und Melanie erschauerte leicht.

»Ist dir kalt? Sollen wir wieder reingehen?«

»Nein, lieber nicht.« Sie rückte ihren Stuhl ein wenig näher an seinen und lehnte den Kopf an seine Schulter. »Es wäre schön, wenn wir noch ein paar Minuten so sitzen bleiben könnten.«

»Gern.« Behutsam legte Steffen seinen Arm um Melanies Schultern. So saßen sie eine Weile. Schweigend, aber glücklich, zusammen zu sein.

17

Wie immer, wenn die *Donauperle* einen längeren Aufenthalt in Dürnstein hatte, fuhr Susanne nach Hause aufs Weingut. Markus Mattner ging es schon wieder recht gut, er lag auf der Terrasse und studierte die neuen Bestellungen.

»Du sollst doch nicht arbeiten!« Susanne beugte sich über ihn und küsste ihn auf die Wange.

»Das ist keine Arbeit, das ist Aufheiterung.« Markus, der mittlerweile wieder eine gesunde Gesichtsfarbe hatte, richtete sich ein wenig auf. »Florian hat supergute Verträge gemacht. Wir haben ein halbes Dutzend neue Kunden gewinnen können, zwei davon Großabnehmer.«

»Dann darfst du weiterlesen.« Susanne lachte. »Ich gehe mal rein zu Mutsch.«

»Warte!« Markus hielt sie an der Hand fest. »Wenn du willst, kannst du mit Florian was unternehmen. Ich gebe ihm frei.« Er lachte leise. »Aber nur, wenn mein Verwalter glaubt, dass er das mit seinem Job vereinbaren kann.«

»Danke!« Susanne gab ihm einen weiteren Kuss. »Mal sehen, ob ich den fleißigen Mann davon überzeugen kann, etwas Zeit mit mir zu verbringen.«

»Du wirst schon wissen, wie du das anstellst!«

Es war für Susanne natürlich kein Problem, Florian für einen Kurzurlaub zu gewinnen. Während sie ihrem Großvater in Dürnstein noch einen kurzen Besuch abstattete, gab Florian den Arbeitern ein paar Anweisungen für den kommenden Tag.

»So, jetzt stehe ich dir voll und ganz zur Verfügung«, sagte er vergnügt, als er Susanne drei Stunden später vor dem Gutshaus abholte. »Was willst du unternehmen?«

Susanne zögerte. »Ich hätte große Lust, nach Regensburg zu fahren und Juliane zu besuchen. Sie arbeitet gerade an einem wichtigen Auftrag, der gleich drei wertvolle Stücke umfassen wird. Aber sie würde sich sehr freuen, uns zu sehen. Wir haben gestern miteinander telefoniert.« Sie lachte leise. »Und sie hat auch versprochen, nicht selbst zu kochen, sondern uns einen Tisch in einem Brauhaus zu reservieren. Das Lokal liegt in der Altstadt und ist nicht nur sehenswert, das Essen ist auch ganz besonders gut.«

»Dann lass uns fahren. Ich muss nur noch schnell ein paar Sachen einpacken.«

Das war rasch erledigt, und so kamen sie am späten Nachmittag schon in Regensburg an.

Juliane wohnte in der Altstadt, ganz in der Nähe der Steinernen Brücke, die die Donau überspannte. Von ihrem Atelier aus konnte sie sowohl diesen spektakulären Flussübergang als auch die Domspitzen erkennen.

»Ich bin immer wieder fasziniert, wenn ich diese Brücke sehe«, sagte Florian bewundernd und blickte sich suchend nach einem Parkplatz um. »Soweit ich weiß, stammt sie aus dem zwölften Jahrhundert. Trotzdem muss sie nicht laufend repariert oder gar erneuert werden wie die modernen Brücken von heute.«

»Da hast du recht. Die Erbauer von damals waren Meister ihres Fachs. Allein die sechzehn Brückenbögen zu konstruieren war für die damalige Zeit eine großartige Leistung.« Susanne wies nach links. »Schau, hier könntest du doch parken!«

»Das war mehr als Glück«, kommentierte Florian, während er die beiden Reisetaschen aus dem Kofferraum hob. »Wir müssen ja noch nicht mal zweihundert Meter laufen.«

»Faultier«, sagte Susanne lachend und hängte sich bei ihm ein.

Vor den beiden Ausstellungsfenstern von Julianes Juwelierwerkstatt blieben sie einen Moment stehen und bewunderten die wenigen, aber sehr schönen und geschmackvoll dekorierten Stücke.

»Sie ist wirklich eine Künstlerin.« Susanne hatte ihre anerkennenden Worte noch nicht ganz ausgesprochen, da kam die Freundin schon aus dem Laden gelaufen und umarmte sie stürmisch. Auch Florian drückte sie kurz an sich.

»Meine Güte, haben wir uns lange nicht gesehen!« Juliane sah von einem zum anderen. »Florian, du hast dich kaum verändert.«

»Danke für die Blumen. Aber ich bin etwa zehn Jahre älter geworden seit unserem letzten Treffen.« Er zögerte, fügte dann jedoch grinsend hinzu: »Du natürlich nicht, Juliane.«

»Das höre ich gern, du Charmeur.« Sie hakte sich bei Susanne ein. »Kommt mit, ich habe oben schon alles für euch hergerichtet.«

»Hast du mein Zimmer denn immer noch nicht ausgeräumt?« Susanne lachte. »Ich hab dir doch gesagt, dass du es ruhig mit benutzen kannst. Die wenigen Sachen, die ich da noch drin habe …«

»… sind schon in zwei Kisten verpackt worden.« Juliane öffnete eine Tür. »Voilà, so sieht es jetzt aus.«

»Wow!« Susanne sah sich begeistert um. Juliane hatte den großen Raum mit hellen Rattanmöbeln ausgestattet, Blickfang war eine übergroße Couch aus hellgelbem Leder, auf der bunte Kissen zum Kuscheln einluden. Zwei Ledersessel in einem hellen Cognacton passten gut zu den naturweißen Vorhängen und dem beige-cognacfarbenen Teppich im dezenten Karomuster.

»Und? Gefällt es dir?«

»Hervorragend!« Susanne ließ sich in einen der Sessel sinken. »Höchst bequem.«

»Mich interessiert mehr das Bett.« Florian grinste.

»Kann ich verstehen«, stimmte Juliane ihm zu. »Ich kann dir versichern, dass es ebenfalls sehr bequem ist – und dass man auch zu zweit gut darin schläft.«

»Und woher weißt du das?« Susanne sah die Freundin forschend an. »Was hast du zu beichten, meine Liebe?«

»Heute Abend erzähle ich dir gern meine Neuigkeiten. Jetzt muss ich wieder in den Laden. Macht es euch gemütlich. Und unternehmt mal einen Stadtbummel. Regensburg hat viel zu bieten.«

»Ich weiß. Und ich werde Florian die schönsten Ecken

zeigen. Du geh schön arbeiten, lass dich von uns nicht aufhalten.«

»Bis später dann.« An der Tür drehte Juliane sich noch mal um. »Der Begrüßungssekt steht im Kühlschrank, Susanne. Du kennst dich ja aus.«

»Danke.«

Als Juliane gegangen war, stellte sich Susanne ans Fenster und schaute hinunter auf die belebte Straße.

»Ich bin gespannt auf die Neuigkeiten«, sagte sie und drehte sich gleich wieder zu Florian um.

»Ich denke, dass es hiermit zu tun hat.« Florian kam ihr zwei Schritte entgegen. Er hielt ein Bild in einem schmalen Silberrahmen in der Hand. Es zeigte ein lachendes Männergesicht. Im Hintergrund war der Mailänder Dom zu erkennen.

»Zeig her.« Susanne griff nach dem Foto und schaute es sich genau an. Der Mann mit dem dunklen Teint und den schwarzen Haaren wirkte sehr sympathisch. Die zwei kleinen Locken, die ihm in die Stirn fielen, ließen ihn jung und unbekümmert erscheinen, doch die Lachfalten um die Augen verrieten, dass er nicht mehr ganz jung war.

»Da bin ich ja mal gespannt auf Julianes Erklärung.«

»Erst mal trinken wir ein Glas auf uns, auf deine Freundin und diese schöne Stadt. Ich war lange nicht mehr hier.«

»Dann auf zur Stadtbesichtigung.«

Nachdem sie ein erfrischendes Glas Sekt getrunken hatten, schlenderten sie die kurze Strecke hin zur berühmten Steinernen Brücke. Sechzehn Steinbögen überspannten die noch junge, ursprüngliche Donau, die an dieser Stelle von großen Kreuzfahrtschiffen nicht befahren werden konnte. Doch etliche kleinere Ausflugsschiffe und private Boote tummelten sich auf dem Wasser.

»Dahinten, auf der anderen Brückenseite, ist der Brückenturm.« Susanne hakte sich bei Florian ein. »Ich kann mich noch gut daran erinnern, dass Julianes Vater mal mit uns dort war. Das mittelalterliche Museum fanden wir damals nicht sehr interessant, aber aufregend war die Legende vom Brückenbaumeister.«

»Die kenne ich nicht.«

»Dann hör zu.« Sie schlenderten weiter bis zur Mitte der Brücke, und Susanne erzählte: »Es heißt, der Baumeister der Brücke habe damals einen Pakt mit dem Teufel geschlossen. Der sollte ihm helfen, gegen den Dombaumeister zu gewinnen. Die beiden Männer waren im Wettbewerb darum, wer als Erster mit seinem Werk fertig wäre.«

»Und? Hat der Teufel mitgebaut?«

»Das nicht. Aber er verlangte die ersten drei Seelen derjenigen, die die fertige Brücke überquerten.«

»Und? Wer hat gewonnen?«

»Der Brückenbauer. Er hat nämlich den Teufel ausgetrickst und als Erstes einen Hund, einen Hahn und eine Henne über die Brücke getrieben.« Sie wies auf eine Skulptur in der Mitte der Brücke. »Das ist das sogenannte *Brückenmandl*. Dem cleveren Baumeister hat man hier ein Denkmal gesetzt.«

»Interessant.« Florian spazierte langsam weiter. Er sah sich neugierig zwei historische Schiffe an, die vage erkennen ließen, wie schwer die Arbeit für die Männer auf den Donauschiffen einst gewesen war.

»Möchtest du sie besichtigen? Das können wir morgen machen.«

»Nein, nein, das muss nicht sein. Komm, wir gehen weiter.«

Hand in Hand bummelten sie durch die historische Altstadt Regensburgs, in der es an Besonderheiten nicht mangelte. Sie bestaunten das ehemalige Nordtor der Stadt, die Porta Praetoria, die die Römer zweihundert Jahre nach Christus hier erbauten.

»Mir gefällt das Goliathhaus am besten«, sagte Susanne und wies auf ein dreistöckiges Gebäude, dessen Fassade ein riesiges Gemälde zierte. Es zeigte Goliath in voller Rüstung, wie er den mit einer Schleuder bewaffneten David zum Kampf herausforderte. »Schon als Kind war ich von diesem Bild beeindruckt.«

»Es ist ja auch imposant.« Florian sah sich um. »So wie das Alte Rathaus. Sogar ich weiß, dass dort einst der Immerwährende Reichstag zusammenkam.«

»Wow, du hast in Geschichte gut aufgepasst!«, neckte ihn Susanne.

»Stimmt. Es war eins meiner Lieblingsfächer.«

»Dann sind wir in Regensburg ja genau richtig.«

Florian antwortete nicht, sondern wies diskret nach rechts. »Sag mal, ist das da vorne nicht Fürstin Gloria?«

»Doch, ich denke schon.« Susanne schaute unauffällig in die angegebene Richtung. »Sie ist also mal wieder daheim.«

»So ein Zuhause möchte ich nicht haben, offen gestanden.« Florian grinste. »Stell dir vor, du müsstest fünfhundert Zimmer putzen.«

»Das macht sie bestimmt nicht selbst. Und ich bin mir auch sicher, dass nicht alle Räume bewohnt werden.« Susanne lachte leise. »Ich habe mal zusammen mit Juliane eine Schlossbesichtigung gemacht – gigantisch ist dieser Prachtbau, das sag ich dir.«

»Mir reicht mein Verwalterhaus zum Glücklichsein.« Florian legte den Arm um sie und küsste sie auf die Wange. »Vor allem dann, wenn du da bist.«

»Danke, das höre ich sehr gern!« Lachend sah Susanne ihn an. »Willst du zum Schloss hinüber? Wir könnten aber auch in die Basilika gehen. Sankt Emmeram ist ein Barockjuwel.«

»Das weiß ich, mein Schatz. Aber ich möchte jetzt lieber noch ein bisschen hier draußen mit dir herumschlendern, ehe wir zu Juliane zurückgehen.«

»Ich bin ganz deiner Meinung. Eine halbe Stunde haben wir noch, denke ich.«

Im Gewirr der Gassen vergaßen sie dann fast die Zeit und mussten sich beeilen, um zurück zu Juliane zu kommen. Es machte einfach zu viel Spaß, die ganzen kleinen Geschäfte zu bewundern und die historischen Gebäude anzuschauen. Zwischen Boutiquen, Silberschmieden und Antiquitätengeschäften fand sich hier auch Kunsthandwerk und Handgetöpfertes.

Die Freundin hatte ihr Geschäft schon geschlossen und wartete am Eingang auf sie.

»Wenn ihr wollt, können wir gleich Essen gehen. Ich für meinen Teil hab nämlich Hunger.«

»Weiß der Kuckuck, wie du so schlank bleiben kannst. Du kannst essen, was du willst, und nimmst nicht zu.«

»Sag das nicht. Ich werde nämlich in letzter Zeit häufiger mit delikater Pasta verwöhnt.«

»Dachte ich's mir doch!« Susanne lachte. »Es hat dich endlich erwischt.«

»Und wie!«

Während des Essens erzählte Juliane dann Genaueres.

»Du weißt doch noch, dass ich vor einigen Wochen in Mailand war.« Sie sah Susanne an, und als die zustimmend nickte, fuhr Juliane fort: »Auf der Messe habe ich dann Claudio kennengelernt. Er ist Juwelier und hat ein großes Geschäft in Meran.« Sie machte eine kleine Pause, aber da Susanne und auch Florian sie nur fragend anschauten, schwärmte sie: »Er ist ... einfach wunderbar. Klug, charmant, witzig und ausgesprochen musikalisch. Wir haben uns sofort ineinander verliebt. Er ist genau der Mann, auf den ich immer gewartet habe.«

Bei diesen Worten stieg leichte Röte in ihre Wangen. Ein wenig verlegen strich sie sich über die hellblonden Haare, die wie immer sehr kurz geschnitten waren.

»Ich freu mich für dich.« Susanne stand auf und umarmte die Freundin. »Aber du hättest ruhig schon früher was sagen können.«

»Wenn ihr nicht gekommen wärt, hätte ich dich spätestens am Wochenende angerufen.« Juliane trank einen Schluck von der kühlen Weinschorle. »Es ist nämlich so ...«

Sie sah Susanne an. »Wir heiraten in sechs Wochen. Und du wirst meine Trauzeugin, ist doch Ehrensache.«

»Ich bin platt.« Susanne griff nach Julianes Händen. »Ich fass es nicht! Meine toughe, eigensinnige, sehr emanzipierte Freundin heiratet einen Mann, den sie kaum kennt.« Sie lachte leise auf. »Weißt du noch, was du mir vor drei Jahren mal gesagt hast, nachdem du dich von diesem ... Wie hieß er noch? Ich glaube Andreas ... Also, nachdem du dich von diesem Typen nach vier Monaten getrennt hast, hast du versichert, dass dich kein Mann an den Altar schleppen würde.«

»Man soll eben niemals nie sagen«, meinte Juliane verschmitzt. »Glaub mir, es gibt für mich keinen Zweifel mehr – Claudio ist der Richtige.«

»Ich freu mich für dich. Ganz, ganz ehrlich! Und selbstverständlich werde ich mir für dieses Wochenende Urlaub nehmen!« Sie griff nach Florians Hand. »Darf er mit?«

Juliane lachte. »Ich bestehe darauf. Und ich hoffe, dass ihr dann auch bald auf den Geschmack kommt!«

Susanne winkte ab. »Daran denken wir noch nicht.«

»Nein? Das sehe ich aber anders.« Das Blitzen in Florians Augen ließ sie erröten. »Mir jedenfalls gefällt der Gedanke, dich im weißen Kleid zu sehen.«

18

Der Himmel färbte sich im Westen blutrot, und die Wolkenberge, die am Tag noch wie weiße Himmelsschiffe im tiefen Blau vor Anker lagen, bekamen einen dunklen Grauschleier. Leichter Wind wehte die ersten Blätter von den Bäumen, und auf dem Donauwasser kräuselten sich kleine, unruhige Wellen.

»Weißt du, wen wir wieder an Bord haben?« Christian Pichler kam, eine Kladde in der Hand, zu Susanne auf die Brücke. »Frau Kornacker und ihre Enkelin haben erneut eine Kabine gebucht.«

»Ach nein! Das freut mich aber sehr! Dann ist die alte Dame also wieder gesund.«

»Sie sieht jedenfalls sehr gut aus und kann die Reise nach Budapest kaum erwarten.« Christian stellte sich neben Susanne und schaute hinunter zum Kai, wo sich gerade die letzten Crewmitglieder einfanden. »Da kommen ja auch Melanie und Steffen! Die beiden sind im Moment Gesprächsthema Nummer eins bei den Kollegen.«

»Was du nicht sagst!« Susanne gab ihm einen leichten Rippenstoß. »Haben sie Vanessa und dich abgelöst?«

»Oder dich, Frau Kapitän. Man munkelt, du würdest bald heiraten.«

»Ich? Das wüsste ich aber!«

»Du hast aber wegen der Hochzeit Urlaub eingereicht. Das haben zwei der Kabinenstewardessen mitgekriegt.« Er legte die Hand auf Susannes Schulter. »Du, wenn du mir das verschweigst, bin ich echt sauer.«

Susanne seufzte übertrieben auf. »Dieses Schiff ist ja die reinste Klatschbude. Aber zu deiner Info: Nicht ich heirate, sondern meine Freundin. Und ich bin Trauzeugin.«

»Ach so!« Christian atmete auf. »Und ich dachte schon ...«

»Was?«

»Ach nichts.« Er, der sonst stets so schlagfertig war, winkte verlegen ab. »Ich geh dann mal und bereite alles zur offiziellen Begrüßung vor.«

»Tu das.« Als er schon halb aus der Tür war, rief Susanne ihm nach: »Noch eins, Christian: Wenn ich mal heirate, musst du dir auch Urlaub nehmen.«

»Ich? Wieso?« Er machte wieder einen Schritt auf sie zu.

»Weil ich dich dann unbedingt dabeihaben will. Als Organisator, zum Beispiel.« Susanne lachte ihn an. »Und als einen sehr lieben Freund. Aber keine Sorge, du hast noch Zeit, um dich darauf vorzubereiten.«

»Zu Befehl.« Er grinste und tippte sich an die Mütze, die er im Moment nicht trug.

Eine knappe Viertelstunde lang widmete sich Susanne den Vorbereitungen für die anstehende Reise. Dann kehrte

Christian aufgeregt zurück. Er nahm sich nicht einmal die Zeit, kurz anzuklopfen.

»Du glaubst es nicht«, stieß er hervor, »aber Melanies Stalker ist an Bord.«

»Das ist nicht wahr!« Susanne sah ihn mit einem leichten Kopfschütteln an. »Als Passagier? Wir hatten doch vereinbart, dass er unter keinen Umständen an Bord kommen darf.«

»Stimmt. Und er ist auch wieder nicht auf der Passagierliste aufgeführt. Aber ich bin mir ganz sicher, dass ich ihn gesehen habe. Leider war er verschwunden, als ich auf dem Vorderschiff ankam.« Er seufzte enttäuscht auf. »Weiß der Teufel, wie der Typ es geschafft hat, sich hier einzuschleichen. So einfach ist es ja nicht, unter anderem Namen zu buchen.«

»Vielleicht hast du dich auch geirrt.«

»Auf keinen Fall. Außerdem …« Er drehte sich um. »Komm her, Melanie.«

Langsam kam die junge Stewardess näher. Ihr Gesicht war blass, die Augenlider zuckten vor Aufregung, und als sie jetzt die Hand ausstreckte, bemerkte Susanne, dass sich ihre Finger fest in die Wäschestücke krallten, die sie in den Händen hielt.

»Das … das lag auf meinem Bett«, stieß sie hervor. »Er war da. Und er hat meinen ganzen Schrank durchwühlt. Die BHs und etliche meiner Slips waren überall verteilt.«

»Das ist ja ungeheuerlich!« Susanne legte spontan die Arme um Melanies zitternde Schultern. »Komm, beruhige dich. Wir werden den Kerl dingfest machen. Heute noch!«

»Aber es heißt doch, dass er gar nicht an Bord gekommen ist.« Melanie zerknüllte die dünnen Wäschestücke zwischen ihren Fingern. »Nur das hier sagt etwas ganz anderes.« Sie schluchzte auf. »Er hat wirklich alles durchsucht. Und die Wäsche im Raum verteilt. Am Badezimmerspiegel steckt eine Rose, dazu hat er einen Kussmund aufs Glas gemalt.«

»Er ist irre. Gefährlich irre.« Susanne überlegte krampfhaft, was jetzt zu tun war. Wichtig war, dass die Passagiere von der ganzen Aufregung nichts mitbekamen. Dennoch musste der Stalker dringend gefasst werden.

»Wir können nicht einfach alle Kabinen durchsuchen«, murmelte sie. »Aber irgendwo wird er sich verstecken.«

»Oder er hat sich verkleidet.« Christian schlug sich vor die Stirn. »Da fällt mir ein, da war jemand an den Ladeluken, der irgendwie merkwürdig aussah.« Christian biss sich auf die Unterlippe. »Er trug einen blauen Overall wie die meisten der Arbeiter. Aber jetzt, wo wir wissen, dass er an Bord gekommen ist ... Nein, ich bin mir jetzt ganz sicher. Schon allein die große krumme Nase ist unverwechselbar. Und die hab ich genau gesehen, ich hatte nämlich das Fernglas vor den Augen, da ich drüben bei den Verladerampen noch etwas nachprüfen wollte.«

Ein paar Sekunden überlegte Susanne. »Wir durchkämmen das ganze Schiff«, ordnete sie dann an. »Aber vorsichtig. Wir dürfen kein Aufsehen erregen. Der Typ darf nicht gewarnt werden – wenn er denn wirklich hier ist –, und die Passagiere sollen nichts von der Aktion mitbekommen.«

»Ist klar. Ich werde alles Notwendige veranlassen.«

»Danke. Ich informiere den Ersten. Er sollte auch involviert werden.« Susanne sah Christian nach, als er eilig davonging, dann rief sie Wolfgang Wallburger zu sich.

Der Erste Offizier hatte gerade eine Woche Urlaub hinter sich, da seine Tochter aus der Klinik entlassen worden war. »Wie geht's Ihrer Kleinen?«, erkundigte sich Susanne auch diesmal wieder, kaum dass sie einander begrüßt hatten.

»Danke, sehr gut. Sie fühlt sich daheim viel wohler als in der Klinik. Und die Ärzte sagen, sie sei auf einem guten Weg, es würden wohl keine Spätfolgen bleiben.«

»Das freut mich aufrichtig.« Susanne lächelte ihn an. Er wirkte so entspannt wie nie zuvor, erwiderte sogar ihr Lächeln. »Setzen Sie sich kurz, Herr Wallburger.«

»Was gibt es denn so Wichtiges?« Für einen Moment fiel er in die alte Verhaltensweise zurück.

»Sie haben sicher schon gehört, dass die Stewardess Melanie von einem Stalker belästigt wird.«

»Ja, aber das ist doch nichts, das uns hier an Bord tangieren sollte.«

»Leider doch. So wie es aussieht, ist dieser Mann auf dem Schiff. Und ich bin nach allem, was ich über ihn weiß, fest überzeugt, dass er nicht ungefährlich ist.« Sie machte eine kleine Pause. »Herr Pichler beginnt gerade mit einer diskreten Durchsuchung des Schiffes. Er fängt mit den Passagieren und deren Kabinen an. Unter einem Vorwand natürlich«, fügte sie rasch hinzu, als der Erste Offizier aufbegehren wollte. »Sie wollte ich bitten, in allen Mannschaftsräumen und eventuell sogar im Maschinenraum nachzusehen.«

»Mache ich.« Wolfgang Wallburger erhob sich. »Noch eine Frage: Nach wem muss ich Ausschau halten? Wie sieht dieser Mann aus?«

»Nicht besonders groß, aber mit einer auffallend großen Nase im blassen Gesicht.« Kurz zögerte Susanne, dann fuhr sie fort: »Glauben Sie mir, ich sauge mir das alles nicht aus den Fingern. Sogar unsere Sängerin hat schon seine unangenehme Bekanntschaft gemacht.«

»Na gut, ich gebe Order, dass alles durchsucht wird. Und ich werde mir persönlich mit zwei Männern den Lagerraum vornehmen.«

»Danke.« Susanne nickte ihm zu, dann widmete sie sich wieder den Vorbereitungen für die Reise.

Langsam senkte sich die Dunkelheit übers Land. Auf der *Donauperle* gingen alle Lichter an, vor allem der große Speisesaal war taghell. Aber auch im Lagerraum und in dem großen Kühlraum waren alle Lampen eingeschaltet, was so kurz vor dem Auslaufen untypisch war.

Noch immer suchten etliche Besatzungsmitglieder ebenso diskret wie sorgfältig nach Burkhard Rasinsky.

»Nichts.« Christian kam zur Brücke und machte Meldung. »Alles, wirklich alles haben wir durchsucht, doch von diesem Rasinsky keine Spur. So langsam glaube ich, dass ich mich versehen habe. Der Typ kann sich ja nicht in Luft auflösen.«

»Es war trotzdem gut, dass ihr überall nachgeschaut habt.«

»Ich war mir so sicher ...« Christian zuckte enttäuscht die Schultern. »Tut mir echt leid für all diese Umstände.«

»Mach dir deshalb keinen Kopf.« Susanne sah zur Tür, durch die gerade Wolfgang Wallburger kam.

»Nichts! Wir haben das Schiff fast komplett auf den Kopf gestellt – kein blinder Passagier an Bord.«

»Sorry«, sagte Christian, diesmal in Richtung des Ersten.

»Schon in Ordnung.« Wolfgang Wallburger schaute in Susannes Richtung. »Es ist alles klar zum Ablegen«, meldete er.

»Danke.«

Eine knappe halbe Stunde lang blieb Susanne auf der Brücke und sah zu, wie Passaus Silhouette langsam von der Dämmerung verschluckt wurde und die *Donauperle* ihre Fahrt in Richtung Melk begann.

Nach etwa zwei Stunden Fahrt begab sie sich in den großen Salon, um, wie bei jeder Reise üblich, die Passagiere zusammen mit Christian und dem Ersten Offizier zu begrüßen.

Diesmal fiel ihre Ansprache recht kurz aus, sie überließ es dem Hotelmanager, die Passagiere über all das zu informieren, was für sie während der nächsten Tage von Bedeutung sein würde.

Sie zog sich in eine Ecke zurück und sah sich die Passagiere, die zum Empfangscocktail gekommen waren, genau an. Vielleicht erspähte sie diesen Rasinsky ja doch noch!

Aber der Mann war nirgendwo zu entdecken, und so langsam glaubte Susanne, dass sich Christian doch geirrt hatte.

In bequemen Klubsesseln saßen Ellen Kornacker und ihre Enkelin, und nachdem Christian seinen Vortrag beendet hatte, ging Susanne auf die beiden zu.

»Frau Kornacker, Kristina, es freut mich sehr, dass Sie wieder an Bord sind.« Sie lächelte die alte Dame an. »Wie geht es Ihnen? Sie sehen sehr gut aus, wenn ich das sagen darf.«

»Danke, es geht mir auch sehr gut. Ich habe die kleine Herzattacke gut überstanden.« Ellen Kornacker schmunzelte. »Wenn Sie mich fragen – ich hätte gar nicht in eine Klinik gemusst.«

»Oma!« Kristina schüttelte den Kopf. »Nun tu nicht so, als wäre das alles eine Kleinigkeit gewesen. Du hattest wieder einen leichten Infarkt, das lässt sich nicht leugnen. Von einer Attacke darfst du nicht reden, das wäre untertrieben.«

»Ach Kind, die Ärzte übertreiben doch auch immer.« Ellen Kornacker sah zu Susanne hoch. »Ich fühle mich jedenfalls wieder sehr fit und freue mich darauf, noch einmal mit Ihnen fahren zu können.« Sie machte eine kleine Pause. »Wir haben uns ganz bewusst wieder für die *Donauperle* entschieden. Das Schiff ist wunderschön, und Sie sind eine sehr gute Kapitänin.«

»Danke sehr.« Susanne winkte Melanie heran, die gerade ein Tablett mit Cocktails herumtrug. »Sie trinken doch einen Schluck mit mir, meine Damen?«

»Aber nur noch einen Schluck Saft, bitte.«

»In den linken Gläsern sind alkoholfreie Drinks«, erklärte Melanie, und die alte Dame nahm gern eine Erfrischung. Kristina hingegen genoss den Sektcocktail.

»Ach übrigens, Melanie – es ist alles in Ordnung«, sagte Susanne leise zu der Stewardess. »Niemand hat den Kerl gesehen.«

»Danke, das ist eine gute Nachricht.« Über Melanies Gesicht glitt ein entspanntes Lächeln, als sie sich nach einem kurzen Nicken verabschiedete und die nächsten Gäste mit Drinks versorgte.

»Was ist denn passiert?«, fragte Kristina. »Mir ist auf der ersten Reise aufgefallen, dass ein Mann immer wieder Melanies Nähe suchte, was ihr sichtlich unangenehm war. Ich bin einmal sogar dazwischengegangen, da er ihr die Arme um die Taille legte und sie zu küssen versuchte.« Kristina lachte leise auf. »Es war, glaube ich, in Melk. Ich hab ihm damals zu verstehen gegeben, dass ich eine gute Karateausbildung habe und er sich besser nicht mit mir anlegen sollte.«

Susanne zögerte, dann berichtete sie leise von Melanies Sorgen. »Dieser Stalker verfolgt sie ständig. Mal lauert er ihr in einer Stadt auf, mal ist er an Bord.«

»So schätze ich den Typen ein, den ich damals vertrieben habe.« Kristina presste die Lippen zusammen. »So etwas ist ätzend. Ich hatte mal eine Nachbarin, die von so einem Menschen belästigt wurde. Er konnte erst dingfest gemacht werden, als er in ihr Haus eindrang und sie dort bedrohte.«

»Bedroht hat er Melanie zum Glück noch nicht, aber er belästigt sie leider so sehr, dass sie Angst vor ihm hat.«

»Ich werde auch mal die Augen offen halten«, sagte Kristina, dann trank sie ihr Glas aus. »Omi, wir werden ein bisschen Detektiv spielen auf dieser Reise.«

Aber Frau Kornacker winkte ab. »Das mach du mal lieber allein. Ich möchte nichts anderes, als mich in einen bequemen Deckstuhl setzen und meine Bildbände über Budapest anschauen.«

»Das ist genau die richtige Einstellung.« Susanne nickte Ellen Kornacker zu, legte dann Kristina die Hand auf den Arm und bat: »Sollten Sie wirklich das Gefühl haben, dass Sie ihn irgendwo entdeckt haben – bitte keine Alleingänge. Wir haben ein paar kräftige Männer an Bord.«

»Natürlich. Aber nach ihm Ausschau halten darf ich schon, oder?« Kristina grinste vergnügt. »Es ist doch eigentlich nur ein Spiel, denn Sie sagten ja, dass er nicht an Bord ist.«

»Korrekt.« Susanne sah sich um. Der Saal hatte sich schon zur Hälfte geleert. »Sie entschuldigen mich, ich muss noch einmal auf die Brücke. Ich wünsche Ihnen einen schönen Abend.«

Kurz bevor sie den Saal verließ, traf sie erneut auf Melanie, die dabei war, die geleerten Gläser abzuräumen.

»Schönen Feierabend«, wünschte Susanne.

»Danke, gleichfalls.«

Immer mehr leerte sich der Saal. Dennis, der an diesem Abend an der Bar arbeitete, winkte Melanie zu.

»Ich geh dann schon mal«, sagte er. »Bis morgen.«

»Bis morgen.« Melanie füllte ihr Tablett ein letztes Mal und trug es in Richtung Küche.

»Endlich sind wir allein, meine Schöne.« Wie aus dem

Nichts erklang die heisere Stimme plötzlich in ihrem Rücken.

»Nein!« Melanie glaubte, es zu schreien, doch nur ein Krächzen kam aus ihrem Mund. Das Tablett in ihren zitternden Händen drohte, auf die Erde zu fallen, im letzten Moment konnte sie es auf einem der hohen Bistrotische abstellen, die am Rand des Raums aufgereiht standen.

»Ich hatte solche Sehnsucht nach dir, mein Herzchen.« Ehe Melanie ihn abwehren konnte, schlang der Mann die Arme von hinten um ihre Taille und zog sie an sich.

»Verdammt noch mal, lass mich endlich in Ruhe!« Melanie schwankte zwischen Angst und Wut. »Du bist irre, Burkhard, total irre. Ich will nichts mehr von dir wissen, kapier das endlich!«

Verzweifelt versuchte sie, sich aus seinem Griff zu befreien, doch seine Arme waren wie Eisenklammern.

»Du tust mir weh!« Endlich gelang es ihr, wenigstens den Kopf zu drehen und Burkhard anzusehen.

»Ich muss dich so festhalten, sonst entwischst du mir ja wieder.« Sein Kichern hatte etwas Wahnhaftes. Und als Melanie ihn genauer ansah, begriff sie, warum man ihn nicht gefunden hatte: Burkhards immer viel zu lange dunkle Haare waren kurz rasiert, die drei Millimeter langen Stoppeln hatte er weißblond gefärbt. Außerdem hatte er sich einen Schnauzbart wachsen lassen.

Jetzt beugte er sich noch tiefer über sie, sie spürte seinen Atem im Nacken, danach seine Lippen, die erst ihre Schläfe, dann die Wange streiften.

»Hilfe! Hilfe!« Melanie schrie, so laut sie konnte. Als

nächstes spürte sie Burkhards Hand auf ihrem Mund. Er presste die Finger so hart auf ihre Lippen, dass sie Blut schmeckte. Mit der anderen Hand tastete er nach ihren Brüsten, begann, sie unsanft zu kneten.

»Du verdammter Mistkerl!« Urplötzlich kamen zwei der Jungköche aus der Schwingtür. »Lass sie los. Sofort!«

Burkhard wurde mit einem brutalen Griff von Melanie weggerissen.

Benni, einer der Jungköche, war gut einen Kopf größer und hielt Burkhard mit der linken Hand fest, während sich sein Kollege um Melanie kümmerte, die schluchzend an der Wand lehnte.

»Lass mich los, sonst passiert was!« Burkhard versuchte, nach Benni zu treten und sich aus dem harten Griff zu befreien.

»Du willst es nicht anders.« Benni hob die Hand, dann landete er einen Schwinger an Burkhards Kinn. Mit einem unterdrückten Seufzer ging der zu Boden.

»So, vor dem hast du erst mal Ruhe.« Benni grinste zufrieden. »Ich würde ihm am liebsten noch eine Abreibung verpassen, die er sein Lebtag lang nicht mehr vergisst.«

»Lieber nicht, dann kriegst am Ende du den größten Ärger«, mahnte sein Kollege.

»Was ist denn hier los?« Steffen Kessler kam quer durch den Raum auf die Gruppe zu. Als er die völlig aufgelöste Melanie bemerkte, lief er zu ihr und nahm sie in den Arm. »Es ist alles gut«, murmelte er immer wieder und hauchte kleine Küsse in ihr Haar. »Ich bin ja da. Alles wird gut.«

Dann blickte er die beiden jungen Männer an, nickte ihnen dankend zu. »Das war wohl Hilfe in letzter Minute.«

»Sah zumindest so aus, als müssten wir dringend einschreiten.« Benni schaute zu Melanie hin, dann zu Burkhard Rasinsky hinunter, der gerade versuchte, sich aufzurappeln. »Das wagst du nicht!«

Aber Rasinsky hörte ihn nicht. Er schien wie von Sinnen, als er sah, dass Steffen Melanie immer noch im Arm hielt.

»Finger weg!«, schrie er. »Sie gehört mir! Mir! Mir!« Ungeachtet der Tatsache, dass Benni halb über ihm stand, versuchte er, aufzustehen – was ihm ausgesprochen schlecht bekam. Zwei mit Wucht ausgeführte Ohrfeigen streckten ihn wieder auf den Boden.

»Das musste sein«, kommentierte Benni. »Und was machen wir jetzt mit dem Kerl?« Fragend sah er Steffen an.

»Erst mal sollten wir ihn irgendwo einsperren, wo er keinen Unsinn mehr anstellen kann.« Steffen überlegte kurz. »Fragt den Ersten, wohin er gebracht werden soll. Am besten in einen der kleinen Lagerräume. Und in Melk kann ihn dann die Polizei in Gewahrsam nehmen.«

»Geht klar.« Benni und sein Kollege hoben Rasinsky hoch, der wie ein nasser Sack zwischen ihnen hing und keine Anstalten mehr machte, sich zu wehren.

Als er mit Melanie allein war, zog Steffen sie noch fester in die Arme und küsste sie. Es waren zarte, fast brüderliche Küsse. Dabei streichelte er immer wieder ihren zuckenden Rücken und murmelte zärtliche und beruhigende Worte.

»Wenn wir in Melk angelegt haben, begleite ich dich zur Polizei, wir erstatten dann Anzeige gegen den Mistkerl.« Er holte tief Luft, bevor er weitersprach. »Ich denke, auch die Kapitänin wird ihn belangen, schließlich hat er sich als blinder Passagier aufs Schiff geschlichen. Mit falschen Papieren und mit einer albernen Maskerade.«

Langsam hob Melanie den Kopf. »Wenn du mich begleitest, freu ich mich«, sagte sie leise.

»Das mache ich auf jeden Fall.« Steffen zögerte kurz, dann fuhr er fort: »Und wenn du willst, bin ich auch noch länger an deiner Seite.«

Ein Lächeln huschte über Melanies Gesicht. »Das wäre schön.«

»Finde ich auch.« Er zog sie fester in die Arme, und für die nächsten Minuten waren Burkhard Rasinsky und der Ärger, den er verursacht hatte, vergessen.

19

Melk, Dürnstein, Sankt Pölten und Wien lagen hinter den Reisenden. Die *Donauperle* nahm Kurs auf Budapest, nachdem sie das Donauknie passiert hatte. Der Fluss änderte an diesem Streckenabschnitt seine Richtung um fast fünfundvierzig Grad, was das Manövrieren schwierig machte.

Die Passagiere ahnten davon nichts, sie genossen den Ausblick auf eine reizvolle Landschaft, viele blieben an Deck, um mitzuerleben, wie das Schiff sich der ungarischen Hauptstadt näherte.

Auch Ellen Kornacker und ihre Enkelin saßen wieder an der frischen Luft. Da ein leichter Wind wehte, hatte Ellen sich einen Schal um die Schultern gelegt. Ihre Wangen glühten vor Aufregung, doch sie zwang sich dazu, ruhig zu bleiben. Sie durfte nicht noch einmal riskieren, durch ihr krankes Herz am Besuch von Budapest gehindert zu werden.

»Fühlst du dich auch wirklich gut?«, erkundigte sich Kristina und sah die alte Dame besorgt an.

»Es geht mir prächtig.« Ellen lächelte. »Ich bin ganz entspannt, du musst mich nicht alle Viertelstunde fragen, wie es mir geht.«

»Na gut.« Kristina stand auf. »Ich hole mir einen Drink. Möchtest du auch etwas trinken?«

»Danke, nein.« Ellen schüttelte den Kopf. Sie hob ihr Fernglas wieder an die Augen. »Ich schau mir noch eine Weile die Gegend an. Da drüben liegt Esztergom.«

»Stimmt, ja!« Ein etwa fünfzigjähriger Mann, der ganz in der Nähe an der Reling stand, wandte sich um. »Darüber hab ich was gelesen. Soll interessant sein, das Städtchen.«

Ellen schaute zu ihm hoch. »Als Städtchen würde ich Esztergom nicht gerade bezeichnen«, sagte sie. »Diese Stadt mit ihrem imposanten Dom war einst Königsstadt und schon zur Zeit der Kelten besiedelt. Sie gehört zu den ältesten Städten Ungarns und ist wunderschön. Viele nennen sie sogar die Wiege Ungarns.«

»Was Sie nicht sagen!« Der Mann kam ein bisschen näher. »Sie waren schon einmal dort?«

Ellen nickte. »Das ist aber schon sehr, sehr lange her.« Sie lächelte ihn an. »Aber es waren unvergessliche Tage, die ich dort verbracht habe. Sie sollten, wenn Sie die Möglichkeit finden, unbedingt einen Ausflug dorthin buchen.«

»Danke für den Tipp. Ich werde mit meiner Frau drüber reden. Sie will in Budapest eigentlich nur einkaufen gehen.« Er zuckte bedauernd mit den Schultern.

»Das können Sie doch daheim auch. Aber vielleicht lässt sich sogar beides realisieren. Wir sind ja fast zweieinhalb Tage lang in Budapest.«

»Da haben Sie recht. Ich danke Ihnen.«

»Gern.«

Als sie wieder allein war, schaute Ellen noch einmal

durch ihr Fernglas hinüber zum Ufer. Auf dem markanten Burgberg direkt am Donaustrand erhob sich die berühmte Sankt-Adalbert-Kathedrale, das Wahrzeichen der Stadt. Auch dort war sie mit ihrem Janosch gewesen, sie hatten die Kunstwerke bestaunt, die einst die Landesherren für diese Kirche hatten anfertigen lassen, hatten sich die vielen Barock- und Rokokohäuser angesehen, die unterhalb des Burgbergs standen und vom alten Glanz der Stadt zeugten. Sie hatten aber auch unbeschwerte Tage voller Glück und Liebe in der Umgebung Esztergoms genossen.

Ein kleiner Seufzer wich über Ellens Lippen, als sie sich an diese Zeit erinnerte. Doch im nächsten Moment kam ihre Enkelin zurück, einen gekühlten Drink in der Hand, und sofort verbannte Ellen die melancholischen Erinnerungen.

»Noch eine gute halbe Stunde, dann können wir Budapest schon sehen«, sagte Kristina. »Ich freu mich auf unseren ersten Stadtbummel.«

»Ich mich auch. Und diesmal werde ich nicht schlappmachen, das verspreche ich dir.«

Tatsächlich ging es ihr ausgezeichnet, als sie knapp zwei Stunden später mit vielen anderen Passagieren das Schiff verließ.

Um die Großmutter zu schonen, hatte Kristina für den ersten Tag eine Stadtrundfahrt gebucht. So konnten sie sich bequem alles anschauen und dort, wo es Ellen besonders gefiel, einen längeren Stopp einlegen.

»Es hat sich doch vieles verändert«, stellte Ellen fest, nachdem sie eine Stunde gefahren waren. »Die Stadt ist moderner, jünger geworden. Und viel internationaler.« Sie lachte leise. »Vor vierzig, fünfzig Jahren wäre es undenkbar gewesen, dass Versace, Gucci oder Dior hier ihre Geschäfte eröffnen.«

»Bist du enttäuscht?«

»Aber nein! Das, was wirklich den Reiz der Stadt ausmacht, ist ja noch da.« Ihr Bus fuhr gerade über die berühmte Kettenbrücke, eines der vielen Wahrzeichen von Budapest.

»Oben am Burgberg würde ich gern für eine Weile aussteigen. Geht das?«

»Aber sicher. Wir fahren dann einfach mit einem der nächsten Busse weiter.«

Als die beiden Frauen wenig später vor dem Burgpalast standen, sah sich Kristina begeistert um. »Das ist gigantisch. Ich habe mir nicht vorstellen können, wie groß das alles hier ist.«

»Oh ja, der Palast ist unbeschreiblich groß.« Ellen hakte sich bei ihrer Enkelin ein. »Er überragt die ganze Stadt und ist zudem ihr imposantestes Bauwerk.«

»Die einstigen Herrscher wussten ziemlich genau, wo sie ihre Residenz erbauen ließen«, sagte Kristina und sah sich immer wieder um.

»Da hast du recht. Heute ist hier die Nationalgalerie untergebracht.«

Kristina nickte. »Das hab ich nachgelesen. Außerdem soll es innerhalb dieser Mauern etliche Museen geben. Sicher willst du auch mal dorthin, oder?«

Ellen zögerte. »Mal sehen, wie viel Zeit uns bleibt«, sagte sie. »Erst einmal möchte ich die Stadt erkunden und mir anschauen, wie sehr sie sich verändert hat.« Sie machte eine umfassende Handbewegung. »Die Statuen, die Habsburger Treppe und die vielen Denkmäler hier habe ich alle schon mit Janosch zusammen bewundert.«

»Das denke ich mir.« Kristina nahm wieder Ellens Arm. »Was meinst du, sollen wir auf einen Bus warten, oder kannst du ein bisschen laufen?«

»Klar kann ich laufen. Am besten gehen wir von hier aus rüber zum Dreifaltigkeitsplatz. Dort steht die Pestsäule, die an die Seuche im siebzehnten Jahrhundert erinnern soll.«

»Dann lass uns losgehen.« Kristina war froh, dass ihre Großmutter ihre Emotionen diesmal besser im Griff hatte. Zumindest schien es so. Sie wirkte aufgeräumt und erklärte ihr, während sie durch die alten Straßen schlenderten, noch etliche der Sehenswürdigkeiten.

»Schau, vom Dreifaltigkeitsplatz aus führt eine Gasse zum Ehrenplatz, sie wurde Gasse des Schatzmeisters genannt. Viele der Häuser hier zeugen noch von der einstigen Bedeutung als Handelsweg.«

Als sie nach einer guten Stunde die Fischerbastei erreichten, war Ellen doch so müde, dass sie sich gern in einem der Cafés in der Nähe niederließ.

»Der Anblick von außen reicht mir schon«, sagte sie. »Ich war so oft hier oben ... Aber du solltest dir das Gebäude ansehen. Ich warte hier auf dich.«

»Meinst du wirklich?«

»Aber ja. Sieh dich um. Und schau nach unten, von oben hast du einen tollen Blick über ganz Budapest.«

Nur eine Viertelstunde blieb die alte Dame allein, dann kam Susanne auf sie zu.

»Frau Kornacker, wie schön, Sie hier zu treffen.«

»Ich freue mich auch, Frau Kapitän.« Sie wies auf den freien Stuhl neben sich. »Wollen Sie sich einen Moment zu mir setzen? Oder schauen Sie sich lieber die Fischerbastei an?«

»Ich mache gern eine Pause.« Susanne bestellte sich einen Kaffee. »Bitte, sagen Sie doch Mattner zu mir. Die Kapitänin ist an Bord geblieben«, fügte sie mit einem kleinen Augenzwinkern hinzu.

»Gern.« Ellen Kornacker zögerte. »Ich halte Sie auch wirklich nicht von einem Stadtbummel ab?«

Susanne winkte ab. »Nein, nein, ich war schon mehrfach hier. Heute wollte ich mir nur ein bisschen die Füße vertreten.« Sie wies nach links. »Dort oben habe ich schon mit zwölf Jahren zusammen mit meinem Großvater gestanden. Er war auch Kapitän und hat mich schon als Kind oft mitgenommen.« Sie lachte leise. »Ich darf sagen, dass ich meine Ausbilder ziemlich verblüfft habe, weil ich so viel über die Donau und ihre Tücken wusste, bevor wir den Stoff überhaupt gelernt haben.«

»Das kann ich mir gut vorstellen.«

Eine Weile blieb Susanne noch bei der älteren Dame sitzen, und erst als Kristina zurückkam, ging sie weiter.

Vor der Matthiaskirche sah sie Melanie und Steffen Kessler stehen. Die beiden wirkten so verliebt, dass Susanne beschloss, einen anderen Weg einzuschlagen, um das Paar nicht zu stören. Bei Steffen würde Melanie sicher bald die unangenehmen Erfahrungen mit Burkhard Rasinsky vergessen können.

Die junge Frau hatte in Melk tatsächlich Anzeige gegen den Stalker erstattet, der so brutal in ihre Intimsphäre eingedrungen war. Gleich nach dem Anlegen war sie in Steffens Begleitung zur nächstgelegenen Wache gegangen und mit zwei Beamten für die Festnahme zur *Donauperle* zurückgekommen.

Ein Schatten legte sich über Susannes Gesicht, als sie sich an die Szene erinnerte, die der Stalker veranstaltet hatte, als ihn die Beamten mit den Vorwürfen konfrontierten. Er tobte so laut und stieß so unflätige Beschimpfungen aus, dass sie ihn schließlich in Handschellen abführten.

Es war unvermeidlich, dass ein paar der Passagiere die Szene mitbekamen, doch es gelang Susanne, alle mit einer knappen Erklärung zu beruhigen.

»Das wird euch teuer zu stehen kommen«, wütete Burkhard Rasinsky noch laut unten am Kai.

»Sie auch, denke ich«, sagte Susanne, die den Beamten und ihrem Gefangenen gefolgt war. »Durch die Reederei werden Ihnen noch so einige unangenehme Konsequenzen beschert werden. Schließlich haben Sie dem Unternehmen Schaden zugefügt.«

Den gemeinen Fluch, den der Stalker daraufhin ausstieß, hörte sie nicht mehr, die Beamten verfrachteten ihn schon in den Streifenwagen.

»So allein unterwegs, schöne Frau?« Sie zuckte zusammen – und stieß im nächsten Moment einen Freudenschrei aus. »Flori, wie kommst du denn hierher?«

»Auf den Flügeln der Sehnsucht.« Er grinste.

»Spinner.« Sie stellte sich auf die Zehenspitzen und küsste ihn ausgiebig. »Es ist mir aber auch egal, wie du hergekommen bist, Hauptsache, du bist da.«

»Kluges Mädchen.« Sein Griff um ihre Schultern wurde noch ein wenig fester. »Was hältst du davon, wenn wir gleich an Bord gehen?«

»Sehr, sehr viel!«

»Du bist verrückt. Wahnsinnig und verrückt.« Susanne beugte sich über Florian und küsste ihn übermütig auf Nase, Stirn und Mund. »Verrückt – und wahnsinnig lieb.«

»Wahnsinnig verliebt bin ich in dich, meine Donauprinzessin.« Er zog sie so dicht zu sich, dass sie seine Erregung spüren konnte. »Und deshalb bin ich jetzt hier.«

»Dann warst du ja stundenlang auf der Autobahn unterwegs.«

Lächelnd schüttelte Florian den Kopf. »Nein. Ich hab zufällig einen alten Schulfreund wiedergetroffen, der besitzt ein Sportflugzeug und war so nett, mich herzubringen.«

»Wow, du kennst ja tolle Leute.«

»Zum Glück.« Er küsste sie, dann gestand er: »Umsonst hat es Ricky allerdings nicht gemacht, ich musste ihm etliche Flaschen unseres besten Veltliners versprechen.«

»Genehmigt«, sagte Susanne dicht an seinen Lippen, dann sprachen sie lange Zeit gar nicht mehr.

Behutsam knöpfte Florian ihre Bluse auf, küsste den zarten Brustansatz ausgiebig, bevor er Susanne auch den Spitzen-BH auszog.

Lustvoll stöhnte sie auf, als er ihre Brüste leidenschaftlich küsste. Sein Atem streifte ihre Halsgrube, dann verschloss er ihre Lippen, die immer wieder kleine lustvolle Seufzer ausstießen, mit seinem Mund.

Susanne hatte das Gefühl, als wären seine Hände überall, sie streichelten sie zärtlich an allen empfindlichen Stellen und brachten ihre Haut zum Glühen. Sie konnte es kaum noch erwarten, ihn endlich in sich zu spüren.

Florian schien ihre Sehnsucht wahrzunehmen, mit einer schnellen Bewegung glitt er vom Bett, streifte seine Sachen ab und befreite auch Susanne von ihren letzten Kleidungsstücken.

»Du bist wunderschön.« In seinen Augen las sie all die Liebe, die sie genauso für ihn verspürte.

Sanft küsste er ihre Brüste, die zarte Haut ihres Halses, dann erforschte er mit seinem Mund fast jeden Winkel ihres Körpers.

Susanne biss sich auf die Lippen, um die kleinen Lustschreie zu unterdrücken, die ihr in der Kehle brannten. Sie wand sich unter ihm, krallte die Finger in sein Haar und zog ihn noch fester an sich.

Und dann, endlich, schenkte er ihr die ersehnte Erlösung.

Schwer atmend lagen sie danach nebeneinander, die Finger ineinander verschlungen, und streichelten sich noch immer mit den Blicken.

»Wie lange kannst du bleiben?«, fragte Susanne, als sie endlich wieder ruhig atmen konnte.

»Bis morgen.« Florian strich sanft mit zwei Fingern über ihre erhitzten Wangen. »Ricky holt mich gegen siebzehn Uhr am Flughafen ab. Wir haben also noch sehr viel Zeit für uns.«

»Wunderbar!« Susanne richtete sich auf. »Dann können wir uns Budapest bei Nacht ansehen.«

»Einverstanden. Aber der Stadt gehört nur die halbe Nacht. Die andere Hälfte gedenke ich hier in deiner Kabine zu verbringen.«

»Was du nicht sagst! Blinde Passagiere sind nicht erlaubt. So einen hatten wir gerade erst, den mussten wir gewaltsam aus dem Verkehr ziehen.«

»Das kann mir zum Glück nicht passieren.« Florian zog sie wieder zu sich. »Ich bin mir ganz sicher, dass du dir das hier ...«, er küsste sie wieder voller Leidenschaft, »... nicht entgehen lassen willst.«

»Eingebildet bist du gar nicht«, murmelte sie, als sie einmal kurz Luft holen konnte.

»Nö.«

Ehe Susanne antworten konnte, erstickte er mit einem langen Kuss jeden Widerspruch.

Langsam schlenderten Ellen und Kristina Kornacker durch die alten Straßen und Gassen der Stadt. Immer wieder blieb

Ellen stehen und bewunderte die Gebäude, die nun, frisch restauriert, immer noch den Charme früherer Zeiten ausstrahlten.

»Wie sehr sich Budapest verändert hat«, sagte sie immer wieder. Um dann gleich lächelnd hinzuzufügen: »Aber ich erkenne die Stadt doch noch wieder. Und einige Gebäude sehen fast genauso aus wie damals.«

Sie näherten sich dem Donauufer, und da sie schon mehr als eine Stunde zu Fuß unterwegs gewesen waren, schlug Kristina vor: »Wir sollten mal wieder eine kleine Pause einlegen, Oma.«

»Unbedingt.« Ellens Augen leuchteten. »Und ich weiß auch schon genau, wo.«

»Und wohin möchtest du?«

»Ins Café Gerbeaud. Das ist ganz in der Nähe, da bin ich mir sicher.« Sie sah Kristina lächelnd an. »Tipp mal in dein Handy den Vörösmarty-Platz ein, der liegt im Zentrum von Pest, also sind wir nicht weit entfernt.«

Kristina blieb stehen und tat, was Ellen gesagt hatte. »Stimmt«, stellte sie im nächsten Moment fest. »Noch zwei Straßen weiter, dann kommen wir schon auf den Platz.«

»Wusste ich's doch!« Ellen beschleunigte ihre Schritte, dann griff sie nach der Hand ihrer Enkelin. »Es ist so schön, das alles mit dir erleben zu können, Kind. Ich bin dir sehr, sehr dankbar, dass du dich noch einmal auf die Reise mit mir gemacht hast.«

»Das tu ich doch gern, Omi. Sehr gern sogar. Ich finde es auch spannend, mit dir all die Orte aufzusuchen, an denen du früher mit Opa warst.«

»Ja, mit Opa und seinen Freunden aus der Künstlerszene haben wir die Stadt in mancher Nacht erobert.« Sie lachte, zwinkerte Kristina zu und meinte: »Das kannst du dir gar nicht vorstellen, was?«

»Oh doch!« Kristina sah sie liebevoll an. »So temperamentvoll, wie du jetzt oft noch bist, glaube ich das gern.«

Als sie den Vörösmarty-Platz erreichten, blieb Ellen kurz stehen und sah sich um. »Schön ist er immer noch«, murmelte sie. »Aber es hat sich viel verändert, es fahren keine Autos mehr hier, was sehr angenehm ist.« Sie drehte sich einmal im Kreis. »Die alten Handelskontorhäuser an den Seiten sind innen sicher alle modernisiert worden, aber das Denkmal des ungarischen Nationaldichters steht noch an der selben Stelle.« Sie wies auf ein Marmordenkmal in der Mitte des Platzes.

»Das ist dieser Vörösmarty, nicht wahr?« Kristina warf einen kurzen Blick in ihren Reiseführer.

»Genau der. Aber jetzt komm, dahinten ist das Café.« Sie deutete auf ein großes, hell gestrichenes Eckhaus. »Es wird dir dort gefallen.«

In dem geräumigen Gastraum, von dessen Decke etliche Kronleuchter hingen, blickte Kristina begeistert um sich.

»Das ist Wahnsinn«, murmelte sie. »Man kommt sich vor wie in die Kaiserzeit zurückversetzt.«

»Stimmt.« Ellen steuerte auf einen kleinen Tisch in einer Nische zu. »Schau nur, da ist gerade frei geworden.« Sie ließ sich auf einem der alten Holzstühle nieder. »Wenn ich mich nicht irre, haben Janosch und ich auch hier gesessen. Oder in einer ähnlichen Nische.« Sie wurde ein wenig rot. »Es war unser erstes richtiges Rendezvous, und Janosch hat mir später gestanden, dass er sein ganzes Geld zusammengekratzt hat, um mit mir hier Kuchen essen zu können.«

»Wie süß!«

»Es war für uns etwas ganz Besonderes, mal hier sein zu können.« Ellen wies auf die Decke. »Schau nur, reinstes Rokoko. Und die Kronleuchter sind nach einem Vorbild der Leuchter von Kaiserin Maria Theresia gestaltet worden.«

Während sie ihren Kaffee tranken und dabei Eszterházy-Torte aßen, schwelgte Ellen in Erinnerungen. Kristina hörte ihr zu, wobei sie immer wieder das teils exotische, teils antike Mobiliar bewunderte, das zwischen Marmorsäulen und Bronzestatuetten stand.

»So, jetzt würde ich gern wieder zum Schiff gehen.« Ellen lehnte sich zurück. »Das war ein aufregender, aber wunderschöner Tag, mein Schatz.«

»Fand ich auch, Omi.«

Langsam schlenderten sie in Richtung Donau, vorbei an alten Häusern und kleinen Geschäften. In vielen der historischen Häuser wurden Antiquitäten angeboten, doch es gab auch Porzellangeschäfte und Läden mit ungarischen Wurstspezialitäten, die ihren Duft bis auf die Straße verströmten.

Immer wieder blieb Ellen vor einer der kleinen Galerien und Antiquitätenläden stehen und betrachtete die Auslagen. Kristina hinderte sie nicht, sie glaubte, dass die Großmutter doch erschöpft war und hin und wieder stehen bleiben musste, um sich auszuruhen.

»Schau!« Ellen umklammerte fast schmerzhaft fest den Arm der Enkelin, als sie wieder einmal vor einem kleinen

Antiquitätengeschäft Halt machte. Es war mehr ein Trödelladen, und Kristina blickte nur mäßig interessiert zu der Auslage hin. Die Schaufensterscheiben waren verschmutzt, fast blind, und die beiden Lampen an der Decke vermochten die ausgestellten Dinge kaum ins rechte Licht zu rücken.

»Das Bild da ...« Ellens Atem ging rascher.

»Welches meinst du?«

»Das dahinten in der Ecke. Es hat einen goldenen Rahmen und ...« Sie griff sich an die Brust.

»Omi, ruhig. Ganz ruhig.« Kristina sah sie besorgt an. »Was ist denn los mit dem Bild?« Sie schaute gar nicht auf das Gemälde, sondern in Ellens Gesicht. Auf den Wangen der alten Dame bildeten sich rote Flecken, und die Augen füllten sich plötzlich mit Tränen.

»Omi!« Kristina sah sich verzweifelt um, doch niemand war gerade in der Nähe, den sie um Hilfe hätte bitten können. »Komm, wir gehen langsam weiter. Dort hinten sehe ich schon die Donau, auf dem Schiff kannst du dich gleich hinlegen. Oder soll ich irgendwo klingeln und um Hilfe bitten?«

»Aber nein. Es ist doch alles in Ordnung.« Ellen wischte sich über die Augen. »Wir müssen unbedingt in den Laden. Sofort.« Sie machte drei Schritte auf die alte, grün lackierte Tür zu. »Komm mit, Kind.«

»Ja, aber ...«

Ellen reagierte nicht auf den Einwurf ihrer Enkelin, sie ging entschlossen zur Tür und öffnete sie.

Ein melodischer Dreiklang ertönte, und kaum waren die alte Dame und Kristina eingetreten, erschien wie aus dem

Nichts ein weißhaariger Mann. Er ging leicht gebeugt, und auch seine Stimme klang ein wenig brüchig, als er die Kundinnen begrüßte.

»Sie sind Deutsche, nicht wahr?« Er stützte sich auf der mit einer dicken Glasplatte versehenen Theke ab. »Ich habe meine Deutschkenntnisse schon lange nicht mehr ausprobieren können.«

»Stimmt.« Kristina sah sich um. »Kann meine Großmutter sich irgendwo hinsetzen?«, bat sie.

»Aber ja.« Der Verkäufer wies auf einen hohen Sessel, der mit stark abgewetztem roten Samt bezogen war. »Warten Sie, ich bringe ein Glas Wasser.«

Er eilte nach hinten, kam schon kurz darauf mit einem roten Glas zurück. Goldene Ornamente waren ins geschliffene Kristall eingelassen, und Kristina ahnte, dass dieses Glas etwas Besonderes war.

Dankbar nickte Ellen dem Mann, der etwa in ihrem Alter war, zu. Sie trank zwei Schlucke, dann richtete sie sich ein wenig auf. »Danke, es geht jetzt schon viel besser. Es war nur die Aufregung, als ich das Bild im Schaufenster gesehen habe.«

»Das Bild mit der jungen Dame in der Spitzenbluse, nicht wahr?« Der Antiquitätenhändler nickte wissend. »Warten Sie, ich hole es für Sie aus der Auslage.« Vorsichtig schob er den grünen Seidenvorhang zur Seite. Die Bewegung wirbelte leichten Staub auf.

»Aber das ist doch nicht nötig«, wehrte Kristina ab. »Wir wollen Ihnen keine Mühe machen.«

»Doch, ich muss es unbedingt genauer anschauen.« Ellen stand auf und stellte sich vor die Theke. Gebannt sah sie dem Hantieren des Händlers zu, der einen Fuß ins Schaufenster setzte und dann das Bild vorsichtig von dem kleinen Holzgestell nahm, gegen das er es gelehnt hatte.

»So, Madame, bitte sehr.« Er legte das Gemälde vor Ellen auf die Theke. Es war etwa einen Meter hoch und siebzig Zentimeter breit. Der schmale Goldrahmen war fleckig, und an etlichen Stellen war die Goldfarbe abgeblättert. Das Bild jedoch besaß noch immer die Leuchtkraft, die der Maler ihm vor Jahren verliehen hatte.

»Sie sind das, nicht wahr?« Der alte Mann sah Ellen mit wissendem Lächeln an. »Es sind Ihre Augen, diese Wangenpartie ... der Maler hat Sie genau getroffen.«

»Ja, das bin ich.« Behutsam, fast zärtlich strich Ellen über das Bild. Es zeigte eine junge Frau mit langem dunkelblonden Haar, das ihr weit über die Schultern fiel. An den Seiten war die Haarfülle mit zwei Kämmen zurückgehalten, sodass man die langen dunkelroten Ohrringe sehen konnte.

»Die waren aus Glas, aber ich habe diese Ohrringe geliebt.« Ellen wandte den Blick nicht von dem Bild ab. »Schau nur, die kleine Brosche an der Bluse, die war aus böhmischen Granatsteinen.« Ein kleiner Seufzer folgte. »Leider habe ich die Ohrringe nicht mehr.«

»Die Brosche aber schon.« Kristina beugte sich ein wenig tiefer über das Bild. »Du trägst sie hin und wieder, glaube ich.«

»Ja. Sie ist ein Erbstück meiner Mutter. Das einzige Teil, das ich noch von ihr habe.« Sie deutete auf den rechten Bildrand. »Siehst du die Initialen? ›J. K.‹ steht da, nicht wahr?«

»Richtig.« Jetzt schlug auch Kristinas Herz ein wenig rascher. »Großvater hat das Bild gemalt, ja?«

»Ja.« Noch einmal strich Ellen über den Rahmen, dann ging sie zum Sessel zurück und setzte sich. »Wir waren erst seit ein paar Tagen fest miteinander befreundet, da hat er mich schon gefragt, ob er mich malen dürfe.« Sie lachte leise auf. »Natürlich habe ich Ja gesagt.«

»Du siehst wunderschön aus.« Kristina trat zu ihrer Großmutter und legte ihr den Arm um die Schultern. »Dann werden wir das Bild kaufen, oder?«

»Unbedingt.«

»Warum hast du es eigentlich damals nicht mitgenommen nach Deutschland?«

Ein kleines, leicht wehmütiges Lächeln glitt über Ellen Kornackers Gesicht. »Janosch wollte es unbedingt behalten und in seinem Zimmer aufhängen.« Sie biss sich auf die Lippen. »Du weißt, dass er dann Schwierigkeiten mit der hiesigen Obrigkeit bekam. Und da ist ihm das Bild wohl irgendwie abhandengekommen.«

»Oder gestohlen worden.«

»Vielleicht. Wer weiß das schon? Es waren ungute Zeiten.« Sie griff nach Kristinas Hand. »Ich habe das Bild auch vergessen gehabt, muss ich gestehen. Erst als ich es hier im Schaukasten sah, habe ich mich erinnert. Janosch hat viel gemalt. Auch berühmte Maler kopiert. Was nicht gestattet war. Aber er hat gern experimentiert und versucht, genauso zu malen wie zum Beispiel Monet oder Renoir.«

»Und?«

Ellen schüttelte den Kopf. »Nein, das ist ihm nicht gelungen. Er war zwar gut, aber das ganz große Talent hat ihm gefehlt.«

»Dein Bild ist trotzdem wunderschön geworden.« Kristina wandte sich an den Händler. »Was soll es kosten?«

Der alte Mann biss sich auf die Lippen. Er zögerte, räusperte sich und sagte dann: »Das ist unverkäuflich.«

»Nein! Das können Sie nicht machen!« Empört sah Kristina ihn an. »Meine Oma ...«

»Ich möchte Ihnen das Bild gern schenken.« Vorsichtig nahm der Händler das Bild hoch und trug es zu einem Tisch im Hintergrund des Raums. Dort waren etliche größere Packpapierbögen gestapelt. In zwei der Papiere schlug er den Rahmen ein, gab eine Kordel darum und trug es dann zu Ellen zurück. »Bitte, machen Sie mir die Freude.«

Ellen schüttelte den Kopf. »Das kann ich nicht annehmen«, wehrte sie ab. »Das Bild hatten Sie mit fünfundsiebzigtausend Forint ausgezeichnet, und das sind etwa zweihundertfünfzig Euro.«

Lächelnd nickte der alte Mann. »Stimmt. Aber ich wusste immer, dass es nicht zu verkaufen wäre. Wer hat heutzutage noch für wirkliche Kunst, für etwas so Schönes einen Blick?« Er stellte das Bild neben den Sessel und sah Ellen an. »Ich freue mich, wenn ich weiß, dass es bei Ihnen in den besten Händen ist.«

»Dann ... dann möchte ich mich anderweitig bedanken.« Ellen stand auf, ließ ihren Blick durch den Raum schweifen. An der Seite entdeckte sie eine Vitrine, in der Modeschmuck, aber auch ein paar echte alte Stücke ausgestellt waren.

»Da sind ja Granatohrringe!«, stieß sie hervor. »Die nehmen wir, nicht wahr, Liebes?« Auffordernd sah sie Kristina an, die näher kam und sich die alten Ohrringe anschaute.

»Die passen exakt zu der Brosche«, kommentierte sie.

»Eben. Und die müssen Sie uns jetzt verkaufen.« Ellen warf dem Händler einen eindringlichen Blick zu, bis er schließlich zögernd nickte.

»Also gut. Dann kaufen Sie die Ohrringe.« Mit einem alten Schlüssel öffnete er die Vitrine und zog die Ohrringe hervor. »Es sind sehr alte Granate«, erklärte er. »So ein dunkles Rot findet man heutzutage nur noch selten.«

»Ich weiß.« Ellen schaute sich die Schmuckstücke genauer an. »Sie sind wunderschön.«

»Und wie viel kosten sie?« Kristina griff nach ihrer Handtasche und zog das Portemonnaie heraus.

Wieder zögerte der Händler. Er hatte die meisten seiner angebotenen Stücke nicht ausgezeichnet, ganz offensichtlich kam nur noch selten jemand in seinen Laden.

»Geben Sie mir vierzigtausend Forint«, sagte er nach kurzem Überlegen. »Ich muss in zwei, drei Monaten sowieso schließen, dann wird das Haus renoviert, und ich ziehe zu meinen Kindern aufs Land. Was dann mit alledem hier wird …« Er zuckte mit den Schultern.

»Das ist schade.« Ellen sah den Mann, der etwa in ihrem Alter war, teilnahmsvoll an. »Ich hoffe, Sie finden noch für viele Dinge Abnehmer.«

»Wir werden sehen.« Er packte die Ohrringe in eine kleine Schachtel. »Für heute bin ich froh, dass Sie hier waren und dass das da …«, er wies auf das Bild, »… endlich den Platz bekommen wird, der ihm gebührt.«

Unerwartet früh senkte sich an diesem Tag die Dunkelheit über die Stadt. Das Wetter, morgens noch wunderschön, war am späten Nachmittag überraschend schnell umgeschlagen. Von Osten her wehte auf einmal starker Wind übers Land und trieb schwarze Regenwolken vor sich her. Auf dem Donauwasser kräuselten sich unruhige kleine Wellen, was jedoch die vier Schwanenfamilien, die sich ganz in der Nähe der Margareteninsel aufhielten, nicht irritierte. Langsam zogen sie ihre Bahn, fraßen noch ein wenig, ehe sie sich im Schutz der Dunkelheit auf der bewaldeten Insel zur Ruhe begaben.

»Schade, dass das Wetter nicht mehr so schön ist«, sagte Susanne und schaute hinüber nach Buda, wo nach und nach die prachtvollen Gebäude entlang des Donauufers in goldfarbenem Licht erstrahlten. »Ich wäre gern noch ein wenig länger mit dir bummeln gegangen.«

»Das können wir später machen. Ich hab mal aufs Regenradar geschaut – in einer knappen halben Stunde verziehen sich die Regenwolken wieder.«

»Dann lass uns bis dahin was essen gehen«, schlug Susanne vor.

»Einverstanden. Ehrlich gesagt hab ich einen Mordshunger«, gestand Florian.

»Gut, also komm mit.«

Sie suchten sich im Bordrestaurant einen Tisch am Rand, denn Susanne wollte an diesem Abend nicht von den Passagieren gestört werden. Allerdings stellte sie rasch fest, dass das Restaurant ohnehin fast leer war, denn die meisten Gäste nutzten den Landgang, um sich auch die Budapester Lokale näher anzuschauen. Das Wetter war tatsächlich besser geworden, die Passagiere würden ihre abendlichen Erkundungstouren genießen können.

»Heute kann ich das echt ungarische Gulasch empfehlen.« Melanie kam zu der Kapitänin an den Tisch und stellte unaufgefordert eine Karaffe Veltliner auf den Tisch. »Der Küchenchef hat es nach einem Rezept gekocht, das er von einem ungarischen Spitzenkoch bekommen hat – behauptet er zumindest«, fügte sie lächelnd hinzu.

»Dann sollten wir uns die Köstlichkeit auf keinen Fall entgehen lassen«, meinte Susanne. Sie sah sich um. »Wo ist eigentlich Frau Koller? Hat sie dienstfrei? Ich habe sie schon drei Tage nicht mehr gesehen.«

Melanie zögerte, dann schüttelte sie den Kopf. »Sie hat sich krankgemeldet.«

»Was Schlimmes?«

»Wie man es nimmt.« Melanie goss die Gläser voll. »Wie ich gehört habe, hat es am Wochenende einen heftigen Streit mit dem Ersten gegeben.«

»Das erklärt einiges.« Susanne lächelte Melanie an. »Du hast also heute das Sagen hier.«

»Nein, nein, das hat Klemens.« Sie schaute in Richtung eines etwa Vierzigjährigen, der schon lange in den Diensten der Reederei stand. »Ich bin allerdings froh, dass ich heute arbeiten kann, denn Steffen hat auch Dienst, aber morgen früh frei, und wir wollen noch mal kurz in die Stadt gehen.«

»Macht das. Wir zwei gehen nach dem Essen los – falls es nicht zu stark regnet.«

»Ich drücke die Daumen. Viel Vergnügen jedenfalls.« Melanie zog sich zurück, servierte aber schon wenig später das köstlich duftende Gulasch, das hervorragend schmeckte.

»Jetzt noch einen doppelten Espresso, dann bin ich bereit, mit dir das Nachtleben Budapests zu erkunden«, sagte Florian.

»Oje, danach ist mir aber nicht. Statt eines Discobesuchs möchte ich lieber noch etwas bummeln gehen.« Susanne zögerte. »Vorher will ich nur kurz auf dem Gut anrufen und hören, wie es Mutsch und Onkel Markus geht. Onkel Markus ist viel zu leichtsinnig und nimmt die Rehamaßnahmen nicht ernst.«

»Unsinn. Er ist wieder ganz fit. Und ihr solltet ihn nicht in Watte packen, das tut ihm sicher nicht gut.«

»Mutsch macht sich aber Sorgen um ihn.«

»Muss sie nicht. Er weiß genau, was er sich zumuten kann. Und ich nehme ihm ja die meiste Arbeit ab, versprochen.«

»Danke dir.« Zärtlich sah sie ihn an.

»Das ist mein Job.«

»Ja, ich weiß. Trotzdem ... ich rufe schnell mal an.«

»Dann mach das, wenn es dich beruhigt.«

Das Gespräch war nur kurz, denn Beate konnte Susanne versichern, dass es ihr und ihrem Mann sehr gut ging.

»So, jetzt kann ich den Abend genießen.« Susanne gab Florian einen raschen Kuss, dann ging sie zu ihrem Schrank und holte eine leichte Jacke heraus. Sie gehörte zur Uniform, war aber völlig neutral gehalten. Und für diese Nacht war sie genau richtig.

Florian hatte seine braune Lederjacke aufs Bett gelegt. Er schaute aus dem Panoramafenster hinüber zum Burgberg, wo das riesige Gebäude des Burgpalastes von unzähligen Lichtern angestrahlt wurde. Auch die Fassade der Fischerbastei war erleuchtet, vor allem die Arkaden strahlten weithin sichtbar in sattem Gelb in die Nacht. »Beeindruckend. Und wunderschön«, sagte er leise.

»Ja. Es ist immer wieder ein toller Anblick. Komm, lass uns gehen. Wenn's sein muss, laufe ich mit dir auch im Regen durch diese schöne Stadt.« Susanne griff nach seiner Hand.

»Das ist wahre Liebe«, grinste Florian.

Doch wenig später, nachdem sie das Schiff verlassen hatten und die ersten hundert Meter gegangen waren, ließ auch er sich von der romantischen Atmosphäre einnehmen. Ein leichter, milder Wind trocknete die letzten Tropfen auf Büschen und Bäumen, und in den Pfützen, die noch auf den Straßen und Gehsteigen standen, spiegelten sich die vielen Lichter der ungarischen Hauptstadt.

»Manchmal denke ich, dass man nur nachts durch Budapest spazieren sollte«, sagte Florian, als sie eine knappe halbe Stunde später über die Kettenbrücke schlenderten.

»Stimmt. Und vor allem auf dieser Brücke sollte man dann eine Weile stehen bleiben.« Susanne löste sich aus seinem Arm und stellte sich unter eine der vielen Laternen, die an der Seite standen und ihr Licht auf die Brücke warfen. »Sie war und ist ein Juwel dieser Stadt«, sagte sie. »Schau nur, die Donau ist hier etwa vierhundert Meter breit. Vor mehr als hundertfünfzig Jahren war es eine gigantische Leistung, diese Brücke zu konstruieren. Erst durch sie gelang es, die beiden Stadtteile Buda und Pest miteinander zu verbinden.«

»Bleib mal so stehen.« Florian holte sein Handy hervor und machte ein Foto von Susanne. Das Lampenlicht zauberte goldene Funken in ihr Haar, das ihr in weichen Wellen über die Schultern fiel. Die Wimpern warfen Schatten auf die schmalen Wangen, und als sie jetzt lachte, konnte Florian nicht aufhören, Bilder zu knipsen.

»Stopp! Ich bin doch kein Fotomodell!« Susanne kam auf ihn zu. »Mach lieber Bilder vom Parlamentsgebäude. Ist es nicht einfach wunderschön? Trotz der riesigen Ausmaße hat es einen ganz besonderen Charme.«

»Das siehst aber auch nur du so.« Florian zuckte leicht mit den Schultern. »Ich finde die Matthiaskirche als Fotomotiv schöner.« Und schon drehte er sich um und fotografierte die berühmteste Kirche der Stadt. »Die schicke ich morgen an Beate. Sie schwärmt doch so für Kaiserin Sisi. Und die wurde in dieser Kirche schließlich zu Ungarns Königin gekrönt.«

»Da wird sich Mutsch freuen. Sie und Onkel Markus waren auf ihrer Hochzeitsreise hier. Und, wenn ich mich nicht irre, noch zwei weitere Male.« Sie lachte leise. »Mutsch hat sich die Filme mit Romy Schneider sicher ein halbes Dutzend Mal angesehen.«

»Sie ist eben eine Romantikerin.«

»Denkst du, ich nicht?«

»Das muss ich gleich mal herausfinden.« In Florians Augen blitzte es auf, ehe er sie fest an sich zog und ausgiebig küsste.

Es war still geworden auf der *Donauperle*. Die Passagiere, die in dieser Nacht an Bord geblieben waren, hatten sich entweder in die Bar oder auf ihre Kabinen zurückgezogen.

Jeanette Bergers Engagement war zu Ende. An diesem Abend war sie, so wie die meisten, von Bord gegangen. Zusammen mit Christian Pichler wollte sie einen der guten Klubs von Budapest besuchen und sich dort eventuell neue Inspirationen holen. Insgeheim bedauerte sie es, dass Thomas schon wieder hatte von Bord gehen müssen. Es wäre schön gewesen, den Abend noch einmal mit ihm verbringen zu können. Aber er hatte seine Verpflichtungen, was sie gut verstand.

Die leise Barmusik, die zu hören war, kam vom Band, was die wenigen Gäste, die ihre Drinks auf dem Schiff genossen, nicht weiter störte.

Wolfgang Wallburger gönnte sich nach Dienstende einen doppelten Whisky. Er hatte das Kommando an Steffen

Kessler abgegeben und starrte nun gedankenverloren in sein Glas, drehte es dann zwischen den Fingern, bis sich die beiden Eiswürfel aufgelöst hatten. Schließlich seufzte er auf, trank das Glas in einem Zug leer und rutschte vom Barhocker.

»Nacht, Jimmy.« Er hob die Hand und nickte dem Barkeeper zu.

»Gute Nacht. Oder auch nicht.« Die letzten drei Wörter murmelte Jimmy fast unhörbar vor sich hin. Vor der Eingangstür hatte der Barkeeper vor wenigen Sekunden Dorothee Koller ausgemacht. Es war inzwischen ein offenes Geheimnis, dass die Restaurantleiterin und der Erste Offizier Streit miteinander hatten.

»Na endlich! Ich warte schon eine halbe Stunde darauf, dass du dich endlich von deinem Drink trennst.« Ohne Gruß kam Dorothee Koller auf Wolfgang Wallburger zu, kaum dass die schwere Glastür der Bar hinter dem Ersten Offizier zugefallen war. »Du bist ein so widerlicher Ignorant! Hast mich doch bestimmt gesehen, oder?« Ihre Stimme wurde lauter.

»Dorothee ... was soll das jetzt schon wieder? Kannst du diese Auftritte nicht endlich lassen?« Wolfgang Wallburger griff nach ihrem Arm und zog sie mit sich. »Ich habe dich nicht gesehen, um das erst einmal klarzustellen.«

»Pah! Wer's glaubt ...«

»Tu es – oder lass es.« Seine Stimme klang auf einmal müde. »Komm mit, wir sollten niemandem hier an Bord ein Schauspiel bieten.« Energisch führte er sie zu seiner Kabine. Sie war nicht sehr groß, doch recht gemütlich und funktional eingerichtet. Außer dem Bett gab es einen schmalen Schrank und einen Schreibtisch mit einem schwarzen Lederstuhl davor. In einem cognacfarbenen Ledersessel lagen diverse Zeitschriften, und auf dem runden Glastisch davor stapelten sich Bücher.

»Du kannst dir immer noch nicht angewöhnen, deine Sachen gescheit einzuräumen.« Kopfschüttelnd sah Dorothee auf den Stapel Bücher. Dann wanderte ihr Blick zu den drei Fotos an der Wand. Darauf abgebildet waren Wolfgangs Kinder, die fröhlich in die Kamera lachten.

Neu war ein Bild der kleinen Johanna. Es zeigte das Kind im Krankenbett, doch die Kleine strahlte und hielt einen schwarzen Stoffhund im Arm.

»Ach, gibt es eine neue Runde Familienglück?« Dorothees Worte waren voller Ironie, als sie auf das Foto wies.

»Verdammt, Dorothee, was soll das? Mein Kind ist endlich auf dem Weg der Besserung, du weißt selbst, wie schlecht es um sie stand. Da darf ich ja wohl froh und erleichtert sein.«

»Ja, ja, ich weiß. Du hast schließlich wochenlang von nichts anderem geredet als von dem kranken Kind.«

Kopfschüttelnd sah Wolfgang Wallburger sie an. »Wie kannst du nur so herzlos sein? Hast du gar kein Verständnis dafür, dass ich mich um meine Kinder sorge? Und ganz besonders um Johanna, die nach dem schweren Unfall in Lebensgefahr geschwebt hat, wie du weißt.«

»Klar doch. Das ist ja selbstverständlich.« Mit einer heftigen Bewegung wischte Dorothee die Zeitschriften aus dem

Sessel, ließ sich hineinsinken und schlug die langen Beine übereinander.

Ganz gegen ihre Gewohnheit trug sie ein kurzes, enges Kleid. Das elastische Material zeichnete jede Kontur ihres Körpers ab. Aufreizend wippte sie jetzt mit dem rechten Fuß, der in einem schwarzen Lackpumps steckte.

Doch diesmal ignorierte Wolfgang Wallburger ihr laszives Verhalten. Kühl sah er sie an. »Du bist also wieder gesund«, stellte er fest.

»Ich war nicht krank!«, fauchte Dorothee. »Du weißt ganz genau, warum ich tagelang daheim war.«

Ein tiefer Seufzer kam über Wolfgangs Lippen. »Ich ahne es zumindest.«

Er setzte sich auf den Schreibtischsessel. Langsam, fast andächtig legte er dann die Handflächen aufeinander, ehe er Dorothee ansah.

»Was ist?« Ihre Stimme bekam wieder den leicht hysterischen Unterton, den er so hasste.

»Nichts ist. Oder doch: Es ist aus zwischen uns.« Nervös stand er auf, machte drei Schritte in der Kabine hin und her, ehe er dicht vor Dorothee stehen blieb. »Wir hatten eine gute Zeit, und die sollten wir genau so in Erinnerung behalten.«

»Pah! Gute Zeit! Dass ich nicht lache! Immer habe ich an zweiter Stelle gestanden. Deine Ex und die Kinder waren dir immer wichtiger!«

»Das stimmt nicht. Jedenfalls nicht so, wie du es gerade klingen lässt. Ich habe dich geliebt. Sehr sogar. Aber meine Kinder bedeuten mir eben auch unendlich viel. Dass du das nicht akzeptieren kannst, tut mir leid.«

»So stellst du es jetzt also dar! Ich bin wieder mal schuld!«

Wolfgang Wallburger antwortete nicht und schaute Dorothee, die er vor einigen Wochen noch in seinen Armen gehalten hatte, nachdenklich an.

»Nun sag schon was! Gib es doch endlich zu, dass du mich nicht mehr willst.« Von einer Sekunde zur anderen begann sie, zu weinen, barg das Gesicht in den Händen und schluchzte laut auf.

»Bitte, Dorothee, lass das.« Mit gerunzelter Stirn blickte Wolfgang zu ihr, aber er machte nicht die geringsten Anstalten, sie zu trösten.

»Du bist ein herzloser, egoistischer Mistkerl!« Wieder schluchzte Dorothee auf.

»Wenn es dir hilft – bitte sehr.« Wolfgang Wallburger atmete ein paarmal tief durch, er musste sich sichtlich zur Ruhe zwingen. »Hör mir zu, bitte.«

Fest presste Dorothee die Lippen zusammen, dann sah sie ihn trotzig an. »Red schon.«

»Du und ich … es ist vorbei.« Wolfgang Wallburger zuckte mit den Schultern. »Wir hatten eine gute Zeit, aber ich … ich habe erkannt, dass ich mich emotional doch noch nicht von meiner Familie gelöst habe. Die kleine Johanna braucht mich, und auch mein Sohn …«

»Und natürlich auch deine liebe Frau, was?« Ein schrilles Lachen kam über Dorothees Lippen. »Sag mir jetzt noch, dass du zu ihr zurückwillst.«

Sekundenlang blieb es still in der kleinen Kabine. Dann schüttelte Wallburger den Kopf. »Nein, das will ich nicht.

Aber ich will ein besseres Verhältnis zu ihr. Schon um der Kinder willen.«

»Die Kinder! Wieder mal die Kinder!« Dorothee Koller sprang auf. »Du bist ein Waschlappen, Wolfgang. Lässt dich von deiner Frau vorführen, die dich mit den Kindern erpresst, lässt dir ein junges Ding als Kapitänin vor die Nase setzen – und hast jetzt nicht mal den traurigen Mut, mir zu sagen, dass du mich nicht mehr liebst.«

»Aber ich …«

»Halt einfach den Mund und lass mich raus.« Ehe er sie daran hindern konnte, stürmte sie aus der Kabine.

20

Die Mittagssonne tauchte die Gebäude auf dem Burgberg in goldenes Licht, und das Wasser der Donau war wie mit einem Silbertuch überzogen.

Ruhig und gelassen zogen Enten und Schwäne ihre Bahnen und kümmerten sich nicht um die Touristen, die zu Tausenden die ungarische Metropole bevölkerten und sich die vielen Sehenswürdigkeiten anschauten. Und auch die Ausflugsboote hinderten die Tiere nicht daran, das gute Wetter zu genießen.

Susanne und Florian beschlossen, das Mittagessen in den berühmten Markthallen einzunehmen, die sich ganz in der Nähe des Anlegeplatzes befanden.

»Noch drei Stunden, dann legen wir ab.« Susanne schob sich noch einen Bissen der köstlichen Wildpastete in den Mund.

»Und ich muss in einer Stunde zum Flughafen fahren.« Florian griff nach ihrer Hand und drückte sie zärtlich. »Es war schön mit dir hier in Budapest«, sagte er, und sein Blick war wie ein Streicheln auf ihrer Haut.

»Fand ich auch.« Sie beugte sich ein wenig vor. »Du kannst mich ruhig häufiger so überraschen.«

»Immer wieder gern.«

»Aber erst einmal fahren wir nach Regensburg zu Julianes Hochzeit.« Sie lächelte. »Hättest du gedacht, dass sie heiratet, obwohl sie ihren Claudio erst ein knappes halbes Jahr kennt?«

»Warum nicht? Wenn die Liebe groß genug ist …« Er zwinkerte ihr zu. »Ich würde dich auch vom Fleck weg heiraten. Aber du willst ja noch bis nach der Weinlese warten.«

»Achso?« Susanne ließ das Glas, nach dem sie gerade gegriffen hatte, wieder sinken. »Ich kann mich gar nicht erinnern, dass das mal ein Thema zwischen uns war.«

»Nein?« Florian spielte den Naiven. »Und ich hab mir vorgestellt, dass wir heiraten, sobald die Ernte unter Dach und Fach ist. Ich bin mir eigentlich sicher, dass du einverstanden warst mit meinem Vorschlag.«

»Das hast du geträumt, mein Schatz.« Susanne trank einen Schluck, um das heftige Herzklopfen, das sie plötzlich erfasst hatte, zu dämpfen.

»Tja dann …« Ehe sie ihn hindern konnte, kniete sich Florian auf den kühlen Markthallen-Boden. »Dann frag ich dich eben hier: Willst du mich heiraten, Susanne?«

»Steh auf, um Himmels willen.« Susanne zog ihn hoch. Verlegen sah sie in die Runde, doch nur drei ältere Männer schienen die Szene beobachtet zu haben und grinsten wissend zu ihnen herüber.

»Erst wenn ich eine Antwort bekommen habe.«

»Ja. Ja, ich will dich heiraten. Aber steh endlich …« Weiter kam sie nicht, denn Florian war schon aufgesprungen und nahm sie in den Arm.

»Schade, ich hab nicht mal einen Ring dabei«, murmelte er, bevor er sie küsste.

»Den brauche ich auch nicht. Aber ein Kleid für Julianes Hochzeit.«

»Wieso? Du bist doch gar nicht die Braut.«

»Banause.« Susanne lachte. »Du weißt genau, was ich meine.« Sie machte eine kleine Pause. »Mal sehen, ob ich Zeit finde, mich in Wien umzuschauen.«

»Ich bin sicher, dass du dir die Zeit nehmen wirst.« Florian lachte. »Dabei kann ich dir jetzt schon versichern, dass du für mich die Schönste sein wirst.«

»Schmeichler.« Susanne hauchte ihm einen Luftkuss zu.

Eng umschlungen schlenderten sie wenig später zum Schiff. Die ersten Passagiere kamen von einer Stadtrundfahrt zurück, drei Busse spuckten ihre Fahrgäste aus, die sich im Eiltempo die Schönheiten der Stadt hatten zeigen lassen.

»Komm noch für einen Moment mit in meine Kabine«, bat Susanne. »Hier vor allen Leuten kann ich dich gar nicht richtig verabschieden.«

Florian sah auf die Uhr. »Tut mir leid, ich bin schon viel zu spät dran.« Er winkte einem Taxi, das gerade vorfuhr.

»Schade.« Susanne stellte sich auf die Zehenspitzen und gab ihm einen raschen Abschiedskuss.

»So nicht.« Florian zog sie in die Arme und küsste sie lange und leidenschaftlich. »Es muss gestattet sein, dass ich mich anständig von meiner Braut verabschiede«, grinste er, als er Susanne wieder freigab.

»Braut ... wie das klingt!« Susanne lachte. »Aber irgendwie gut. Und richtig.«

»Finde ich auch.« Noch ein rascher Kuss. »Meine Sachen bring mir bitte mit, ich muss wirklich los, sonst startet das Flugzeug ohne mich.«

»Bis bald.«

»Ich liebe dich!«, rief Florian ihr zu, dann öffnete er die hintere Tür des Taxis.

Kristina und Ellen Kornacker stiegen aus dem Wagen, und Florian half der alten Dame höflich hinaus, ehe er einstieg und dem Fahrer sein Ziel nannte.

Susanne winkte ihm kurz nach, dann wandte sie sich Frau Kornacker und ihrer Enkelin zu. »Sie waren heute wieder in der Stadt, wie ich sehe.« Sie wies auf die beiden Tüten, die Kristina trug.

»Ja. Großmutter wollte unbedingt noch einmal in den kleinen Antiquitätenladen, den wir gestern entdeckt haben.« Liebevoll lächelte sie die alte Dame an. »Stellen Sie sich vor, Frau Mattner, wir haben dort ein Bild gefunden, das mein Großvater von meiner Großmutter gemalt hat.«

Ellen Kornackers Gesicht überzog sich mit leichter Röte. »Aber das interessiert die Frau Mattner doch nicht, Kind.«

»Oh doch, das interessiert mich sogar sehr.« Susanne legte ihre Hand stützend unter Ellens Arm. »Haben Sie das Bild kaufen können?«

»Ja. Es ist wie ein Wunder.« Die alte Dame blieb kurz stehen. »In wenigen Wochen wird das Geschäft geschlossen.

Ich hätte es nie mehr gefunden, wenn wir die Reise nicht erneut angetreten hätten.«

»Das nenne ich ein günstiges Schicksal.« Susanne führte Ellen Kornacker langsam zur Gangway. »Ich würde mir das Bild sehr gern einmal ansehen. Darf ich?«

»Aber sicher.« Ellens Gesicht leuchtete auf.

»Heute waren wir wieder in dem Geschäft«, warf Kristina ein. »Ich habe zwei silberne Kerzenleuchter gefunden, die sind einfach sensationell schön.« Sie lachte. »Und so günstig. Das kommt davon, dass der alte Besitzer sein Geschäft bald aufgibt. Er freut sich, dass er noch was verkaufen kann.«

»Wenn Sie mir den Namen des Ladens verraten und mir sagen, wo ich ihn finde, schaue ich auf der nächsten Fahrt mal dort vorbei. Vielleicht finde ich auch etwas Hübsches.« Sie zuckte mit den Schultern. »Vielleicht sogar ein Hochzeitsgeschenk für meine Freundin. Aber erst einmal schaue ich mir Ihr Bild an.«

Langsam verabschiedete sich der Sommer aus der Wachau, die ersten Herbstnebel legten sich frühmorgens über die Rebhänge rechts und links der Donau. In den Weinbergen begann für die Winzer die Hauptarbeit, und so wie überall herrschte auch auf Gut Mattner rege Betriebsamkeit.

Florian war von früh bis spät auf den Beinen und konnte

sich leider auch nicht freinehmen, als die *Donauperle* für einen Tag in Dürnstein anlegte.

»Ich würde so gern zu euch kommen und bei der Lese helfen«, sagte Susanne, als sie wieder einmal spätabends miteinander telefonierten. »Aber im Augenblick kann ich keinen Urlaub nehmen. Es war schon großzügig von der Reederei, dass ich die drei Tage freibekomme, um zu Julianes Hochzeitsfeier zu fahren.« Sie seufzte auf. »Warum müssen die beiden auch so überstürzt heiraten? Und gerade jetzt, zur Weinlese?«

Florian lachte. »Das interessiert die beiden Verliebten nicht. Außerdem ... wieso sollten eine Goldschmiedin und ein Juwelier darüber nachdenken? Die haben mit den Sorgen von uns Winzern nichts zu tun.«

»Stimmt auch wieder.«

»Na komm, wir haben später noch viel Zeit für uns. Oder hältst du es gar nicht ohne mich aus?«

»Doch, doch, bilde dir nur ja nichts ein.« Susanne lachte leise auf. »Du weißt doch, ich bin von vielen attraktiven Männern hier an Bord umgeben.«

»Wage es ja nicht!«, drohte er scherzhaft.

Susanne schmunzelte im Stillen vor sich hin. Florian ahnte ja nicht, dass sie zu Beginn ihrer Arbeit auf der *Donauperle* leichtes Herzklopfen in Christian Pichlers Nähe bekommen hatte. Aber dieser harmlose Flirt mit dem attraktiven Hotelmanager hatte nicht wirklich etwas zu bedeuten gehabt. Doch Christian war einfach viel zu charmant, um ihn vollständig zu ignorieren. Inzwischen war er fest mit Vanessa Ellermann liiert, die hübsche Zahlmeisterin strahlte immerzu, und Susanne und Christian waren einfach nur gute Freunde geworden.

»Weißt du eigentlich, dass deine Schwester zum achtzigsten Geburtstag eures Großvaters kommt? Und das nicht allein?«, fragte Florian.

»Nein!« Susanne schüttelte den Kopf, obwohl Florian das nicht sehen konnte. »Ich glaub's ja nicht! Will sie tatsächlich Ralf und seine Kinder mit aufs Gut bringen?«

»So sieht es aus. Beate ist schon ganz aus dem Häuschen, und euer Großvater hat dem Besuch freiwillig sein Haus zur Verfügung gestellt, damit sie dort ungestört übernachten können. Er zieht zu mir, hat er gesagt.« Florian lachte. »Er hat mich gar nicht erst gefragt, sondern gemeint, wir beide wären ein perfektes Gespann. Was hätte ich da noch einwenden können?«

»Ich bin sprachlos.« Susanne zögerte, dann sagte sie: »Ich wäre ja auch gern gekommen, aber das passt zeitlich nun gar nicht. Und Opa hat Verständnis dafür, schließlich war er ja auch mal in meiner Position.«

»Aber zum Weinfest bist du da, oder?«

»Klar doch! Zumal bei dieser Gelegenheit Opas Geburtstag ja erst richtig groß gefeiert werden soll.«

»Das droht eine Riesenfete zu werden. Beate und Markus schmieden schon seit Wochen Pläne dafür.«

»Das kann ich mir denken. Und es tut mir leid, dass ich so gar nicht helfen kann.«

»Ach was, das packen wir schon.« Er machte eine kleine Pause. »Du, ich freu mich jetzt erst einmal, wenn wir uns bei Julianes Hochzeit sehen. Hast du schon ein Kleid?«

»Noch nicht. Aber ich mache mich auf die Suche, ganz bestimmt.« Sie lachte. »Schau du nur zu, dass du noch in deinen dunklen Anzug passt.«

»Ich bin auf alles vorbereitet. Du wirst dich wundern!«

»Jetzt machst du mich neugierig.«

Florian zögerte, dann verriet er ihr: »Ich habe mir einen dunkelblauen Smoking gekauft. Was sagst du dazu?«

»Gar nichts mehr. Ich bin total baff. Du weißt wirklich zu überraschen.«

»Nicht nur mit meinem Outfit, hoffe ich.« Er lachte leise auf, und dieses zärtliche Lachen ging Susanne unter die Haut.

»Angeber«, neckte Susanne ihn. Dann fügte sie leise hinzu: »Aber ich liebe dich.«

»Ich liebe dich auch. Sehr«, sagte er. »Und ich würde dich jetzt zu gern küssen.«

»Es ist ein ungünstiger Zeitpunkt, um Geburtstag zu feiern. Wir hätten alles lassen sollen. Das macht doch nur unnötige Arbeit.« Oskar Mattner ging nervös in der geräumigen Gutsküche auf und ab. »In fünf Wochen feiern wir doch sowieso, das hätte gereicht.«

»Nichts da, heute feiern wir Geburtstag – so wie es sich gehört.« Beate legte ihrem Schwiegervater die Hand auf den Arm. »Wir sind doch unter uns, das macht mir gar keine Arbeit.«

»Das sagst du immer.« Oskar wies auf den Backofen, aus dem es verführerisch duftete. »Apfelstrudel macht Arbeit, das weiß sogar ich.«

»Aber Katrin liebt ihn über alles, und darum soll sie ihn bekommen, wenn sie schon mal hier ist.«

»Schon gut, ich sag ja gar nichts mehr.« Oskar ging zum Kühlschrank und holte eine Flasche Wein heraus, dann ließ er sich am großen, blank gescheuerten Küchentisch nieder. In der Mitte stand ein blauer Tonkrug mit einem bunten Strauß Herbstastern darin. In einer ebenfalls blauen Schale lagen selbst gebackene Kekse.

»Sehr gut.« Oskar aß genüsslich den zweiten Keks. »Wenn du jetzt noch mit mir ein Glas Wein trinkst, bevor die Rasselbande eintrifft, bin ich rundum zufrieden.«

»Später. Mir ist es noch zu früh.« Beate holte zwei Gläser aus dem Schrank. »Na ja, einen Schluck trinke ich mit auf dein Wohl.« Sie goss den Grünen Veltliner, Oskars Lieblingswein, ein. »Wir sollten Nick vorsichtshalber drüben bei Florian einsperren. Wer weiß, wie er auf den anderen Hund reagiert.«

»Unsinn. Das machen die Tiere immer unter sich aus. Lass den kleinen Bären ruhig hier.«

Nick hatte »Bär« verstanden und fühlte sich angesprochen. Rasch erhob er sich aus seinem Korb, der in einer Zimmerecke stand.

»Gib ihm nichts«, mahnte Beate. »Er muss endlich lernen, dass es zwischendurch kein Futter gibt.«

»Oje, Nick, dein Frauchen ist aber streng.« Oskar nahm leise einen Keks und steckte ihn Nick zwischen die Zähne.

»Oskar!« Rügend sah ihn Beate an.

»Schon gut. Er soll schließlich auch was von meinem Geburtstag haben.« Oskar tätschelte den Kopf des Hundes. Doch plötzlich sprang Nick auf und rannte bellend zur Tür.

»Das ist Katrin! So früh schon!« Beates Wangen röteten sich vor freudiger Erwartung. Schnell zog sie sich die Schürze ab, kontrollierte noch einmal rasch den Backofen, dann öffnete sie die Tür und ging hinaus zum Hof.

Wie ein Blitz raste Nick an ihr vorbei nach draußen und blieb bellend vor dem fremden Wagen stehen, der links neben dem Haus geparkt hatte.

In den nächsten zwei Minuten hörte man nur das laute, aufgeregte Bellen von zwei Hunden – bis eine energische Männerstimme erklang. Sekunden später war es still.

»Wow, da kann sich einer durchsetzen«, murmelte Oskar und stand auf, um die Gäste ebenfalls zu begrüßen.

»Opa! Alles Gute zum Geburtstag!« Katrin umarmte ihn liebevoll, ehe sie Beate begrüßte.

»So, Mutsch, Opa … das ist Ralf. Und seine Rasselbande.« Sie griff nach der Hand ihres Begleiters.

»Ralf Gerhard. Ich freue mich sehr, Sie kennenzulernen.« Der Tierarzt nickte Beate zu, dann wandte er sich an Oskar: »Auch von mir die herzlichsten Glückwünsche. Alles Gute für Sie.«

»Danke. Aber das mit dem Sie vergiss mal gleich, Junge. Ich bin Oskar.«

»Danke. Sehr gern.« Ralf drehte sich nach seinen Kindern um, die wild mit den Hunden herumtollten. »Mia,

Alex, kommt mal her. Und ordentlich, wenn ich bitten darf.« Er sah Beate an. »Sie sind manchmal viel zu wild.«

»Das macht doch nichts. Hier können sie sich austoben.«

»Guten Tag. Wir gratulieren Ihnen zum Geburtstag.« Alex streckte Oskar eine nicht mehr saubere Hand hin und machte sogar eine kleine Verbeugung.

»Ich gratuliere auch.« Mia sah Oskar mit leicht schräg gelegtem Kopf an. »Du bist Katrins Opa, ja?«

»Bin ich. Richtig.«

»Dann wirst du ja …« Mia biss sich auf die Lippen, dachte sichtlich angestrengt nach. »Dann bist du unser Uropa«, stellte sie fest.

Oskar nickte und strich der Kleinen kurz über die dunklen Locken. »Das wäre ich, wenn Katrin und dein Papa verheiratet wären …«

»Das sind sie ja bald.« Mia griff nach seiner Hand. »Ich hätte dich gern jetzt schon zum Uropa. Schlimm?«

Oskar lachte und hob sie spontan auf den Arm. »Nein, gar nicht. Ich finde, dass ich jetzt zwei Urenkel habe, ist mein schönstes Geburtstagsgeschenk.«

»Siehste! Ich hab dir ja gesagt, dass er sich freut, dass wir sein Geburtstagsgeschenk werden!« Mia sah ihren großen Bruder triumphierend an.

»Du bist doof«, war Alex' einziger Kommentar, ehe er sich wieder den Hunden zuwandte, die übermütig über den Gutshof tollten.

Katrin hakte sich bei ihrem Großvater ein. »Wäre es auch

ein kleines Geburtstagsgeschenk, wenn ich dir sage, dass wir bald heiraten werden, Ralf und ich?«

»Aber sicher! Ich freu mich sehr!« Oskar zog Katrin fester an sich. »Du siehst glücklich aus, mein Mädchen.«

»Bin ich auch.« Katrin schaute ihn mit strahlenden Augen an. Er überragte sie immer noch um fast einen Kopf. »Ralf ist genau der Mann, den ich mir immer gewünscht habe. Und die Kinder sind toll.« Sie lachte fröhlich. »Clever sind sie, glaub mir. Sie versuchen mich immer wieder um den Finger zu wickeln, aber ich weiß mich durchzusetzen.«

»Sehr gut. Zur Erziehung gehören nicht nur Liebe und Geduld.«

»Du kannst mich gern unterstützen«, meinte Katrin auffordernd. »Ich glaube, vor dir haben sie Respekt.«

»Unsinn. Ich werde ein sehr nachsichtiger Uropa sein. Die Erziehung überlasse ich dir und deinem Zukünftigen.«

»Wir wollen im kommenden Frühjahr heiraten. Aber im ganz kleinen Kreis.« Sie drehte sich zu Beate um, die gerade Mia auf den Arm hob. »Noch ein großes Fest wäre wirklich eine Zumutung für euch alle.«

»Beate würde sicher gern eine große Hochzeit für dich ausrichten, aber tu das, was du für richtig hältst.«

»Dann bleibt es dabei – noch vor Ostern heiraten wir. Still und ohne großen Aufwand.«

»Gut so. Wenn man sich sicher ist, dann braucht es keine lange Wartezeit mehr.« Er drehte sich um. »Dein Ralf gefällt mir. Scheint patent zu sein.«

»Ist er. Klug, fleißig – und sehr, sehr lieb.«

»Dann halt ihn fest.«

»Puh, das war knapp.« Mit einem kleinen Seufzer ließ sich Susanne auf den Beifahrersitz von Florians Wagen sinken. »Wir hatten ein Problem mit einem erkrankten Passagier, der mit der Ambulanz abgeholt werden musste. Ich konnte einfach nicht früher von Bord gehen.«

»Du hättest besser gestern schon Urlaub genommen.«

»Das ging nicht, ich hab's dir doch erklärt. Wolfgang Wallburger ist in Krems ausgestiegen, um zu seiner Familie zu fahren. Da musste ich bis zum Reiseende an Bord bleiben.«

»Na gut. Hauptsache, wir kommen noch rechtzeitig zu Julianes Trauung.«

»Das schaffen wir locker.« Susanne schaute auf die Uhr. »Ich bin schon geschminkt, ich war gestern noch spätabends bei unserer Bordfriseurin, die mir sogar die Fingernägel lackiert hat ...« Sie zuckte mit den Schultern. »Ich wollte keine Maniküre, aber die Gute bestand darauf. Jetzt muss ich nur noch mein Kleid anziehen, ehe wir die Kirche betreten.«

»Muss ich auf einen Rastplatz fahren, oder ziehst du dich hier um?«, scherzte Florian.

»Keine Sorge, wir fahren vor der Trauung bei Juliane vorbei. Da steige ich dann in mein Festgewand.«

»Das ich immer noch nicht kenne.« Florian, schon im blauen Smoking, wies nach hinten zur Rückbank. Dort lag, gut verstaut in einem hellen Kleidersack, das Kleid, das sich Susanne in einer Wiener Boutique gekauft hatte.

»Lass dich überraschen.« Susanne lehnte sich zurück und schloss für einen Moment die Augen. In der vergangenen Nacht hatte sie nur wenige Stunden geschlafen. Schon kurz nach fünf war sie geweckt worden, weil ein alter Passagier, der schon zum dritten Mal mit der *Donauperle* unterwegs war, über starke Schmerzen geklagt hatte. Er hatte darauf bestanden, dass außer der Krankenschwester, die stets an Bord war und die sich um ihn kümmerte, auch Susanne zu ihm kam.

Der schlanke, grauhaarige Geschichtsprofessor war, wie sich später herausstellte, am Vortag gestürzt. Dabei war er wohl unglücklich gefallen und hatte sich einen Milzriss zugezogen.

»Kommen eigentlich auch Verwandte von Claudio zur Hochzeit?«, fragte Florian nach einer Weile.

»Nur sein Halbbruder. Der ist der zweite Trauzeuge.« Susanne zuckte mit den Schultern. »Claudio hat wohl nicht viele Verwandte. Und mit seinen Freunden wollen sie im nächsten Frühjahr auf dem Gut des Bruders groß feiern. Das soll sehr romantisch auf einem Hügel in der Toskana liegen.« Sie lächelte verschwörerisch. »Da die zwei es aber mit dem Heiraten so eilig hatten, blieb keine Zeit, dort ein großes Fest zu organisieren.«

»Dann kommen wir in den Genuss einer doppelten Feier.«

»Genau.« Susanne sah auf die Uhr. »Wir haben zum Glück noch genug Zeit. Ich wollte doch wenigstens einen

Schluck Champagner mit Juliane trinken, bevor sie in die Kirche geht.«

»Trinkt ihr den Schampus zum Feiern oder um die Angst vor dem Jawort zu mindern?«

»Unsinn. Sie sagte gestern erst, sie sei die Ruhe selbst. Und Angst hat sie nicht. Im Gegenteil, sie kann es doch kaum erwarten, ihren Traummann zu heiraten.«

»Da ist sie leider ganz anders als du.« Florian seufzte übertrieben tief auf. »Du lässt mich zappeln, du Herzlose.«

»Vorfreude hat doch auch was für sich.« Susanne strich ihm über die Wange. »Und Hochzeitsfeiern haben wir in diesem Jahr wirklich genug, da müssen wir zwei nicht auch noch zum Standesamt gehen.«

»Ich sag es ja: herz- und lieblos.«

»Ist gar nicht wahr. Ich liebe dich sehr. Und ich freue mich über jede Minute, die ich mit dir verbringen kann.«

»Na gut, das versöhnt mich.« Für einen Moment nahm Florian die Hand vom Lenkrad und legte sie über Susannes Finger. »Aber im nächsten Frühjahr trauen wir uns dann, oder?«

»Darauf kannst du wetten!«

Florian seufzte auf. »Zu schade, dass wir jetzt keine Zeit mehr für eine längere Pause haben. Ich würde dich nämlich zu gern ausgiebig küssen.«

»Auch das verschieben wir auf später. Schau mal, ob du einen Parkplatz in der Nähe entdecken kannst.« Sie waren kurz vor ihrem Ziel angelangt, doch wie immer war die Innenstadt sehr voll, ein freier Parkplatz nicht in Sicht.

Zweimal umrundete Florian das Karree, bis er endlich

einen anderen Fahrer entdeckte, der gerade aus einer Parklücke ausscherte.

»Glück gehabt. Dann haben wir nur ein paar Meter bis zu Julianes Wohnung.«

Dort ging es schon laut und fröhlich zu. Claudios Bruder und seine Frau waren bereits am Vortag eingetroffen, die beiden waren ebenso sympathisch wie Claudio, den Susanne vom ersten Moment an sehr mochte. Rasch wurden alle recht vertraut miteinander. Zwei ehemalige Schulfreundinnen waren am frühen Morgen in Julianes Wohnung gekommen, um der Braut zu helfen. Eine von ihnen, eine zierliche junge Frau mit langen kastanienroten Haaren, war Floristin von Beruf. Sie hatte einen herrlichen Brautstrauß aus weißen Rosen, zartgelben Orchideen und hellem Efeu gebunden.

Gerade als Susanne und Florian kamen, versuchte die Floristin ebenso verzweifelt wie vergeblich, Juliane einen Blütenkranz aus weißen Rosen aufzusetzen.

Juliane schüttelte den Kopf. »Das funktioniert nicht, Nora. Ich sehe ja unmöglich aus.«

»Warum hast du dir nicht wenigstens ein paar Wochen lang die Haare wachsen lassen?« Nora seufzte auf. »Bei deinen streichholzkurzen Haaren hält gar nichts.«

»Steck doch einfach zwei, drei Rosen seitlich ins Haar. Oder nagele sie auf ihrem Kopf fest.« Die zweite Freundin grinste und zupfte ein bisschen am Brautkleid herum.

»Das ist mal wieder typisch!« Juliane lachte. »Ihr wollt aus mir ein romantisches Bräutchen machen, aber das bin ich einfach nicht.«

»Aber eine Rose, zusammen mit einem kleinen Efeukranz ... das klappt.« Nora streckte die Hand aus. »Gib mir mal den Haarkranz, Ulrike. Daran befestige ich die Rose ...« Sie nestelte geschickt an dem dünnen Haarreif. »So, das muss gehen.«

»Wunderschön!« Unbemerkt von den drei Freundinnen war Susanne ins Zimmer gekommen und wurde sofort mit großem Hallo begrüßt.

»Hier, nimm ein Glas Champagner. So eine kleine Aufmunterung muss sein.«

»Gut. Stoßen wir also schon mal auf Juliane und Claudio an.« Susanne trank nur einen Schluck, dann umarmte sie ihre Freundin und schaute sich das schlichte Brautkleid aus schwerer Atlasseide genauer an.

»Perfekt«, lobte sie. »Genau dein Stil.«

»Danke. Ich hatte schon Sorge, ihr wolltet mir im letzten Moment noch zu Spitzenschleier und gehäkelten Handschuhen raten.«

»Unsinn. Das hier steht dir großartig.« Vorsichtig strich Susanne über den schweren Seidenstoff. Das Kleid war gerade geschnitten, ein weiter Kragen betonte Julianes zarten Hals, ein schmales Band an der Taille war mit kleinen Perlen besetzt. Als einzigen Schmuck trug sie ein Geschenk von Claudio: einen dünnen Platinreif, an dem ein großer Aquamarintropfen hing.

»Ich muss mich noch schnell umziehen.« Susanne wies auf den Kleidersack, den sie beim Hereinkommen auf einen Sessel gelegt hatte.

»Oh, du warst in Wien einkaufen!« Juliane beugte sich neugierig vor. »Da bin ich aber gespannt.«

»Es ist nichts Besonderes, ich will dir ja nicht die Show stehlen.« Susanne zog ein apricotfarbenes Kleid aus der Umhüllung.

»Tolle Farbe«, kommentierte Ulrike.

Susanne schlüpfte aus Jeans und Pulli und zog sich das neu erworbene Kleid an.

Das Oberteil lag eng an, der kleine Halsausschnitt ließ ein wenig von Susannes gebräunter Haut ahnen. Der Rock war plissiert, der Saum ging bis zu Susannes Waden und umspielte ihre schlanken Beine. Als Schmuck trug sie eine Bernsteinkette, ein Erbstück ihrer verstorbenen Mutter. In Wien hatte sie durch Zufall passende runde Ohrstecker gefunden, die farblich auch perfekt zum Kleid passten.

»Hübsch siehst du aus.« Juliane umarmte die Freundin.

»Dito.« Susanne sah auf die Uhr. »Wir müssen uns übrigens beeilen, sonst verpassen wir den Termin beim Standesamt.«

»Um Himmels willen, nur das nicht.« Juliane rückte ihren Haarschmuck zurecht. »Unbequem, das Ding«, beschwerte sie sich.

»Lass es. Wer schön sein will, muss leiden. Auch als Braut«, kommentierte Ulrike grinsend.

»Los, die Männer warten sicher schon.« Susanne ging den drei Freundinnen voraus ins Wohnzimmer, wo sich Claudio, sein Bruder und Florian angeregt unterhalten hatten.

Der Bräutigam trug, ebenso wie Florian, einen nachtblauen Smoking. Strahlend ging er auf Juliane zu und küsste sie zärtlich. »Wunderschön bist du, Bella«, raunte er ihr zu. »Aber jetzt komm, wir sind spät dran.«

Sie schaffften es dann doch noch pünktlich zum Standesamt. Die förmliche Trauung erwies sich wider Erwarten als höchst amüsant, denn zufällig war der Standesbeamte ein ehemaliger Schulfreund von Juliane. Er zwinkerte Susanne und Juliane zu, bevor er mit seiner Rede begann, in der er etliche amüsante Begebenheiten aus der gemeinsamen Jugend zum Besten gab.

Er schloss schließlich mit den Worten: »Lieber Claudio, Sie haben sich ein Goldstück geangelt – und das meine ich ganz ehrlich. Juliane ist ebenso klug wie liebenswert, sie kann hinreißend witzig sein, doch ich weiß, dass man sich immer und überall auf sie verlassen kann.« Er zwinkerte wieder. »Juliane, du weißt, was ich meine.« Dann wurde er ernster. »Ich hoffe von Herzen, dass ihr zwei unendlich glücklich werdet.« Damit nahm er die von Juliane selbst gefertigten Trauringe auf und fragte, ob das Paar sich für immer aneinander binden wolle.

Julianes Stimme zitterte ein wenig, als sie ihr »Ja« sagte, Claudios Zustimmung klang laut und entschlossen. Dabei sah er Juliane mit einem so zärtlichen Lächeln an, dass es der Braut Tränen in die Augen trieb.

Als sie das Gebäude verließen, standen zwei Kutschen bereit, um das Brautpaar und seine Trauzeugen zur Kirche zu fahren.

»Sag mal, was meinte er damit, dass man sich auf dich

verlassen kann? Was gab es da zwischen euch?« Claudio half seiner frisch angetrauten Braut in die offene Kutsche.

»Ach, das war nichts Besonderes.« Juliane winkte ab.

»Oh doch, das war es«, warf Susanne ein, die mit Florian dem Paar gegenüber Platz nahm. »Damals haben zwei ältere Mitschüler Holger beschuldigt, mit Hasch gehandelt zu haben. Sie hatten ihm sogar ein paar Päckchen in die Tasche geschmuggelt, als es in der Schule zu einer Durchsuchung durch die Polizei kam. Aber Juliane hatte die Jungs beobachtet und konnte Holger entlasten. Ich glaube, daran hat er sich vorhin erinnert.«

»Mein guter Schatz.« Claudio griff nach Julianes Hand, an der der Trauring blitzte, und küsste sie.

Die Barockkirche Sankt Emmeram, die zum Regensburger Schloss gehörte, war im vorderen Teil festlich geschmückt. An den Bänken hingen Kränze aus Buchsbaum, gespickt mit weißen Rosen. Und auch auf dem Altar standen zwei üppige Rosengestecke.

Das Ambiente der ehrwürdigen Barockkirche war dazu angetan, eine sehr feierliche Stimmung zu erzeugen. Die weißen Wände und Säulen waren üppig mit Goldornamenten verziert, und die berühmten Fresken an der Decke zogen immer wieder die Blicke der Kirchenbesucher auf sich. Nicht umsonst hieß es, diese Basilika sei ein ganz besonderes Juwel.

Die Gäste, die der Trauung beiwohnten, waren jedoch ganz auf das Brautpaar konzentriert. Julianes Stimme zitterte ein wenig, als sie Claudio vor Gott ihr Jawort gab, der

Bräutigam hatte auf die Frage des Priesters mit einem lauten, entschlossenen »Ja« geantwortet.

»Sie sind ein wunderbares Paar«, flüsterte Susanne Florian zu, als die Frischvermählten wenig später strahlend in den hellen Herbsttag hinaustraten.

»Ich gratuliere dir von Herzen.« Susanne umarmte ihre Freundin. »Alles Glück der Welt.«

»Danke. Ich kann dir nur raten: nachmachen. Ganz schnell.« Juliane lachte. »Es ist ein Wahnsinnsgefühl, verheiratet zu sein.«

21

Der goldene Oktober machte seinem Namen alle Ehre. In üppiger Farbenpracht präsentierten sich die Wälder oberhalb der Rebhänge. Und wenn der Morgennebel, der von der Donau hochstieg und die letzten Trauben an den Reben mit Tau bedeckte, durch die Sonne verdrängt war, zeigte sich die Wachau von ihrer schönsten Seite.

In vielen Orten wurden Wein- oder Erntedankfeste gefeiert, und in den Heurigenlokalen war die Stimmung bestens.

Der »Sturm«, wie der Traubensaft genannt wurde, der gerade zu gären begonnen hatte, erfreute sich bei den Besuchern des Landstrichs großer Beliebtheit. Und dass er in diesem Jahr besonders mundete, darin waren sich alle einig.

Auch auf Gut Mattner war die Stimmung ausgezeichnet. Die Weinlese war zu Ende gegangen, nur noch an einem einzigen Hang hingen die prallen Trauben. Florian wollte versuchen, in diesem Jahr noch einmal ein paar Flaschen Eiswein zu keltern. Vor zwei Jahren war das Markus gut gelungen, doch im vergangenen Jahr hatte das Wetter ihm einen Strich durch die Rechnung gemacht.

»Vielleicht haben wir diesmal mehr Glück«, meinte Florian optimistisch. Es war ein risikoreiches Unterfangen, doch da die Gesamternte so gut wie selten zuvor ausgefallen war, konnte er das Risiko eingehen.

Markus Mattner ließ seinem Verwalter in fast allem freie Hand, doch Florian band den Senior immer noch in jede Entscheidung ein, und er war erleichtert, dass Markus ihm auch in diesem Punkt zustimmte.

Wie auf den meisten Weingütern, so wurde auch auf Gut Mattner in einer gemütlich hergerichteten Scheune junger Wein ausgeschenkt. Die Gäste bekamen zusätzlich von Beate selbst gebackenen Zwiebelkuchen oder eine deftige Brotzeit serviert. Ein junges Mädchen aus der Nachbarschaft half beim Bewirten der Gäste, und Markus freute sich, wenn viele der Besucher sich von ihm den Weinkeller zeigen ließen und dann auch etliche Flaschen kauften.

An diesem Wochenende jedoch war der Buschenschank für Fremde geschlossen. Die geräumige Scheune war noch einmal frisch mit buntem Herbstlaub, Astern und Weinreben dekoriert worden. Auch die drei langen Tische hatte Beate liebevoll geschmückt. In ovalen Schalen lagen frische Weintrauben, Kürbisse und Ranken von Weinlaub und Hagebutten. Dazu hatte sie in kleine Weinkelche hellgelbe Asternsträuße gestellt.

In einem Zelt, das gleich vor der Scheune stand, konnten sich weitere Gäste aufhalten. Viele Freunde und Nachbarn der Familie Mattner waren eingeladen, und Beate erwartete aus dem Ort noch etliche Überraschungsgäste. Oskar war beliebt und die Winzerfamilie weit über ihren Ortsteil hinaus bekannt.

»Ist der Aufwand wirklich notwendig?«, grantelte Oskar Mattner, als er am späten Morgen zum Gut kam. »Ihr tut gerade so, als sei ich hundert geworden.«

»Ich hoffe sehr, dass du sie wirst.« Beate umarmte ihren Schwiegervater liebevoll. »Aber vergiss nicht, dass nicht nur du heute gefeiert wirst. Schließlich haben Katrin und Ralf sich ganz offiziell verlobt, und auch das ist doch ein guter Anlass.«

»Wer hätte gedacht, dass Katrin mal einen Witwer mit Kindern heiratet.« Oskar schüttelte leicht den Kopf. »Aber sie ist glücklich, das merkt man.«

»Und nur das ist wichtig.« Beate goss ungefragt zwei kleine Gläser Veltliner ein. »Auf dein Wohl, Vater.« Sie ließ sich am blank gescheuerten Küchentisch nieder. Wie immer, stand auch jetzt ein Krug mit Blumen in der Mitte. Es waren die letzten Rosen, die Beate am frühen Morgen geschnitten und in eine bauchige Vase gestellt hatte.

»Auf einen schönen Tag.« Oskar genoss den ersten Schluck des vorzüglichen Weins. »Es ist wirklich der beste weit und breit.«

»Das will ich hoffen.« Nach kurzem Anklopfen waren Susanne und Florian in die geräumige Wohnküche gekommen, sie hatten Oskars Worte gehört, und der Kellermeister sah schmunzelnd auf die Flasche.

»Opa weiß eben, was gut ist.« Susanne beugte sich über den Großvater und gab ihm einen Kuss, dann nahm sie einen kleinen Schluck Wein aus seinem Glas. »Wir haben denselben Geschmack«, meinte sie. »Mir ist ein Glas von unserem Wein allemal lieber als Sekt.«

»Winzertochter eben.« Beate griff über den Tisch hinweg nach Susannes Hand. »Das bleibt man, egal, welchen Beruf man hinterher wählt.«

Susanne lachte leise auf. »Ich kann beides sehr gut miteinander verbinden, meint ihr nicht auch?« Mit zärtlichem Lächeln sah sie zu Florian hoch.

»Da bin ich ganz deiner Meinung«, erwiderte der und spitzte die Lippen zu einem Kuss.

»Mutsch, du hast die Scheune wieder einmal toll dekoriert. Das sieht wunderschön aus.« Susanne griff nach der Vase mit den Rosen. »Ich habe auch immer ein paar frische Blumen in meiner Kabine. Die gehören für mich zum Wohlbefinden.« Sie lachte leise. »Das hast du mir vermittelt.«

»Freut mich.« Beate griff über den Tisch hinweg nach Susannes Hand. »So hat es deine Mutter auch immer geliebt«, sagte sie, und für eine Sekunde glitt ein Schatten über ihr Gesicht.

»Wo ist Markus eigentlich?«, warf Florian ein, um die sentimentale Stimmung zu unterbrechen. »Ich wollte mit ihm noch besprechen, welchen Wein wir nach dem Mittagessen ausschenken.«

»Mach das so, wie du es für richtig hältst.« Beate wies nach draußen. Dort tollten Markus und der Bernhardiner mit Mia und Alex fröhlich herum. Katrin und Ralf standen ein wenig abseits, Wotan lag zu Katrins Füßen und fixierte den roten Ball, den Nick immer wieder im Maul herumtrug. »Markus geht ganz in seiner Großvaterrolle auf.«

»Und sein Herz? Kann er denn so herumtoben?«, fragte Susanne besorgt.

»Aber ja. Er fühlt sich topfit, und ich glaube, die Kinder haben ihren Anteil daran.«

»Lass uns auch nach draußen gehen.« Susanne sah ihren Großvater an. »Kommst du mit?«

»Nein, nein, ich bleibe bei Beate. Sie hat sicher eine Brotzeit für mich. Ich habe nämlich nicht gefrühstückt und fürchte, dass ich gleich nicht dazu kommen werde, in Ruhe was zu essen.« Wieder seufzte er auf. »Ich weiß, warum ich keine so großen Feiern mag.«

»Da musst du heute durch.« Lachend stand Susanne auf und zog Florian mit nach draußen.

»Wie fühlt man sich als Frischverlobte?« Sie stellte sich neben Katrin und legte den Arm um die Schwester.

»Hervorragend.« Katrin lehnte kurz ihren Kopf an Susannes Schulter. »Aber ich weiß jetzt schon, dass ich in ganz kleinem Kreis heiraten will. So ein Auflauf ist einfach nicht mein Ding.« Sie sah zurück zum Haus. »Ich kann Großvater verstehen.«

»Ach was, er wird es genießen, wenn ihm gleich alle alten Bekannten gratulieren. Hör nur, sein Schützenverein kommt.«

Über die lange Einfahrt zogen, einen bayrischen Marsch spielend, etwa zwanzig Schützenbrüder.

»Das ist nur der Anfang«, sagte Florian. »Auch ein paar ehemalige Flussfischer und Bootsleute haben sich angesagt – inklusive drei alter Kapitäne.«

»Wow. Ein Glück, dass wir unsere Verlobung nicht publik gemacht haben«, murmelte Katrin.

»Sei keine Spielverderberin.« Susanne boxte die Schwester liebevoll in die Seite. »Beate hat es sich nicht verkneifen können, zumindest bei den Nachbarn davon zu schwärmen, dass du einen wunderbaren Tierarzt zum Mann bekommen wirst.«

»Oh nein!« In komischer Verzweiflung verdrehte Katrin die Augen.

»Sie ist so stolz auf dich. Und sie mag Ralf schon jetzt sehr gern.«

»Also gut, ich ergebe mich und werde den Nachbarinnen Rede und Antwort stehen.« Katrin grinste. »Ich kann mir genau vorstellen, was sie alles wissen wollen.« Übertrieben tief seufzte sie auf. »Das kann ich nur mit Alkohol ertragen.«

»Ich muss sowieso in den Weinkeller und für die Männer zwei Kisten Wein hochholen.« Florian sah zu den Schützen hin, die immer näher kamen. »Mit so einem großen Aufmarsch hatte ich auch nicht gerechnet.«

»Ich komme mit dir.« Susanne griff nach seiner Hand, und gemeinsam liefen sie hinüber zum Weinkeller.

»Sag ehrlich, das war doch nur ein Vorwand.« Nachdem sie in dem halbdunklen, kühlen Raum standen, sah Susanne Florian forschend an. »Ich bin ganz sicher, dass schon genügend Flaschen bereitstehen.«

»Kluge Frau.« Florian legte zärtlich die Arme um ihre Taille und zog sie an sich. »Ich wollte einfach noch ein paar Minuten mit dir allein sein. Wenn gleich der ganze Konvoi in Richtung Dürnstein fährt und wir auf dem Schiff weiterfeiern, werden wir bestimmt keine Sekunde mehr für uns haben.«

»Du hast eine sehr, sehr gute Idee gehabt.« Susanne

stellte sich auf die Zehenspitzen und küsste ihn lang und ausdauernd.

»Hab ich dir schon gesagt, dass ich dich liebe?«, fragte Florian, als er ihre Lippen kurz freigab.

»Heute noch nicht.«

»Unverzeihlich.« Ein jungenhaftes Lächeln glitt über sein Gesicht, und in seinen Augen blitzte es auf, ehe er Susanne noch einmal leidenschaftlich küsste. »Am liebsten würde ich mich jetzt mit dir davonstehlen.«

»Unmöglich.«

»Ich weiß. Aber der Gedanke hat was.«

»Da seid ihr!« Mia und Alex standen urplötzlich neben ihnen. Mia zupfte an Susannes Dirndl und sah vorwurfsvoll zu ihr hoch. »Du wolltest mir doch noch einen Blumenkranz flechten. Jetzt ist es zu spät!«

»Das kommt von der doofen Knutscherei.« Alex zuckte die schmalen Schultern. »Ich möchte wissen, was daran so toll ist.«

»Das wirst du noch erfahren – später, wenn du groß bist.« Florian zauste ihm die dunklen Haare. »Aber jetzt kommt, die Feier darf auf keinen Fall ohne uns beginnen.«

»Wenn wir auf dem Schiff sind, darf ich dann mal ans Steuer, Susanne?«

»Klar darfst du.« Susanne strich Alex über den Kopf. »Aber ihr dürft Opa Oskar noch nicht verraten, dass wir nachher noch eine Überraschung für ihn haben.«

»Wir fahren zu deinem Schiff, nicht?«

»Ja. Die *Donauperle* liegt für zwei Tage in Dürnstein vor

Anker, und als Überraschung für Opa Oskar werden da viele seiner alten Kollegen auf ihn warten.«

»Kennst du die alle?« Mia runzelte leicht die Stirn.

»Nein, nur zwei von den ehemaligen Kollegen. Aber die haben die anderen informiert.«

»Das wird eine tolle Überraschung!« Alex lachte. »Ganz viele Kapitäne auf einem Schiff.«

»Da hast du recht. Und ich bin jetzt schon gespannt auf Opas Gesicht.«

Vier Stunden später setzte sich eine kleine Wagenkolonne von Gut Mattner aus in Bewegung. Im ersten Wagen, den Florian lenkte, saßen neben Oskar noch Susanne, Beate und Markus. Dann folgten Katrin mit ihren Lieben und drei Gutsarbeiter. Die Nachbarn, die alle von Markus informiert worden waren, würden in einem gemieteten Bus hinterherkommen.

»Ich möchte nur wissen, was das alles soll«, grummelte Oskar und schaute aus dem Wagenfenster. »Es war doch sehr gemütlich in der Scheune, alle haben sich amüsiert und wären auch gerne länger geblieben.«

»Nicht schimpfen, Opa.« Susanne legte dem alten Herrn die Hand auf den Arm. »Die Party ist ja noch nicht zu Ende.«

»Ich mag keine Überraschungen.«

»Die wirst du mögen, da bin ich sicher.«

Die Fahrt hinunter zur Donau verging wie im Flug. Oskar schloss zwischendurch die Augen, die vergangenen Stunden hatten ihn ein wenig angestrengt.

»So, Opa, da sind wir!« Susanne rüttelte ihn sanft am Arm. »Aussteigen.«

»Was ist los?« Noch etwas benommen sah sich Oskar um – und stieß im nächsten Moment einen leisen Schrei aus. »Das ist ja ... ihr seid verrückt, Kinder!«

»Komm und begrüße deine neuen Gäste.« Susanne hakte sich bei ihm ein und führte ihn zum Schiffsanleger. Dort hatten sich Oskars alte Weggefährten eingefunden. Sieben ehemalige Kapitäne waren der Einladung gefolgt, außerdem drei jüngere Offiziere, die aber noch unter Oskars Kommando gearbeitet hatten.

Die Männer, alle in ihren blauen Uniformen, bildeten ein Spalier die Gangway hoch zum Schiff.

»Nun sag, die Überraschung gefällt dir, oder?« Zärtlich drückte Susanne den Arm des alten Herrn.

»Ich ... ich weiß gar nicht, was ich sagen soll.« Oskar war sichtlich gerührt.

Es dauerte lange, bis er alle alten Weggefährten begrüßt und ihre Glückwünsche entgegengenommen hatte.

Erst nach einer halben Stunde konnte die inzwischen vollständige Geburtstagsgesellschaft hinunter in die Bar der *Donauperle* gehen. Dort waren ein paar Tische zusammengerückt worden. Melanie und Vanessa hatten den Raum geschmückt, und die Bordkapelle spielte erst einmal ein Geburtstagsständchen, in das alle einstimmten.

Es waren nur wenige Passagiere an Bord geblieben, und Susanne hatte diesen Herrschaften am Vortag erklärt, warum die Bar für ein paar Stunden belegt war. Jeder hatte

Verständnis dafür gehabt, zumal die Kapitänin allen eine kleine Flasche Wein auf die Kabine hatte schicken lassen.

Dass sich die Dunkelheit über die Donaulandschaft legte, merkten die Feiernden nicht. Es wurde gelacht und getanzt, die alten Kapitäne tauschten Erinnerungen aus und genossen dieses Wiedersehen.

»Komm mal mit.« Florian zog Susanne mit sich an Deck und führte sie zu einer versteckt liegenden Nische. Dunkel war es hier, nur der Mond, der voll und hell am Himmel stand, spendete so viel Licht, dass sie sich in die Augen schauen konnten.

»Ich brauche unbedingt ein wenig frische Luft – und das hier.« Mit den Worten zog Florian Susanne an sich und küsste sie ausgiebig.

ENDE

Der See der Träume lässt die Herzen höherschlagen

Sabine kann ihr Glück kaum fassen, als sie offiziell die Besitzerin eines kleinen Landgasthofs am Tegernsee wird. Sie liebt die Goldene Eiche seit ihrer Kindheit und ist stolz darauf, das Familienlokal weiterzuführen. Alles wäre perfekt, wären da nicht der eigensinnige Koch und die vielen anspruchsvollen Gäste. Als Sabine eines Abends Thorsten begegnet, fühlt sie sich augenblicklich von dem charmanten Reitlehrer angezogen. Doch ist in ihrem geregelten Leben überhaupt Platz für die Liebe? Als ein Unfall passiert, wird Sabines Herz auf eine schwere Probe gestellt ...

Johanna Nellon
Sommernächte am Tegernsee

Roman
Taschenbuch
Auch als E-Book erhältlich
www.ullstein.de

ullstein

Wo der Fjordwind weht und die Mitternachtssonne scheint

Die junge Norwegerin Finja lebt auf den wunderschönen Lofoten. Seit ihre Mutter die Familie verlassen hat, kümmert Finja sich um ihren kranken Vater. Als der gutaussehende Tischler Kristian auf die Insel kommt, entstehen zwischen den beiden bald mehr als freundschaftliche Gefühle. Doch Kristians Leben spielt in Oslo und noch dazu ist er vergeben. Finja würde niemals einer anderen den Mann ausspannen und versucht, ihr Herz um jeden Preis zu schützen. Doch in den magischen Tagen, an denen die Sonne niemals untergeht, wendet sich das Schicksal auf vollkommen unerwartete Weise …

Melanie Horngacher

Wohin der Fjordwind uns trägt

Roman

Taschenbuch
Auch als E-Book erhältlich
www.ullstein.de

ullstein